U0870108

21世纪文学之星丛书 2019年卷

短篇小说集

幸福的日子

孙全鹏⊙著

作家出版社

顾　问

王　蒙　王巨才　袁　鹰　谢永旺

编审委员会

主　任　何建明

副主任　高洪波　鲍　坚

委　员　（按姓氏笔画排序）

王　干　叶　梅　叶延滨　朱向前　何建明

吴义勤　吴秉杰　张　陵　胡　平　施战军

高洪波　阎晶明　梁鸿鹰　黄宾堂　鲍　坚

出版委员会

主　任　路英勇

副主任　鲍　坚　张亚丽

委　员　（按姓氏笔画排序）

史佳丽　李亚梓　赵　蓉

作者简介：

孙全鹏，男，笔名鹏鸟，1985年生于河南省郸城县，山西师范大学文学硕士，周口市作协副主席。在《四川文学》《广西文学》《中国铁路文艺》《佛山文艺》《莽原》《延河》《辽河》《绿洲》《牡丹》等刊物发表作品多篇。小说多次被改编成中高考模拟试题，曾获得周口市第六届文学艺术优秀成果奖。

目录

总 序

袁 鹰

中国现代文学发轫于本世纪初叶，同我们多灾多难的民族共命运，在内忧外患，雷电风霜，刀兵血火中写下完全不同于过去的崭新篇章。现代文学继承了具有五千年文明的民族悠长丰厚的文学遗产，顺乎20世纪的历史潮流和时代需要，以全新的生命，全新的内涵和全新的文体（无论是小说、散文、诗歌、剧本以至评论）建立起全新的文学。将近一百年来，经由几代作家挥洒心血，胼手胝足，前赴后继，披荆斩棘，以艰难的实践辛勤浇灌、耕耘、开拓、奉献，文学的万里苍穹中繁星熠熠，云蒸霞蔚，名家辈出，佳作如潮，构成前所未有的世纪辉煌，并且跻身于世界文学之林。80年代以来，以改革开放为主要标志的历史新时期，推动文学又一次春潮汹涌，骏马奔腾。一大批中青年作家以自己色彩斑斓的新作，为20世纪的中国文学画廊最后增添了浓笔重彩的画卷。当此即将告别本世纪跨入新世纪之时，回首百年，不免五味杂陈，万感交集，却也从内心涌起一阵阵欣喜和自豪。我们的文学事业在历经风雨坎坷之后，终于进入呈露无限生机、无穷希望的天地，尽管它的前途未必全是铺满鲜花的康庄大道。

绿茵茵的新苗破土而出，带着满身朝露的新人崭露头角，自然是我们希冀而且高兴的景象。然而，我们也看到，由于种种未曾预料而且主要并非来自作者本身的因由，还有为数不少的年轻作者不一定都有顺利地脱颖而出的机缘。其中一个重要的原因，乃是为出书艰难所阻滞。出版渠道不顺，文化市场不善，使他们失去许多机遇。尽管他们发表过引人注目的作品，有的还获了奖，显示了自己的文学才能和创作潜力，却仍然无缘出第一本书。也许这是市场经济发展和体制转换期中不可避免的暂时缺陷，却也不能不对文学事业的健康发展产生一定程度的消极影响，因而也不能不使许多关怀文学的有志之士为之扼腕叹息，焦虑不安。固然，出第一本书时间的迟早，对一位青年作家的成长不会也不应该成为关键的或决定性的一步，大器晚成的现象也屡见不鲜，但是我们为什么不在力所能及的范围内尽力及早地跨过这一步呢?

于是，遂有这套“21世纪文学之星丛书”的设想和举措。

中华文学基金会有志于发展文学事业、为青年作者服务，已有多时。如今幸有热心人士赞助，得以圆了这个梦。瞻望21世纪，漫漫长途，上下求索，路还得一步一步地走。“21世纪文学之星丛书”，也许可以看作是文学上的“希望工程”。但它与教育方面的“希望工程”有所不同，它不是扶贫济困，也并非照顾“老少边穷”地区，而是着眼于为取得优异成绩的青年文学作者搭桥铺路，有助于他们顺利前行，在未来的岁月中写出更多的好作品，我们想起本世纪20年代和30年代期间，鲁迅先生先后编印《未名丛刊》和“奴隶丛书”，扶携一些青年小说家和翻译家登上文坛；巴金先生主持的《文学丛刊》，更是不间断地连续出了一百余本，其中相当一部分是当时青年作家的处女作，而他们在其后数十年中都成为文学大军中的中坚人物；茅盾、叶圣陶等先生，都曾为青年作者的出现和成长花费心血，不遗余力。前辈们关怀培育文坛新人为促进现代文学的繁荣所作出的业绩，是永远不能抹煞的。当年得到过他们雨露恩泽的后辈作家，直到鬓发苍苍，还深深铭记着难忘的隆情厚谊。六十年后，我们今天依然以他们为光辉的楷模，努力遵循他们的脚印往前走去。

开始为丛书定名的时候，我们再三斟酌过。我们明确地认识到这项文学事业的“希望工程”是属于未来世纪的。它也许还显稚嫩，却是前程无限。但是不是称之为“文学之星”，且是“21世纪文学之星”？不免有些踌躇。近些年来，明星太多太滥，影星、歌星、舞星、球星、棋星……无一不可称星。星光闪烁，五彩缤纷，变幻莫测，目不暇接。星空中自然不乏真星，任凭风翻云卷，光芒依旧；但也有为时不久，便黯然失色，一闪即逝，或许原本就不是星，硬是被捧起来、炒出来的。在人们心目中，明星渐渐跌价，以至成为嘲讽调侃的对象。我们这项严肃认真的事业是否还要挤进繁杂的星空去占一席之地？或者，这一批青年作家，他们真能成为名副其实的星吗？

当我们陆续读完一大批由各地作协及其他方面推荐的新人作品，反复阅读、酝酿、评议、争论，最后从中慎重遴选出丛书入选作品之后，忐忑的心终于为欣喜慰藉之情所取代，油然浮起轻快愉悦之感。“他们真能成为名副其实的星吗？”能的！我们可以肯定地、并不夸张地回答：这些作者，尽管有的目前还处在走向成熟的阶段，但他们完全可以接受文学之星的称号而无愧色。他们有的来自市井，有的来自乡村，有的来自边陲山野，有的来自城市底层。他们的笔下，荡漾着多姿多彩、云谲波诡的现实浪潮，涌动着新时期芸芸众生的喜怒哀伤，也流淌着作者自己的心灵悸动、幻梦、烦恼和憧憬。他们都不曾出过书，但是他们的生活底蕴、文学才华和写作功力，可以媲美当年“奴隶丛书”的年轻小说家和《文学丛刊》的不少青年作者，更未必在当今某些已经出书成名甚至出了不止一本两本的作者以下。

是的，他们是文学之星。这一批青年作家，同当代不少杰出的青年作家一样，都可能成为21世纪文学的启明星，升起在世纪之初。启明星，也就是金星，黎明之前在东方天空出现时，人们称它为启明星，黄昏时候在西方天空出现时，人们称它为长庚星。两者都是好名字。世人对遥远的天体赋予美好的传说，寄托绮思遐想，但对现实中的星，却是完全可以预期洞见的。本丛书将一年一套地出下去，十年二十年三十年五十年之后，一批又一批、一代又一代作家如长江潮涌，奔流不息。其中出现赶上并且超过前人的文学巨星，不也是必然的吗？

岁月悠悠，银河灿灿。仰望星空，心绪难平！

1994年初秋

序

全鹏的写作道路

胡　平

我初识孙全鹏，是在几年前去河南周口的一次讲课活动中。周口作协主席柳岸显然很青睐他，派他一路陪同。我们在车上聊了不少，我了解到这位青年作家主要写小说，但认真读他的作品还是在最近。

令人欣喜的是，这位80后作家创作路子很正。他扎扎实实从短篇写起，从自己最熟悉的乡村生活写起，并不盲目追求时尚的都市情绪表达，或急于尝试数十万上百万字长篇的铺述。他的作品几乎每篇都不超过万字，篇篇都经过省级以上文学期刊发表——这就是我所说的路子正。凭他的才能，靠他的城市生活体验，他完全可能成为他这一辈人中风行一时的网络写手，获取名上和利上的可观效益，可是他并没想这样做。

写小说，最好从短篇写起，因为一个短篇足以显示作者在人物刻画、情节设置、语言成色等方面的功力，或暴露同样方面的缺陷，而长篇却往往容易藏拙。有些与全鹏同龄一开始就写长篇的人，往往只能将长篇进行到底，若返回头来写短篇，则很难通过期刊编辑的法眼，因为编辑们可以轻易挑出很多毛病。全鹏将来肯定会发展到写长篇的，但那时的他可以说是已经科班毕业了。

一次活动中，我接触到一位网络耕耘的80后女作者，她农民家庭出身，擅长都市言情和玄幻穿越题材创作，每日键盘下流淌文字数万，但从未写过故乡。我问她什么缘故，她的回答是写农村没人看。她说得不是没道理，今天的年轻读者们，更向往的确是现代情境和虚拟世界。但遗憾的是，她只能多凭想象写作，无意中却牺牲了自己最重要的文学资源，即经验的生活和对生活的切肤体验，这两者，偏正是产生好作品更坚实的基础。

全鹏不是这样，他是从乡土小说写起的，并长期钟情于此。这部《幸福的日子》所收入的作品，全部与一个叫作将军寺的村落有关，它无疑是作者家乡的化身。小说集的题材是齐整的，可视为系列性的创作，它们表达出作者对生命之根、对个体生命历程的忠实，这也是他的作品能够富于文学性、具有温馨感染力度的缘故。

纯文学之“文学性”是个有着确定内涵的概念，有其专业标准，并不简单以读者数量的多寡为依凭（读者也分为专业读者和非专业读者）。纯文学或传统文学是讲究原创和独创性的，在内容上，着重探索人的更广阔更深入的精神领域；在艺术上，重视创新，反对任何现成形式的重复。全鹏正是努力去这样实践的。

譬如，他小说中“奶奶”的形象就是独特而绝不重复的。

奶奶曾是将军寺村唯一一个靠捕鱼养活一家的女人，把生意做到县城去。后来又喜欢上养鸡，养到几千只鸡。她喜欢用柳条扎成鸡笼子，精心放进去一只大公鸡和一只花母鸡，乃至于去世后，家人还惊讶地在她床下发现九只柳条编成的新鸡笼。这是一个传奇又普通的乡间妇女，她的一生已经结束，但幸亏有作者，给读者脑中留下一个可感的、耐人琢磨的人物。没有人会怀疑确有过她的存在，她也从未在其他作家的笔下出现过，这其中便已经体现了纯文学一定遵循的价值观。

文学作品中，许多真正可贵的细节，不是来自想象，而是来自生活自身的演化，由各种生活逻辑交织发展产生，给予作者以暗示。

全鹏所运用的乡村语言，孕育于他生长的环境。他写，“将军寺村就是屁股大的地方，一扫帚能就扫完，将军寺东头的事，风一吹消息就到村西头了”，这种话语，打下了当地的民间印记，鲜活而地道，满足了文学性的追求。小说被称为语言的艺术，全鹏在语言运用上有天然优势可凭据，是可以走得很远的。

全鹏小说的一种特点，是写得朴实，不很追求故事性。就是说，不大设置曲折的情节，不大埋伏出人意料之笔，这使他的作品内容较为单纯，节奏较为平缓，染有某种散文的意趣。这也是一种有味道的写法，长处是尽量保护了生活的原生态和日常气息，以素朴的基调赢得人们的信赖。你会以为他作品中大部分人物及场景都是真实的，并不来自虚构与营造，当读者与作者达成这种默契时，艺术交流便变得更为融洽。

作者为人们呈现了一个他眼中的世界，这个世界不叫人惊讶，也不令人平静。作者着重考察着生存其内的各式各样人的心态、希冀、遭际乃至命运。《幸福的日子》里，老锅是那么质朴，诚心诚意向人学养鸡，甘做一年帮工。他曾挣上过好日子，到头来却因求富心切、贪图小利而撒手人寰。《方便面》中，小豆子的父亲长年在外务工，留奶奶独自在家操劳，直到奶奶去世后才匆匆赶回，小豆子对她只有陌生。《祖传的军功章》里，一户农家偶然发现爷爷遗下的军功章，确信它能值十来万元后，引起几个孙辈的争夺。《再相逢》中，曹明明依仗教育局岳父的权势一路做到校长，又因被妻子发现隐情官场失意。《娘在哪里》里，杜大山的父母本有一段人见人羡的婚姻，却经不起旁人的挑拨，造成双方无可挽回的重伤。《长长的秋风》中，父亲一时失足，导致夫妇感情破裂。二十年后，父亲返乡寻求妻子的原谅时，发妻已长眠地下，儿子也已难于辨认。《三妹》里，三妹与“我”青梅竹马、感情纯真，只因后来生活道路不同，彼此渐行渐远。再见面时“我”成为大学生，三妹却只能在发廊里为他理发。他们最后的相逢，竟是在风月场所。这些作品中，人性、亲情和伦理常成为全鹏叙述切入的角度，一幅幅人间图景使人分外感到生活是美好的，生活也是不容易的。人们彼此相处，互相塑造和改变着对方，又同时被处境所改造。人性制约着人生，人性的弱点则可能经不起旅途的考验。古往今来，无数人怀着复杂心情总结过自己的一生，留下深沉的教训与经验，但这并不一定使后来人变得更为明智。每个人还是需要走上自己的旅程，望尽天涯路仍是困难的，许多选择面前仍存有茫然。全鹏的小说是现实品格的小说，是为当下人写照当下人，人们能从中多少读出一些人生的真谛，强固一些面世的良知，也就很够了。人们需要小说。

全鹏也尝试除写实外其他形式的表达，如《鼠人》《李小花》等作品，以灵动变形的格调书写严肃的主题，展示了作者更广阔的艺术探索，也是值得称赞的，没有人能预测他将来的写作面貌。

当然，全鹏还只是出版了他的第一部书，他还年轻，创作尚在不断成熟中。他的第一部书就获得“21世纪文学之星”的出版，起点是高的，标志着他的创作已经获得业内的认可。我们相信他会越走越坚实。

幸福的日子

爸爸在越南战场打过仗，还当过师长的勤务兵。有一次，爸爸陪师长巡视，一个打扮成老百姓模样的越南军人躲在一边暗杀，爸爸迎面挡过去，一颗子弹穿过他的胸部。爸爸昏迷了三天三夜，一扇肺也给摘了下来，爸爸的命真大，总算大难不死。归国后，爸爸谢绝师长的挽留，回到老家，开始嗜酒如命。爸爸是经历过死亡的人，是阎王都不收留的人，每次大口大口地喝起酒来，像发疯一样，让人感到很害怕。爸爸是性情中人，经常会有人找他喷大空，方圆十几里有头有脸的人都尊敬他。村里有红白喜事，准喊爸爸张罗张罗，爸爸性格豪爽，热心助人，总会一口应下来，把别人拜托的事当成自家的事认真对待，给乡亲们办得体面称心。

爸爸突然不再喜欢喝酒了，这让妈妈很意外。为了劝爸爸戒酒，爸妈没少生气，有一次两人甚至都吵着闹离婚了，却未能阻止爸爸喝酒。我想了想，可能因为怕喝酒浪费钱吧，一瓶酒要花不少钱，我们姊妹三人上学需要许多的钱，这也许让爸爸有了压力。可是我记得，当时爸爸在家办了个养鸡场，差不多有五千多只德国的罗曼鸡。爸爸不仅开办了养鸡场，后来还开了个小卖部，赚了一些钱，供我们姊妹三人上学不成问题。我想，这好像不单是上学的原因，也可能是因为老锅的离世。

爸爸可以养鸡赚钱，这在村里引起了不小的震动。既然爸爸能养鸡赚钱，那么其他人为何不能呢？村里有些人开始眼热起来，纷纷请爸爸喝酒，说也想养鸡碰碰运气。爸爸给大家散了一圈子烟，自己也点了一支说："养鸡跟打仗一样，看准了，要去干好，别管那些没用的。"来向爸爸请教养鸡的人多，有时候天黑了大家还聚在院子里，不肯回去。晚上，月光白花花地、静静地洒在院子中，我家里的人很多，院子也很热闹。可是，我慢慢地发现大家表面上很恭敬，但对爸爸的态度明显地变化了，来的人越来越少。后来，我想明白了，有些人的心态是复杂的，里面有羡慕，应该还有嫉妒。

我记得很清楚，爸爸曾多次给妈妈说，养鸡彻底改变了老锅一家的命运。

老锅住在村西头，大家都喊他老锅，主要是因为他的背有点毛病，就是罗锅了，抬不直腰杆子。我不知道老锅的真名，有的说他姓郭，有的说姓张。听人说，老锅是外地人，有个补锅修盆的手艺，经常在将军寺一带做生意挣钱。那个年代，有个好手艺就像有棵摇钱树。村西的老邢头有一个闺女叫桃红，出嫁十年一直不孕，吃了好多偏方，整个人差不多都疯了。后来，她总算怀孕了，可是丈夫却生病去世了。婆婆说孩子克爹，就把桃红撵回了娘家，回到娘家后，有点疯疯癫癫，又加上怀了别人的孩子，再也没人敢娶她了。老邢头看到老锅也是单身，并且身上有毛病，就想让他留下来，没有想到老锅竟然同意，倒插门过来了。后来，孩子生下来了，是个男孩子，眼睛大大的，取名叫福儿，老锅很高兴，对桃红和孩子都很好。听妈妈说，老邢头死的时候，老锅比他闺女桃红哭得还凶哩，半个村子都能听到他哭。

老锅的手巧，那是真的，我就亲眼见过，他能把裂缝的锅碗缸盆补到一起。有一年过年炸丸子，爸爸在大瓦盆中搅绿豆糊子，由于用力太大，“咔嚓”一声，瓦盆上面裂了个缝。老锅正巧在我家的小卖部里喷大空。老锅说：“你先把绿豆糊倒出来，我回家拿点家伙。”一会儿，老锅就拿着一个小木箱回来了，他取出钻、几个扒钩和一些黏糊糊的粉状东西，开始钻眼，磨平，把扒钩扣在上面，很快就修好了。他搓着手说：“以后保准不会在这里碎了。”果然，那个瓦盆又用了十来年，真的没在原裂缝处出毛病。

那天，我看见爸爸递给了老锅一根烟，老锅接过烟，用鼻子闻了闻，夹在了耳朵上。其实，老锅是有烟瘾的，但他没钱买，经常用烟叶丝裹着吸，甚至还捡别人扔的烟屁股吸。爸爸又递给他一根说：“点一支吧。”他这才放进嘴里，爸爸给他点着，老锅有点得意，吐着烟圈，像个神仙似的。妈妈给他钱，他却摇摇手说：“不值一提，别拿我当外人。”

大家知道老锅的手艺好，可从没有人赞扬他，却时常有几个人取笑他说：“老锅，你啥时候把你背上的‘锅’补好啊？”一阵笑声响了起来。老锅脸上没有一点表情，也不辩解什么，也许听得多麻木了吧。他身上的残疾一直是村里人的笑料，很多人没事做的时候，都会谈起老锅的背、他的“傻”媳妇，还有不费一点力气就得到的儿子福儿。

爸爸从不这样做，他不会取笑老锅，也不跟别人一起笑话老锅。记得有一次，我随几个小孩子一起喊：“老锅、老锅，你有一个大铁锅。”爸爸很生气，照我的脸打了一下，大声地说：“以后再没大没小，就打断你的腿。”

落黑的时候，妈妈炸好了丸子，爸爸说："小鹏，去给你老锅叔送一碗吧。"我穿过大街，大街上飘过来一阵阵油的香味，钻进我的鼻子里，家家户户很热闹。我来到了村西头老锅叔的家里，他家里却静得很，没有一点快过年的样子，桃红婶子在院子里收福儿的尿布，老锅叔在灶屋里烧着锅做饭，福儿睡了。看见我来了，桃红婶笑嘻嘻地说："小鹏，喝罢茶没？"她的眼睛圆圆的，嘴角有对酒窝子，笑起来很好看。我知道那是在问我吃过晚饭没。村里人老说，桃红婶子疯了，可我觉得她没有疯，我走的时候她塞给我一把花生，我不要，她非要装进我上衣兜里，鼓囊囊的。

年后二月的一天，老锅说找我爸有点事，爸爸先是没在家，我告诉爸爸后，爸爸直接去了他家，才知道老锅要请我爸喝酒。爸爸向来有酒不拒，可是这次竟然拒绝了。爸爸对老锅说："说吧，有啥事？"老锅愣了半天，硬是说不出一句话，只是用手提了提他的裤腰，眼睛不知道往哪里看才好。见爸爸要走，老锅竟慌张起来，哆嗦地说："我要养鸡……"爸爸反问道："你不是会补盆吗？别养鸡，不要养鸡，有风险。"老锅说："补盆不赚钱……"他还是用手提着他的裤腰，低着头，眼睛向地上盯着。媳妇桃红从里屋竟然也跑出来了，她说："你教给俺吧，俺两口子都商量好了，不给你家竞争，俺只想要条活命的路……"爸爸没有喝老锅准备的酒，头也不回地走了。

不过，爸爸最终还是答应了帮老锅养鸡，但开了个苛刻的条件：那就是老锅必须在爸爸的养鸡场干上一年，还不给一分钱，老锅居然答应了。村里人都说爸爸不近人情，哪有这样的道理？让人家白给你干活，这不是欺负老实人吗？许多人开始疏远爸爸。妈妈再让我给邻居送碎皮的鸡蛋，也没人要了，遇到红白事也不再请爸爸管事。有一次，我走在大街上，听见有人说："他爹真假，天天还假惺惺地送什么碎皮的鸡蛋。如果真大方，每一家送个十斤八斤的鲜鸡蛋啊！"另一个人说："大舌头，别在这说风凉话了，哪一次送鸡蛋也没有见你拒绝啊？你比谁跑得都快，还去向人家要。"这句话是真的，我还真亲眼见过大舌头问我妈有没有死鸡呢，更别说碎了皮的鸡蛋了。

让人没想到的是，爸爸对村里人的变化却一点不介意，反倒很高兴。爸爸天天和老锅一起收拾鸡舍，忙里忙外，什么事情都让老锅参与。虽说老锅是罗锅，可他还不到四十岁，干活很卖力，像个牛犊子一样，有劲着呢。老锅来到鸡舍后，妈妈的活儿轻松多了，像扛玉米和搬饲料那样的重活，再也用不着妈妈亲自下手了，妈妈就是收收鸡蛋，然后谁来买鸡蛋时称一下。桃红婶子没事的时候，也经常抱着福儿过来，福儿已经两岁多了，桃红婶子帮着妈妈收鸡蛋，一篮子一篮子地收。妈妈让她歇会儿，桃红婶子笑了："一点也不累，不用歇。"桃红婶子笑起来酒窝子很好看。

村子里好多人都说："这个罗锅和疯子真是一对大傻子，哪有这样白给别人干活，什么也不要的？"从此，村子里又多了一个笑料。

一年时间过得很快，慢慢来我家串门的人也少了起来。这一年，老锅在我家出了不少力，收拾鸡舍很认真，也知道什么时候该做什么事：进雏鸡，打疫苗，购玉米，配饲料，收鸡蛋，出鸡粪，养鸡的每个环节都会了。

有一天，爸爸叫住了老锅说："今天咱兄弟俩喝点，你该走了。"

我不知道那个晚上爸爸和老锅说了什么，我只记得爸爸喝多了，也许爸爸好长时间没那么开心地喝酒了。爸爸那天喝了很多酒，直到吐了一地。

想想也很奇怪，就是从那晚之后，老锅再也没主动来过我家，也不知道啥原因，有点怪怪的。

村西头鞭炮声响了起来，老锅找了一群人开始盖鸡舍了。大家同情老锅，想替他打抱不平，听说老锅盖房子，都来帮忙，有的递砖，有的拉土，有的和泥……桃红帮忙在一边散着烟，一边招呼着乡亲喝茶。两个多月的时间，五间房子竟然盖好了。有人开始出主意："你要跟村东头的鸡场顶生意，把他顶下去，你才好干。"老锅一看这几个人，都是去年向爸爸取经养鸡的人。记得爸爸曾经劝他们要慎重，可他们只想着赚大钱，结果把握不好，小鸡没长大就死光了，亏了不少本。老锅憨憨地笑着，什么也不说，只是用手又提了提他的裤腰带——桃红的秋衣剪成的红绳子。

鸡舍盖好后，老锅开始安装鸡笼子，接着要进雏鸡了，他非要拉着爸爸去。爸爸没有推托，就陪他到了鹤壁、柘城考察，然后在鹤壁订了两千只。雏鸡运到时，村里的男女老少都来看热闹，爸爸想帮忙把雏鸡往鸡笼里放，老锅却伸出手拦住了，谁也不让碰。他说："不用麻烦你了。"他和桃红婶子小心翼翼地拿在手里，一只一只地放在笼子里，像自己的孩子一样。

老锅那天肯定没有注意到爸爸失望的表情，要面子的爸爸一个人消失在人群中，他听见背后有人喊："这就是报应。"

一阵风吹过，有几片树叶子落下来，爸爸踩在上面，默默地走向了回家的路，只有"哗啦哗啦"的声音。

接下来几个月，爸爸与老锅的来往就更少了。听说，老锅的鸡长得很快，媳妇桃红也帮忙收玉米，喂鸡，什么活都干，不亚于一个男人。老锅心疼媳妇，还花钱买了一台自动出粪机，不过又借了一圈子的钱。村里有几人支持老锅，他们喜欢看热闹，大舌头就预言："同行是冤家，两家迟早要打起来的。"

现在应酬少了，爸爸把心思都用在养鸡上，但他也一个人喝闷酒。我有一次清楚地听见他自言自语："老锅，你变了……"妈妈经常劝爸爸别再喝酒，爸爸不但不听，而且变本加厉起来，有一次还动手打了妈妈。

老锅家的鸡终于下鸡蛋了，这个消息是桃红拉着三岁的儿子来说的，桃红告诉妈妈："一天能下一千多个鸡蛋呢。"桃红掩饰不住自己的兴奋。妈妈也替她高兴，可是愁云还是布上她的脸。桃红问："嫂子，咋了？"原来爸爸与县里一家蛋糕店立了字据，每天要送五百斤鲜鸡蛋，可是今年夏天太热了，三伏天都热死二百多只鸡，产蛋量严重下降，现在一天四百斤都没有。

"用我家的吧，正愁没法卖呢！"桃红说，她的酒窝笑起来真的很好看。

一会儿，老锅和桃红拉着架子车过来了，三大筐鸡蛋摆在上面，虽然是刚下的小鸡蛋，可是一过磅，一百五十多斤，加上我家的三百六十多斤，刚刚好。我看得很清楚，妈妈脸上的愁云舒展开了。

不过，老锅从来不把碎了皮的鸡蛋送给乡亲们，他们都收集在一起，除了给儿子做鸡蛋脑外，还变着法地炒鸡蛋、煮鸡蛋、腌鸡蛋吃。有时候鸡死了，只要不是病死的，例如下蛋憋死的，或被别的鸡啄着屁股流血死的，或鸡头夹在笼缝里困死的……桃红就开膛破肚，炖鸡让福儿吃，让老锅吃，她总在一边笑着看他们爷俩吃。虽然吃不到老锅家的免费鸡和鸡蛋，可有些人仍然去老锅家买鸡蛋，来我家买鸡蛋的人也越来越少。后来，我家里的小卖部也开不下去了。

老锅家的日子却好了起来，卖了鸡蛋后，购买了其他的生活用品，像油盐酱醋糖、卫生纸啦……桃红婶子很会过日子，她把小鸡蛋收起来，老锅把从我家学的手艺用上了，和点石灰，找些锯末，开始做变蛋，卖得很好。他们家的生意还不错，桃红非常开心，因为每天都会有肉吃，有鸡蛋吃，还能赚不少钱。很多人开始羡慕老锅，尤其是做养鸡生意赔钱的，每次来买东西时总免不了问几句："有死鸡没？"是慰问，还是得意，说不清楚，不过桃红不理会他们。

深秋了，行情不好，鸡蛋价格低，老锅家没有大客户，只能靠散卖，鸡蛋还是卖不完。最初，爸爸帮助老锅外销一部分，因我家有固定的客户。后来，我家的鸡蛋也卖不完了，只能各想各的办法了。老锅买了辆旧三轮车，桃红每天蹬着三轮车在方圆十来里转着卖，一百多斤鸡蛋基本上卖完了。

快过年的那几天，大雪下得纷纷扬扬，田野里到处白茫茫一片，天气非常寒冷，房檐上结的冰溜都有一尺长。鸡蛋的行情像冬天一样冷，村子里的购买力有限，还要想办法到外边卖。桃红竟然骑着一辆三轮车去集上卖，如果卖不完，散了集再去周围的村里卖，再卖不完，就回到村子里压低价格卖，想法非卖完不可。有一次，我家连续两天没卖出去一个鸡蛋，最后才知道老锅卖的价格竟然低于我家五分钱。我敢说，快过年的那段时间，他们的确赚了一些钱。

"今年要过一个年。"桃红对老锅说，洋溢着幸福。

"好像你没有过过年一样。"老锅说了一句，又忙着打饲料去了。

桃红当然过过年，以前家里穷，哪安生地过过年呢？她心里想好了，今年一定要过一个像样的年。都腊月二十九了，桃红仍然带了三筐鸡蛋去卖。老锅说："都快过年了，冬天鸡蛋放个十天半月也不坏，今天就别卖了。"桃红说："今天是最后一个集，我正好去赶集，能卖多少卖多少。"她又蹬着三轮车走入了冰天雪地中。

可是等到晚上，还没见桃红回来，老锅心里有点担心了，老锅就沿着路去找。走了七八里，老锅在公路旁边看见一群人围着看什么，原来出了一起车祸。他心里感觉不妙，走近一看，他看见了血肉模糊的桃红，鲜血染红了身下的白雪。老锅晃着桃红冰凉冰凉的身体，哭得死去活来。旁边的三轮车轮子朝上，倒了一地，白菜，大葱，细粉，几斤大肉，一条大鱼，还有给孩子买的一件新衣服，给老锅买的一双胶鞋……

过年忌讳尸体，很多人就不愿意拉尸体，找各种理由说自己忙。我记得那天很晚了，是我和爸爸一起把桃红婶子的尸体拉回来的。周围几个男人嘴里叼着烟，面无表情地看着老锅，几个女人却有点想哭了。老锅大声哭了起来，我从来没见他哭得那样伤心。

夜晚，天很冷，路很滑，夜很长，心很痛，灰蒙蒙的天，要把土地吞噬。

过了年，打过春，老锅一个人不仅要照顾着四岁大的孩子，还要养着近两千只鸡，总忙不过来，越来越力不从心。家里也没有其他亲戚帮忙，现在喂水、喂料都无法按时间了，鸡蛋的产量也一天天地下降。有一天，他家的鸡一下子死了几十只。

有人经常看见老锅夜里抱着孩子到桃红的坟边，一哭就是一夜。

爸爸到他家的时候，老锅的腰弯得更厉害了，好像行四十五度鞠躬礼一样，看到爸爸，老锅什么也不说，还是用手提了提裤腰带。爸爸说："你家的鸡再这样养下去，非得死完不可。"老锅仍旧没有说话，他弯着腰，眼睛向地上看着。

"你再坚持几天，我把家里的一批老母鸡处理掉腾出地方，你家的鸡我全部买了。"爸爸说。

老锅什么也不说，他低着头，好像在思考着什么。一阵沉默后，他说："价格咋说？"

"老锅有点不正常，非得出事。"有一天吃饭时，爸爸对妈妈说。

“是因为养鸡吗？”妈妈说。

“也许是吧。他变了，怎么只关心钱啦？”爸爸说。

过了几天，爸爸就四处寻找鸡贩子，在县城里碰到了一个信阳的鸡贩子，一下子处理掉两千只老母鸡。为这事，我还听到妈妈与爸爸争吵：“不是要处理一千只吗？”可爸爸坚持处理掉两千只鸡。到了晚上把鸡装上车时，老锅来了，他对贩子说：“你们还要吗？我家还有两千只，价格随他的就行。”

信阳的鸡贩子到了老锅家，看了看鸡，鸡很瘦弱，抓了五只称了一下，还不到十五斤，就在价格上每斤又压二分钱，爸爸一个劲地说：“你不能卖，你不能卖。”老锅说：“我的事不用你管。”气得爸爸转身走了。不过，老锅还装了赖，讹了鸡贩子，听别人说，鸡卖的价格很好，每斤还比我家的贵三分钱呢。

半个月没见到老锅了，有一天，有人来我家买鸡蛋说：“老锅死了。”爸爸一听愣住了，就问：“咋回事啊？”爸爸发疯似的跑到老锅家，院子里围了很多人，爸爸看见老锅躺在地上，脸色煞白。有人说老锅吃了老鼠药寻了短见。

旁边，他四岁的孩子哭得嗷嗷直叫。

有人愤愤不平地说：“卖鸡的贩子只给他一千元钱，说剩下的钱第二天才送来，他上当了。老锅借了别人太多的钱，卖鸡又被骗，他想不开啊！”

“妈的，该死的骗子。”爸爸咬着牙齿说。

那一天，爸爸喝了很多的酒。爸爸说：“老锅是骗子害死的，该死的骗子！”接着，他摇了摇头，又说，“不对，老锅的死是钱惹的祸，没有贪心怎么走到这一步呢？”最后，爸爸说，“老锅的死是我的错，我不该带他去鹤壁见厂家的人，我不该领他干上一年学经验，还给他六千块钱啊……我是凶手啊！”我看着爸爸，爸爸表情变得很古怪。

我记得那年正是亚洲金融危机，爸爸帮忙料理了老锅的后事，把他埋在桃红婶子的坟边，还收养了他四岁的孩子，爸爸给他改名叫来福，成为我的弟弟。从此，爸爸再也没有喝过酒，他再也不是从前的他了，有时候莫名其妙地暴躁起来，让我感到陌生，甚至可怕。爸爸的皱纹渐渐增多，两鬓黑黑的头发变得花白，变得稀少，他经常一个人自言自语，像感叹命运的无常。

太阳升起来，落下去，弟弟来福一天天地长大了，爸爸让他上了学。我记得，来福离开将军寺村去镇上读初中时，那天爸爸竟然笑了，他还让妈妈买了酒，好长时间了，我突然感觉爸爸还会笑。不过，爸爸并没有喝酒，而是带着酒一个人默默地走向了老锅的坟地，一坐就是一上午。

村里人也渐渐理解了爸爸，知道爸爸原来也是良苦用心，是为了让老锅少走弯路。我前几年回家时，大舌头婶子大老远就跑过来，说起来福就有讲不完的话，她对我说："来福知道疼你爸，每次从镇上回来，总会给你爸买爱吃的烧饼，你爸以后会有福的。"说完哈哈大笑起来。我回家问起爸爸时，他什么也不说，只是笑眯眯地望着天空，仿佛在等待什么，我看见爸爸的身边放着烧饼——爸爸舍不得吃。我没有想到，在老锅去世后，爸爸寂寥的生活竟有了生机，有了希望。

来福参加中考考试的那年清明，爸爸说："孩子要考高中了，这可是大事，你爹娘知道后在地下也会幸福的。"我们三个人一起走向了老锅的坟地，来福在前，我在中间，爸爸在最后。我突然发现来福长高了，很结实，他笑起来有一对酒窝子，像桃红婶子。爸爸望着来福，望着我，脸上写满了幸福。

一只南归的燕子迎面飞过来，在我们头顶飞过，燕子扇动着翅膀，向远处飞去，身后有一只雏燕，叽叽喳喳地跟着，两只燕子一会儿化作了小黑点，消失在天空中不见了。

祖传的军功章

电话是老家三叔打来的。三叔说话速度很快："老家进贼了，赶紧回来，看看家里丢了什么东西。"小杰放下电话，把这件事告诉爹，爹连忙说："啥？进贼了？快回家，快回家看看。"

小杰向单位请了假，赶紧带着爹回到老家将军寺。路上，爹一直叹气："唉，家里没人守，好好的东西都是给贼准备的啊。"

车上，小杰望着爹斑白的头发和沧桑的脸，心里一阵纠结。

爹的眼睛深深陷入眼窝中，小杰的内心有一种说不出的酸痛，前年结婚时的情景又浮现在眼前。他是将军寺村走出去的第一个大学生，又在城里找了工作，娶了个城里的媳妇。为了让婚礼办得体面，爹想方设法把家里的老院子重新装修了一遍，还特意买了冰箱、洗衣机等家电，安装了太阳能，粉刷了小院子。老家一收拾，还真像那么回事，各种物品都全了，小院子看起来倒像个城里的房子，村里人都说爹有本事。

妹妹小青大学毕业后远嫁省城，爹都六十多的人了，小杰不放心他一个人在将军寺老家，结婚后小杰和媳妇商量，老家不如城里方便，就把爹接到了城里，从此老家就没人管了。不过，在村里人看来，这是一个好事，终于进城享福了，可是爹却经常想家，想院子里的那几棵香椿树，想家里的那个大木床和几床破被子，当然，更想回到老家的那个村院内静静地坐上一会儿。

孩子出生后，小杰和媳妇上班忙，孩子需要有人照看，他就没同意爹回老家的想法。虽然爹不能回家，可他关心着家里的情况，经常催小杰打电话给三叔，让三叔到家里看看东西少没有，有什么变化。

爹的叹息还在小杰耳边萦绕，他在心里暗笑道，家里没什么东西，有什么可担心的呢？

车子刚到老家，不等车停稳，爹的脚已经下来了。爹推开院门，院子的木门“吱呀”一声笨重地开了。都快十月了，小杰看见院子里杂草从地中钻出来，长到了膝盖深，不知名的小虫子到处乱飞。他和爹踩过去，草“咔嚓”地倒了一地，开出了一条路。才多长时间啊，院子都荒成这个样子，小杰内心说不出什么感觉。他想起前年结婚时，小院一片热闹，全村的父老乡亲相聚这里，听请来的戏班子唱大戏，大家像赶集一样，说说笑笑，好不热闹，而现在呢？除了杂草的味道，除了虫子乱飞，什么也没有了。

三叔和三婶子也过来了。三婶子说：“咱们村东头挨家挨户被偷了个遍，老秋婶家的被子被偷走了，老沉家的三轮车被偷走了，俺家的架子车也不见了，你家刚安装的热水器没有了，冰箱也找不到了。”

爹一脸地不高兴，他说：“这些热水器、冰箱才买多长时间啊？被子现在也没有了，以后再回老家睡觉咋盖啊？这些小偷，咋啥都偷呢？”

三叔接过小杰递过的一支烟，吐了一口烟雾说：“这几年家里有劲的人都外出打工，年轻人不在家，村里只剩下年纪大的和小孩子，经常有小偷到来，东西也常丢。”

看着被偷的家，爹脸色凝重，他走过一个房间，又看着另一个房间，发现东西被翻得满地都是，家里没有什么大件东西了，屋子里很空。

三婶子说：“现在村子人少，小偷经常来偷，家里可别放值钱的东西了，赶紧都搬走吧，搬到城里去。”

爹生气地说：“该死的小偷，家里被偷成什么样子了？”爹看着院子，心里空空的。

三叔劝爹不要生气：“这些坏良心的人迟早要遭到报应。”

小杰也说：“也没有什么值钱的东西，丢就丢呗，以后回到城里再买就是了。”

爹很生气，哆嗦地说：“东西丢了就丢了？你说得倒好听，那可是我一辈子挣的啊，你睡过的被子，你娘缝过很多次的……”

过了一会儿，三叔和三婶回家去了，院子里没有了说话声，只有些不知名的小虫子“嗡嗡”地叫着。爹不说话了，开始抽烟，他一屁股蹲下来，一支接着一支，烟雾在院子里弥散开来。过了好长时间，爹不抽烟了，对小杰说了一句：“快收拾下吧，把值钱的东西都带走。”

小杰跟在爹的屁股后面，一个房间接着一个房间看，一股霉味呛得他不住地咳嗽起来，他捂住了鼻子。屋里狼藉一地，被翻的旧书、酒瓶子、茶壶和破鞋子扔得到处都是。他对爹说：“哪有什么值钱的啊？都被偷走了。”

客厅里，爹盯着堂屋里仍然挂着的一张全家福照片，上面一大家子人洋溢着笑容。他突然像想起了什么，赶紧对小杰说："走，快去西屋里看看。"

小杰跟着爹来到了西屋，他看到一个大木柜还立在那里——这还是他小时候放书的那个柜子，可如今上面却落满了灰尘，里面放的书被扔得到处都是。爹说："看看柜子上面还有什么东西没？"

小杰伸手去摸，可够不到，他搬来一个椅子，踩上去，抬起一只手开始到处找，什么也没找到。他对爹说："上面都是土。"一阵灰尘荡了起来，他忍不住打了个喷嚏。

"你再找找看，再找找。"爹瞪大眼睛说。

突然，小杰的手碰着了什么硬的东西，他对爹说："好像有个东西。"

爹说："快拿下来看看。"

小杰发现是个旧盒子，一惊，拿下来后赶快打开，盒子里有一张发黄的照片、一枚军功章和一个证书。他问爹："这是谁的啊？"

爹的手有些哆嗦，一遍遍地抚摸着穿军装的年轻人，颤抖地对小杰说："这照片上的人是你爷爷。"

小杰看着照片，努力想爷爷的模样，可是什么也没想起来，他有点失落。待了一会儿，当他的眼光停在发着黄光的东西上时，他忙问："这是啥？"

"这个是你爷爷的军功章。"

小杰拿起那枚军功章，仔细一看，上面还印有"抗日战争时期"几个字。他以前听老辈人讲起过，爷爷曾参加过抗日战争，跟鬼子拼过刺刀，肠子都流了出来。不过爷爷可算命大，竟把阎王斗败了，最后阎王没敢收留他，爷爷昏迷了三天三夜，被抢救了过来，部队后来奖励给爷爷一枚军功章。看样子像是真的，小杰庆幸军功章没被偷走。

小杰和爹把一些值钱的东西都装在车上，回到了城里。一路上，他反复抚摸着军功章，心里盘算着军功章值多少钱，如果卖的话，说不定还可以租个大点的房子呢。他越想心里越高兴。

回到城里后，有事没事，小杰就托几个懂收藏的朋友打听军功章的价格。有人说："只要是真的军功章，至少也要值几千吧，现在行情不稳，也可能值好几万呢。"不过，朋友们给小杰提建议，军功章是长辈用生命换来的勋章，是无价之宝，给多少钱也不能卖啊，应该把东西当作传家宝传下去。小杰听着，心里更高兴了，经常拿出来盯着这枚军功章，有时候一看就是一个上午。

过年是一家团圆的时刻，每逢这个时候，小青和妹夫也都会从省城回来看望爹。平时，妹妹小青因为在省城工作，离家较远，没时间回家，可每到过年，总会在家住上几天。这次回来，小杰看到妹夫开着一辆奥迪回来，见到爹出手就是两千，也给了儿子五百元的压岁钱。当媳妇收拾好房间让他们住在家里时，小青说："就不给家里添麻烦了。"他们在城里唯一的四星级宾馆住下。

谈话间，小杰得知妹夫早已不在房地产公司里当经理了，现在自己当老板，发古董方面的横财，生意做得可大了，近一年的时间赚了一百多万呢，听得小杰心里痒痒的。他想着妹夫既然做古董生意，应该对军功章的行情有所了解，就对妹夫说："我有一个军功章，你看值钱不？"他满怀期待地把军功章拿出来递给了妹夫。

妹夫拉开皮包，拿出个放大镜，用手轻轻地抚摸着，认真地看了看成色。好一会儿，他肯定地说："这个是真的，应该能值五六万元。去年我就交易了一个，五万元，不过那个保存得没这么好，缺少了一个角，当然这要靠操作。这个要贵一些。"

“真的？能值这么多钱？”小杰不敢相信自己的耳朵，他的眼睛闪出一丝亮光。

“嗯，当然是真的。这枚军功章用鎏金做的，纪念抗日战争中有功人员的，大概在上世纪四十年代发放，听说现在每枚都涨到十来万了，最终价格我要回去问下拍卖公司。”妹夫一字一句地说。

爹听了，生气地瞪着眼睛，用一个手指头指着他们说：“这是你们爷爷用命换来的啊，可不能卖啊！”

妹妹小青在一旁静静地听着，眼睛一刻也没有离开那枚军功章。

妹夫也接着说：“是啊，是啊，那是爷爷的鲜血啊！多少钱都不能卖！”

小杰握着那枚军功章，心里堵得慌，没说什么。小杰和媳妇是双职工，每月只有可怜巴巴的三四千元，除去吃喝拉撒、日常开销和随份子钱，再除去每月的房租，基本上所剩无几了。他想，军功章这么值钱，爹却不让卖，可家里正缺钱，这可咋办啊？他心里犯了愁。

刚过大年初二，小青与妹夫要回省城了。临走时，小杰悄悄把军功章交给了妹夫，并嘱咐他多打听打听能值多少钱。

小杰心里有了盼头，他开始了等待，等待着军功章的价钱。到了正月底，小杰就接到妹妹小青的电话。

妹妹小青在电话里问：“大哥，那个军功章是谁的？”

小杰没有怎么想，就随口说：“这是爷爷抗日战争期间获得的荣誉，爹保存得完好，没被偷走。问出来了没？这个值多少钱呢？”

“既然军功章是爹的，里面也应该有我的一半吧？”妹妹又接着说。

小杰一下子明白妹妹打电话什么意思了，原来是想分钱的啊。他突然感觉妹妹好陌生，便冷冷地说："不行，这是我的。"然后又急促地问道，"到底值多少钱啊？"

"先别管值多少钱，那里面是不是有我的一半？你凭良心说话。"电话里传来妹妹大吼的声音。

小杰心里说不出什么滋味，他当然不同意小青的说法，但现在军功章在他们的手里啊。他真后悔当初把军功章交给了妹夫。

"你不同意，到时我跟爹讲理去。"电话那头妹妹小青气呼呼地说。

"那不行，是我的，你跟爹说啥？喂——喂——"电话那边没有了声音，小青挂了电话。

三月初六，小青和妹夫又开着那辆奥迪回来了。小杰见到他们，感觉很奇怪，妹妹平时不回来，说在省城忙，总是到过年才回来，爹想得开，对此也不说什么。可是，怎么今天就回来了呢？不过，也好，正好可以给妹夫要军功章。小杰心想。

"爹，今天是娘的忌日，我回来给娘上坟。"妹妹温柔地对爹说。

爹眉头舒展了一下："亏得你还记得你娘，你娘一天福可没享啊。"

小杰在一旁说："以前你总是忙这忙那的，娘三周年忌日也不回家，今天怎么不忙了？倒记起娘了。"

妹妹小青没说话。

妹夫在一旁笑着说："咱们上完坟，中午我请大家吃个饭吧，我请客。爹，您想吃什么啊？"

爹说："爹都快死的人了，只要一家人在一起，吃啥都行。"

他们上了妹夫的奥迪，小杰的孩子才三岁，在车上兴奋地叫着。小杰却心事重重，一心想着如何从妹夫那儿要回那枚军功章，却不知道怎么开口。

不过，一到了四星级大酒店，他就想了一个办法，他要单独约见妹夫商量。他让媳妇陪孩子在大厅玩，悄悄地把妹夫拉到了一边，对妹夫说："军功章呢？赶紧给我。"

"嗯，你妹妹拿着呢。"妹夫好像早有准备。

小杰心里有一股无名的火，但也没有办法，他一个劲儿地吸着烟，真想打妹夫一顿，可要不来军功章还是不行啊，怎么办呢？

此刻，妹妹正与爹在包间里坐着，她轻柔地对爹说："爹，我是您的亲闺女吧？按理说，军功章应该有我的一半吧？不能让我哥一个人占有，您说是不是？爹，您可不能偏向我哥啊！"

爹听着，心里憋得慌，什么也没说。他能说什么呢？

一会儿开饭了，大家坐在了一起，可是空气一下子却凝重起来，他们都不说话，只有三岁孩子的喊叫声。

妹妹突然说话了，她说："爹，您的那个军功章，我和我哥都有份吧？"

小杰没等爹说话，就急促地说："爹，别搭理她，那是我的军功章。"

"大哥，那是你的？可不要乱说，你从哪里弄来的？"妹妹反问道。

"爹给的啊！"小杰说。

小杰媳妇恶狠狠地瞪着妹妹小青，眼珠子都快掉出来了。

"爹的就是我们家的，你不能一个人独占，也应该有我的一半。"妹妹又坚持说。

空气更加凝重，只有三岁的小孩子说："妈妈，我想吃饭；爸爸，我饿了。"

爹低着头，像做错了什么事，始终没有说话。

妹夫说：“哥，军功章的价钱我问了，也不过九万元。这样吧，我给你四万五,一人一半，东西归我，你看咋样？”

小杰真是悔断肠子了，怪自己这么笨呢，老实地把军功章交给了妹夫。不过，四万五也不是一个小数目，他有点动心了。不过他仍不死心，就说：“太少，再多给点。”

“这样吧，咱们是一家子，亏就亏点吧，谁让你是我大哥呢？我给你五万元，不能再多了。”妹夫说话了。

“那好吧。”小杰满口答应，一脸的兴奋，像白捡了五万元一样。媳妇在一旁也露出了笑容。

妹夫果然给了小杰五万元，小杰接过沉甸甸的五捆钱，非常高兴，却没有发现爹的失落和不满。

妹妹吃完饭后就高兴地回省城了。

临走时，爹说：“让我单独坐坐你的车吧。”

小青笑着说：“可以啊。爹，这车可不便宜，您多坐一会儿感受感受。”说着，随手把装钱的包放进了车里。

妹夫感到脸上很有面子，头抬得很高，一脸得意的样子。

那天下午，爹没说什么原因就要回老家。

小杰又劝道：“家里什么东西都没有了，还回老家干啥呢？再说孩子还小，还要您照看呢。”小杰仍然数着那几捆钱，一遍又一遍，最后放进了床头柜。

小杰下班回来，不见了爹，就有点担心爹了，问媳妇：“爹呢？”媳妇说：“回老家了。”小杰赶紧给家里的三叔打电话，说：“俺爹回家了，如果家里有什么事，就打电话告诉俺。”

三叔问：“咋回事？你爹不是在城里住得好好的吗，咋突然间就回来了？你惹你爹生气了吧？”

小杰随口一说：“可能因为把军功章卖了吧，爹生气了，看见我们兄妹俩就烦。”

“是你爷爷的那个军功章吗？能发黄光的那个？”一阵沉

默，接着三叔小声地问。

小杰说："是啊，幸亏爹放得严实，没有被偷走，要不然早就丢了。那个小东西，可值不少钱，卖了快十万呢。"

还没等小杰说完，三叔说："如果家里有什么事，我再跟你联系。"三叔一挂电话，就把消息告诉了远在北京的老二，"咱爹的军功章找到了，值十万块呢。"老二差不多十年都没有回家了，一听到爹的军功章找到了，就说："清明我一定回家，咱们跟老大要好好理论理论这事。"

清明节前一天，老二开着车从北京专程赶回来，说要给娘添坟，分别了近十年的三兄弟终于坐在了一起。小杰的爹是老大，他们仨就到了老大的院子里。老大买了几个小菜，打开了一瓶酒，老大很激动，说："十年了，十年了，咱弟兄三个又在一起了。"

老二和老三说："哥，你是老大，小时候娘去世得早，爹和你为了这个家不容易，俺敬你。"

弟兄三人喝了一杯，想起以前的日子，他们都无限感慨。

爹望着老二说："老二，你出去闯荡时，才二十岁，现在一晃都二十多年了，你长本事了，在北京都买了房子了。"他想起兄弟们光着屁股一起跑着玩的日子，叹了一口气，"真快啊，老二，你现在都有白头发了。"

老二也说起来这二十来年在北京的不容易，捡破烂儿、打零工、卖小吃……不住地叹气。

老三说："大哥，二哥，走一个吧。"三兄弟端起酒杯碰了一个。

过了一会儿，老二问老大："大哥，听说咱爹的军功章找到了。"老二的眼睛盯着老大直溜溜地看。

老大喝了不少，他长叹一声道："是啊，找到了，还有咱爹的照片呢。"说着，他走进屋里，把那张泛黄的照片拿了出来，递给了老二。

老二接过照片，看都没看，就扔在了桌上，他对老大说：“那个军功章呢？应该是咱爹的吧，是不是也有我和老三的一份啊？”

老三看老二开口了，异常地兴奋，他也附和着说：“就是，大哥，那是爹的东西啊，咱弟兄仨都该有份啊。”

老大端起的酒杯又放下了，他突然间不说话了，院子里死一般宁静。

老大看着爹的照片，一杯接一杯地喝酒，他想不明白，军功章是爹，还是照片是爹？他们怎么都关心起军功章来了，一点也不关心爹呢？

老二站起身来，对老大说：“哥，听说军功章卖了十来万，我们每人也要有三万多吧。”

老大没有说话，他的脸色很难看，他的手里端着酒杯，看都不看，一抬头酒下肚了。他痛恨起自己来，为什么要找到军功章呢？他现在有点怪小偷了，不是怪小偷偷东西，而是怪他没偷东西——如果把军功章偷走，不就没这么多事了吗？

“赶紧让你儿子送钱回来，明天我们来拿钱。”老二又说了一句，他不吃菜，也不喝酒，两只眼睛看着老大抬头喝了一杯又一杯。

老大好像喝多了，他说：“喝酒，喝酒，咱们兄弟仨……十来年没在一起喝过酒了吧……”

“喝什么酒啊？赶紧打电话让小杰把钱送回来。丑话说在前头，明天拿不回来钱，谁都别想过得劲。”老二说完，扭头走了。

老大仍一杯接一杯地喝酒。

老二走后，老三并没有马上跟着走，他对老大说：“大哥，你别喝了，酒不是什么好东西，会伤身体。其实，你也别生气，二哥说得也在理，你就赶紧让小杰拿钱回来，这军功章真不是你一个人的啊。”老三倒了一杯酒，喝了一口，“你可不能装赖啊，大哥。我也走了，明天我们来拿钱啊。”

老三也走了，喝酒声没有了，喧闹声没有了，院子里又恢复了平静。

这时，村里比平时热闹许多，有人在外面说笑、问好。明天就是清明节了，出门在外打工的人都从四面八方回来了，他们都要给祖宗上坟，这里是他们的根啊。

老大喝多了，他晃晃悠悠地向前急走几步，却一下子扑倒在地上，他翻过身子，舒服地躺在院子里。他越想心越痛，唉，为什么要把爹的军功章保存得那么完好呢？唉，为什么要找到军功章……他听不清自己说着什么，只感觉头好大好大。

一阵凉风吹来，吹着他那破碎的心，他睁开模糊的眼睛，一个人静静地望着夜空，天上怎么那么多的军功章挂着，一闪一闪的？地上怎么那么多的星星闪烁着，一闪一闪的？老大喝得不省人事了，又吐了一地，他迷迷糊糊地睡着了。

第二天是清明，他起得很晚，太阳已经升起来了。他怪自己喝酒误了事，就慌忙提着竹篮子，里面装着馒头、水果、纸钱和鞭炮，又抓住一把铁锹，出了门向爹的坟地走去。

等他到坟地的时候，他发现那里竟然没有一点祭品，不像有人来过的样子，他有点埋怨老二老三，咋能忘记给爹上坟呢？

这是四月，天空什么也没有，光秃秃的，空旷的田野里只有麦子显得有生命力，绿绿的，一些杂草也长出了新芽。他握起铁锹，开始挖土添坟。然后，他从竹篮里拿出供品摆好，又点了纸。这时，很多坟头传来了哭泣声，还有鞭炮声，可爹的坟上却很冷清。他赶紧点燃鞭炮，鞭炮“劈里啪啦”地响起来。

长长的秋风

一进入饭店，张一鸣就注意到那个男人了。

男人非常特别，不说也不笑，看上去很消沉的样子，破黑帽子不高不低压住他的脸。他坐在饭店一角，一个人却要了一个大火锅，还有满满的一桌子菜。黑帽男人很显然不是在等别人，他已经开始吃火锅了。那么多菜，他一个人怎能吃得完呢？张一鸣心里想。

黑帽男人动了几下筷子，不知为何将筷子扔进了火锅里，再也不动筷子了。他开始不停地喝酒，先是要了一瓶白酒，大口大口地喝起来。酒没了，他醉醺醺地大手一挥，服务员将一瓶白酒送来，黑帽男人又倒了一杯，一仰头，一杯酒“咕嘟”一声下去了。

黑帽男人身上弥漫着一种神秘的气息，令张一鸣恍惚间想起了什么，不过只是那么一瞬间，他不是很确定，思绪就游离了。女朋友还没来，服务员问上菜不，他又看了看手机说：“再等等吧。”阳光透过窗户照射进来，照在了水杯里，像一朵残碎的花瓣。

一个乞丐在饭店门口停下来，斜着眼睛望着饭店，手中的茶缸握得紧紧的，一动起来，里面响起咯嘣咯嘣的硬币声音。他抬起脚准备进入饭店，见有客人出来，赶紧让到一边。他大概不好意思进这家饭店，毕竟他身上脏兮兮的，来这种地方有点难为情。经理不知什么时候跑出来了。“你，要饭的，哪儿远上哪儿去。”经理扔给他十块钱说。

乞丐没捡钱，准确地说，他连看都没看地上的那十块钱。经理被激怒了，脸拉了老长：“别给脸不要脸，给我赶紧滚蛋。”

“我是来吃饭的……”乞丐说完，自己低下了头，像一根弯豆芽。

经理翻了白眼对乞丐说：“你看，没地方了。”

黑帽男人摇晃着身子说：“他是我的客人，来，快来啊！”

张一鸣望着那个乞丐，又回过头来看那黑帽男人。他们认识吗？乞丐真是他的客人？不过话说回来，是与不是，和他又有啥关系呢？现在他关心的是他女朋友，都几点了，她怎么还没来？他又拨通了电话，仍是没人接。他心里乱得慌。

乞丐面带笑容快步进来，在黑帽男人面前坐下，双手却不停地来回搓着。黑帽男人呜啦呜啦地说着什么，他显然喝多了，声音一声高一声低的，乞丐一句话也没听进去，只顾低着头吃东西。火锅真烫，咕嘟咕嘟地冒着泡，乞丐肯定是饿了，夹起来就直接塞进了嘴里，烫得直咧嘴。黑帽男人笑了，劝乞丐慢点：“来，先喝杯酒嘛！”可乞丐却没喝酒，仍然闷着头吃起来。黑帽男人说话了，声音像从阳光中传过来，一点一点地击中张一鸣的耳膜，刺痛他的神经，熟悉又陌生。

“你说说，这是哪秧子事呢？”黑帽男人嘟囔着说，“我现在想回家，竟然找不到家了。你说说，有没有家，这不都一样吗？”

乞丐瞪着大眼睛望着他，抹了抹嘴没说话。

“你老看着我干吗？真的，我不骗你，我真是有家的，不像你，到处漂泊，四海为家。我马上就要回家了，哈哈，就在前面，老婆，儿子，闺女，他们都等着我哩！”男人的声音伴着火锅味传过来。

“唉！”黑帽男人长叹了一声，一个人又啰嗦起来，“算起来，也快有二十年了吧。时间过得真他妈的快，就是一转眼的工夫啊！”黑帽男人话多了起来，好像他很想找人唠唠自己的事儿。

“这件事，怎么说呢，我一直忘不了，越是想忘越是忘不了。一个女人来我家批发鸡蛋，就她一个人……哈哈，你笑什么？”黑帽男人声音也慢慢平稳了许多，像是自我解释，也像自言自语，“你可能不知道，那时我家里养三千多只蛋鸡呢，家里还开个代销点，有钱花，村里人可羡慕我了。那个女人经常来我家批发鸡蛋，拉到集市上去卖，卖不完就骑着三轮车四外庄地到处跑。她这个女人嘛，长得不高也不低，瘦瘦的，爱用白色的手绢扎着个小辫子，还常常把辫子摆放在胸脯前，一摇一晃的……”

乞丐手中的筷子停住了，夹在手里，他傻笑着，期待黑帽男人继续往下讲。很显然，女人的诱惑要远比火锅的诱惑大得多。

“你说说，咱们农村人哪有人把辫子摆放在胸前啊？老摇来晃去的，你见过吗？将军寺村只有她一个人那样做，我看见她心里就高兴。她嘛，很干净的样子，看上去很排场，很正经。哈哈，你看看你，你都流口水了吧？”黑帽男人停顿了一下，装作咳嗽起来，嘴角往上轻轻一挑，笑了。他应该想听乞丐的回答，或者在等乞丐的反应吧，可是乞丐并没有什么表示，反而不好意思起来，头一低又继续吃东西，拼命地吃，比刚才吃得更快更猛，不过一句话也没有说。

“你看看你，看看你那个熊样！”黑帽男人继续说，他非要把这件事说完，“当初谁想那么多呢？你不会知道，她是一个怎样让人心动的人。她那天依然用手绢扎着辫子，摆在胸脯前，我现在还记得，那个手绢是白色的，上面还有几朵小黄花，像是为我盛开的。那天，你没见她多么开心，她说鸡蛋早卖完了，价格也出奇地好，她要赶时间再进一车。这次她一下子要了三筐鸡蛋，有一百五十一斤——对于她的事，我总是记得很清楚。我说都是老主顾了，就按一百五十斤吧。你说说，事情到这里本也没有啥了，可谁想到出了岔子呢？付钱的时候，她怎么也找不到六块钱了，我就说，六块钱的零头不要了。你肯定认为我是有预谋的，先让她有感激之心，然后再趁机……其实当时我只是客气一下，大家都熟悉了——不给钱也得让她拉走啊！你说是不是这个理？”

乞丐点点头，没说话，他好像是不知道该说什么。不过，张一鸣听着，却心中一紧。其实对于那件事，只有黑帽男人心里明白怎么回事，别人又怎么能知道呢？

“她这个人非要把钱给我，先是掏了左裤兜，再是右裤兜，然后上衣的外兜，还是没有找到。当时她显得很不好意思，脸都红了，嘴里一直喊着抱歉说，我有好多零钱呢，咋找不到了哩？我说，真的，别找了，这算是个啥事呢？以后赶着算就是了。说真的，我不打算要那六块钱。可不知为什么，她越拼命地找钱，我越不想要那钱。就在那时候，我口渴了，想找杯水喝。我整个一上午都忙，还没来得及喝口水。我推门进了里屋，但是想想让她一个人站在外面也不合适，她是我的客人呀！这样做会失了礼节的。我就扭头对她说，你进来喝杯茶吧……对，我不能让她站在外面，这显然有点不够意思！”

“她肯定也没有多想，一边跟着我向里屋走，一边继续在身上找零钱。我倒好了水，她解开了上衣的扣子……”黑帽男人又喝了一杯酒，回忆起往事，他嘴角竟然流露出一丝笑容，“她正从里层的衣兜里掏出一把钱，然后她说，你看，我有零钱吧，你这都是小本生意，哪能不要啊？你猜，当时我看到了什么？”黑帽男人压低了声音，但张一鸣还是听到了，“我突然看见她白花花的奶子，像刚出锅的大馒头顶住秋衣，乱了我的心。只是那么一眼，我心里开始晃动起来。唉！我不知该咋说了。我把水杯递给她，她推却了一番，还是接住了，放在了嘴边，可是水太热，她就放在了桌子上。真的，我说，老主顾了，你看，都老主顾了，这几个钱你就别给了。以前，尽管她批发鸡蛋，都是孩子他妈收钱，我只不过帮她把鸡蛋搬到三轮车上，远远地看她离去。可是那次我的手碰到了她的手，她的手温暖温暖的，我的肚子咕咕乱叫起来，她把那六块钱揣在手里，和我相互拉扯起来。真的，我发誓对她真没什么想法，我也不知道该怎么向你说这话。当时我们就那么推辞了几下，我的手不知道怎么就握住了她的手，当然，她的手也不知道怎么就握住了我的手，竟有湿湿的汗水。这时我们俩都笑了起来，说句实在话，当时我笑的原因，是用来掩饰我内心的害羞。我握住了她的手，一个女人的手，尽管有些粗糙，暖暖的，仍然泛起我内心的波纹。我感觉不好意思，这时候她也意识到了什么，赶紧把手从我手里抽出来，六块钱掉了下来，扑棱扑棱地飘落在我的心头。她的手停在半空中，她低下头，不再说话，脸上竟然浮现出来了红晕。她也笑了起来，露出了两个小酒窝，浅浅的。以前，我怎么没注意她还有那么迷人的小酒窝呢？我的心痒痒的。”

黑帽男人又倒了一杯酒，然后滋啦一声，酒没了，乞丐满怀期待盯住他，眼睛一动也不动，像是一只猫发现了老鼠。

“我当时真是个疯子。那个女人，三十七八了吧，大孩子也该有十来岁了。当时，我真应该想到孩子他妈，想到孩子，我是有罪的，都怪我没能……那个女人，她家庭条件不好，两个孩子都上了小学，否则我咋会不要她的钱——那不是客气，我是可怜她，真想帮帮她。以前嘛，我也有帮她的时候，孩子他妈是知道的，我家的死鸡，没少给她——她舍不得花钱买鸡改善生活，对她来说，一只鸡贵着哩！那个女人，她男人是个酒鬼，爱在外面喝酒鬼混，不怎么顾家……做了那样的事，我知道我不是个人。唉！我不是个人啊！”

黑帽男人顿了顿，像是感叹，长舒了一口气又接着说：“那个女人的事，孩子他妈应该不知道。我们将军寺村经常有男人跟那个女人开玩笑，有些玩笑很露骨，分明是在调戏她，可她只是无奈地一笑，除了一笑，她还能干什么呢？听说还有些男人晚上去敲她家的门，我从来没有取笑过她，她真可怜哪！说到底，她是个女人嘛！我真想帮帮她！她男人也不经常在家——其实和没男人又有什么区别呢？她真不容易，我看着可怜！哪个女人不是为了孩子呢？可怜天下父母心！孩子要上学，男人也不挣钱，回家还跟她要钱买酒喝，不给钱就揍她，没轻没重的，照死里打她。我没有一点坏想法，我真的想帮她，想让她走出困境。大家都错怪我了，真的——当然，我也不怎么高尚。如果我高尚，也就没有后来的事了。唉！我连个禽兽都不如！”

此刻正是饭点，饭店里热热闹闹的，人也越来越多，吃饭的，喝酒的，谈笑的，说话的，乱哄哄的嘈杂一片。

黑帽男人非得把这话说完，他接着说：“那是秋天，像现在一样，天不热，可是我的身子一直在发烫，看得出她也和我一样热。我试着解开上衣的扣子，解了两次才把第一个扣子解掉，第二颗扣子竟然拽掉了。你知道吗？她的手一直在抖动着，我看得很清楚，以前她不是这样的。当时，不知道怎么了，我的心一直在颤抖，全身在拼命地颤抖。我向前走了两步，她仍然一动不动，静静地站在那里，就像在等我一个久违的——拥抱。我听到了她的心跳，她的气息，很急促。我当时说了什么呢？我真记不得了。她好像说要去集上卖鸡蛋了，要不集散就晚了，然后她就深深地咽了一口唾沫。我不让她走，我对她说，再坐一会儿吧，喝了这杯水，对，喝了这杯水再走吧，我当时就让她喝水来着。你相信吗？自从结婚，我什么事都顺着老婆的，更别说做对不起她的事儿了。我终于靠近了她，慢慢地贴在了她的身上，我能感觉到她的体温，还有她的心咚咚地跳着，就要跳出来了。我不由自主地抱住了她，她没有反抗，却紧紧地挽住了我的脖子，我的心酥了，酥了。该怎么说呢？你——不明白那种感觉是怎么回事，我也不知道该怎么说，你以后会慢慢明白的。唉！我怎么向你说这些陈谷子烂芝麻的事呢？怎么说呢？你明白吗？我记得很清楚，她一边提起裤子，一边使劲地骂了我一句，你他妈的别以为我是个'破鞋'，然后她就蹬上三轮车，唧唧哇哇地走了。那天她留给我一夜的思考，也就是在那天晚上，我老婆又怀上了女儿……后来，她的影子老在我眼前晃来晃去，像毒蛇一样吞噬我的心，我的心一会儿收不住，就随风飘远了。我发誓，我一直在克制着自己，就有三次没忍住，唉——两次在她家，还有一次……"

黑帽男人不再说话了，眼睛也盯着乞丐，乞丐只是傻傻地笑，期待他继续往下说。

"犯错总会遭到惩罚的，我以前不信，自从经历了那件事，我信了。其实，我的心每天都在煎熬，你不要以为我心里好受。那时候一见到儿子，我心里感觉对不起他；见到闺女，我心里感觉对不起她；见到老婆，我心里更是充满了愧疚，不敢抬头看她。对不起人的滋味，我算是体会透了。有一段时间，我简直要恨死我自己了，怎么犯那样的错误呢？孩子在我面前开心地跑来跑去，可我的内心里却藏有无尽的痛苦，我每天都在接受良心的谴责，这也是我罪有应得！老婆也许觉察到了什么，反正她不再理我，把精力用在孩子身上。后来，儿子六岁，闺女两岁时，还是出事了。那天我对老婆说，要去集上给鸡买疫苗，我故意拖延时间到了天黑，我在麦秸垛旁等她。她那天很高兴，辫子依然摆在胸前，白色的手绢拴在上面，也拴住了我的心。我把麦秸垛挖了个洞，她钻了进去，然后我也钻了进去，我们就在里面……我记得那是个冬天，我们躺在了一起，她温柔似水，她温暖如春，她激情如火。可是，不知道怎么回事，那个该死的酒鬼领了一群男人冲了过来，幸好我跑得快，否则我肯定被人打死了……那个女人后来跳河死了，就在村前的将军寺河，当然是我的原因，是我害了她。我有罪，我对不起她！”黑帽男人竟然哽咽了，然后哭了起来。

大厅里也许有点热，他把帽子摘了下来，放在了桌子上，然后又放在了一个板凳上，抹了一把眼泪。“如今我回来了，你想，二十年了，有些事情会清楚了。我找孩子，你说，孩子会原谅我吗？不能原谅我吗？还有老婆，会原谅我吗？说实话，我想家了，想孩子了，想老婆了，我想回家！”黑帽男人低下头，嘤嘤地哭了起来。

乞丐坐也不是，站也不是，突然他起身要走。黑帽男人眼一瞪说：“你怎么就这样走了？真不够意思。”乞丐站了起来，又坐了下来。

“干一杯，来，再干一杯。”黑帽男人举起了酒杯。

没多久，乞丐到底还是走了，是在黑帽男人发呆的时候走的。乞丐一走，张一鸣站起来，走向了那个黑帽男人。当张一鸣站在黑帽男人身边时，足足看了他十秒钟，黑帽男人也一样，也看了张一鸣足足十秒钟，然后两人都愣住了。

“你应该是——我早就注意你了。你说，你怎么才来呢？我知道你要来，我太了解你了。”黑帽男人不哭了，说话很自信，他好像早就知道了很多事。

“嗯？”张一鸣没有说话，只是望着黑帽男人，他明显地苍老了，往日的英俊没有了，头发变得斑白，像干枯的草一样，帽子压过的头发贴在头皮上。张一鸣甚至感到，曾经高大威武的他，现在看起来倒有些佝偻了。

“你好吗？你妹还好吗？家里人还好吗？”黑帽男人说，眼睛不知道往哪个地方放。他弯下腰，取出了一本书说：“孩子，这是给你买的书，读书会有出息的。”接着他又取出了一双蓝手套说：“孩子，这个是给你妹妹买的手套——你妹妹上高中了吧？”他又从包里掏出了一条红围巾，轻轻地对张一鸣说：“这个是给你妈妈的，你妈妈最喜欢红色……”

张一鸣没有说话，他不知道该说什么，看着他醉酒伤心的样子，心里五味杂陈。

“你变化可真不小，孩子，我记得，我走的时候你才这么高。”他做了一个动作，用他的右手比划在腰旁，“你看看，你现在都到我的耳朵了吧。”黑帽男人向张一鸣贴近了一步，想拉近他们之间的距离，想走进张一鸣的内心，可是张一鸣往后退了两步。张一鸣现在感到的不是安全，反而感觉很陌生。黑帽男人停住了，脸上的一丝笑容僵住了。

“这么多年了，我想回家。真的，我累了，家多好啊！”黑帽男人脸上闪着红光，吐着粗气，在他的眼角分明淌着一滴眼泪，晶莹晶莹的。

“你想回家？”张一鸣终于说话了。张一鸣低着头看了看，看见男人的皮鞋很脏，上面落满了厚厚的一层土，有一块干泥巴还粘在鞋底上。他右脚鞋子上有个指甲大小的洞，里面的白袜子都露出来了，袜子早变成黑色了。

“是啊！想回家。我攒了钱，不少呢，有保障啦！孩子，你妈，你妹，我们都会享福的。我知道，这些年，你妈不容易，我对不起她。真的，我对不起一大家子……”

张一鸣听不下去了，打断了他的话：“有什么对得起，又有什么对不起的？你——你想回家，那你——得问我妈同意不？”

“这个嘛！——当然，当年我那么绝情离开了家，今天我肯定要求得你妈妈的原谅。她会原谅我吗？你妈妈的脾气我知道，她就爱认死理，九头牛也拉不回来！”他望着张一鸣，看他满不在乎的样子，“你在听吗？孩子，你在听吗？”

黑帽男人显然注意到了张一鸣没认真听，其实他一直在想着往事。他看见了男人那张沧桑的脸，带着血丝的眼睛写满了期待，心里恨死了面前这个男人，说不出来的滋味，他的泪水控制不住了，流下来了。“听着呢，我怎么没有听呢？我带你见妈妈去。走吧，现在就走，我带你去。”张一鸣说着说着，抹了一把眼泪。

张一鸣和男人走出饭店，脚步很坚定，其实自从黑帽男人离开家后，这些年在路上他一直都很坚定。四周一片寂静，长长的秋风吹过来，吹起他悲伤的气息，然后吹进他的内心。天怎么有点初冬的感觉，真的很冷。

张一鸣在前面走着，黑帽男人在后面跟着，走着走着，张一鸣发现黑帽男人确实喝多了。走不多远，黑帽男人总要用手不住地扶住腰，想吐又吐不出来，样子很狼狈。走过了一段又一段路，黑帽男人有点吃惊：“你不是有车吗？怎么不开车呢？”

到底为什么没让他坐车呢？张一鸣什么也没解释，黑帽男人也没有继续问。张一鸣也许是——简直是故意——然而黑帽男人像个企鹅一样，摇晃着身子跟在张一鸣身后。他们一前一后向前走，穿过了秋后的田野，经过了满是尘土的小路。偶尔有几只小鸟提着嗓子叫着，长短不齐的声音在田野上空回荡，张一鸣走着走着，不知道为何抬起头仰望长长的天空。

“你怎么不说话?”那个黑帽男人叹了一口气，太阳要落山了。

张一鸣沉默着，一语不发，他没有什么好说的。在黑帽男人那一声叹息声中，张一鸣听出了很多：曾经的悲伤、吵闹、泪水和不甘，种种的无奈……

前面的将军寺河，水位又下降了不少，可秋风一吹过，河水仍然能变得皱起来，一圈圈的波纹向岸边跑去。将军寺河的岸边，树叶儿基本都落光了，树枝变得光秃秃的，剩下的几片枯叶抱住树枝不放。张一鸣和黑帽男人过了桥，那里有一个坟头，孤独的，在夕阳下显得很小。

“孩子，到这里来干什么?怎么不回家?我要急着见你妈妈!”这一路走来，自从张一鸣没有回答为何不开车后，黑帽男人就很少说话了。他只是机械地跟着张一鸣走，总要保持着两三步距离的样子，见张一鸣停了，他也停下来。张一鸣真想告诉他一个事实，可是他没有，不知道为什么，说骗也好，反正不想此刻告诉他这个事实。

张一鸣当然明白黑帽男人此行的目的，他是想与妈妈复合的，重新走到一起，毕竟他一个人在外面野得累了，倦了。说实话，自从黑帽男人离开家后，他都渴望见到爸爸二十年了。这次黑帽男人想重新走进这个家，想求得妈妈的原谅，开始新生活，这当然是件好事。

如果前些年黑帽男人回来，妹妹也不会辍学去南方打工；如果前些年黑帽男人回来，张一鸣肯定会大声地喊他一声爸爸，他不用拼命地道歉，也不用向妈妈忏悔，因为张一鸣太需要他了。可是一切的一切，还有什么用呢?张一鸣敢肯定，妈妈终究不会说原谅他了。张一鸣在一处荒凉的坟头前停下来，他再也控制不住自己，眼泪簌簌往下落。长长的秋风扑面吹过来，吹过了他的脸，吹过了他的心，吹过了他的忧伤。张一鸣指着坟头对黑帽男人吼道："你问问她，问问她吧！"

黑帽男人忽然就意识到了什么，遭电击一样瘫在地上，然后哆嗦地爬起来，爬到坟前，抚摸着墓碑，一字一字地细看，待他看清碑上的名字后就哭了起来。哭声一开始是压着的，后来压不住了，变成了号啕大哭，撕心裂肺的哭声惊起坟地里的一群麻雀，呼啦啦地飞上了天空。那座坟头很矮也很小，张一鸣觉得就像妈妈卑微的生命一样。枯草在秋风中发抖，白云在坟头上空浮起，一晃妈妈已经去世十年了。长长的秋风吹过，没有半点停留，和着男人的哭声回荡在秋天的黄昏里。

鸡笼子

俺奶在将军寺村可有本事了，这话当然不是俺说的，俺要是说这话你肯定不会相信，这都是村子的老人们说的。对于老人们说的话，俺是深信不疑的，而且还不只是一个老人这样说，越是年龄大的越是这么说，你信不信呢？

听俺爹说，俺爷在俺爹十五岁的时候就走了，俺奶带着俺爹弟兄三人不容易，俺奶一个人把俺爹兄弟三个拉扯大，一个一个地先后娶了媳妇，成了家。老辈人还说，俺奶可是跨过将军寺河走向村外的第一人，俺奶可是天不怕地不怕，到过县城做过大生意，与百里之外卖鱼的生意人都很熟。俺奶是捕鱼高手，正如你所猜的那样，这当然是俺爷“教”的，俺奶成为俺们将军寺村唯一一个靠捕鱼养活一家的女人。可是老辈人说，俺爷在世的时候，俺奶从不去主动碰渔网，俺奶说天天到河里网来网去的，自己的命都漂在水上，有啥意思？不过，自从俺爷去世后，家里没了经济来源，穷得揭不开锅，面对哭得嗷嗷直叫的三个孩子，俺奶心痛，俺奶没有办法，总不能让孩子饿死吧。俺奶说，横竖都是一条命，反正土地养活不了人，也带来不了什么福气，干脆死在水里算了，谁知道自己的命在哪里呢？

怎么说呢，其实刚开始俺奶不会打鱼，俺奶最初不想捕鱼。第一次捕鱼时渔网都没有撒开，要不是俺奶反应快，渔网都扔到河里了。可俺奶不信这个邪，俺奶无数次回忆俺爷打鱼的动作，以前俺奶在河边喊俺爷吃饭，俺奶还记得一些要领。终于俺奶一个人在夜里悄悄下了河——这是后来俺奶悄悄告诉俺的。在之后的十年里，将军寺村里人都不知道这件事，村里人只知道天亮时俺奶驮着朝阳带一些菜回来，大家都以为俺奶去赶早集了呢，谁也没有想到一个女人家在夜里去捕鱼了。

村里人都说俺脑子不太好使，说话不灵巧，可俺自己觉得俺正常着哩。俺爹结婚晚，直到第九年后才生下俺，还是头朝下生的，村里人都说俺不吉利，俺奶一直埋怨自己，说是自己的错，直到现在俺也不明白俺奶为啥这样说。俺爹把俺送到学校，校长问俺一个问题，你有几个手指头和脚指头？俺数了半天，数了这个，忘了那个，就是数不清楚，最后校长对俺爹说，不收了，你回家吧。去了有几回，学校依旧不收俺，爹把俺带回了家，所以到了九岁俺还没有上学，俺天天在村子里瞎跑着玩。

那时候俺爹俺娘忙得很，家里养有几千只鸡，家里一忙，大人们也懒得管俺，俺天天没事就黏着俺奶玩，俺奶对俺可好了。记得有一个晚上，俺奶坐在床沿边，透过窗棂子望着天上的那轮月亮，月亮就挂在窗棂子外面，白晃晃的，大地一片明亮。俺奶说，乖乖，你知道吗？再过段时间俺就出发捕鱼了。俺奶叫俺乖乖，其实说句实话，俺并不怎么乖，还特别会惹事。准确地说，俺曾点燃过村里人家的麦秸垛，捏死过张大娘的扁嘴子，刮过老瓦叔的树皮……为这些事俺屁股可没少挨打，可俺一点不觉得疼。俺奶说着话的时候，就用手抚摸俺的头，俺感觉俺奶的手上有一道道裂开的长口子，虽然时间长已经长好了，仍有凸凹不平的印痕，丝丝地触摸着俺的神经，掠过了俺的心。俺奶愣了一会儿，又想起了什么事，额头上拧成了疙瘩，满嘴跑风接着说，俺先把三个孩子哄睡着，就一个人趁着月色到河里捕鱼，驾着家里破门板扎成的“船”，带上你爷曾经使用的那个渔网，夜里捕上两三网，然后趁着夜色拉到集市上赶早集卖。卖完鱼回到家天就亮了，正好三个孩子也醒了，这样一下子持续了十来年，直到后来发生了一件事，俺再也不捕鱼了。俺奶不说话了，俺看见俺奶沐浴在月光里，头发轻轻地飘动，直到现在俺还一直认为俺奶就是一个神仙，只不过俺看不见罢了。

起初俺很好奇，这到底是什么事。俺心里是藏不住事的，问俺爹，俺爹哈哈一笑，什么也不说，头一扭走了；问俺娘，俺娘说不知道，俺还没嫁过来哩！谁知道是啥事？不得已俺又问俺奶，俺奶不告诉俺原因，俺越好奇，俺奶越不说话。后来俺算想明白了一件事，有些事不要刻意想得到答案，该知道的事迟早会知道的。不久俺奶一个人在俺面前自言自语起来，俺奶说，一天夜里，俺连续捕了九网，什么也没有捉到，俺都想放弃了，可又不甘心，这时候俺又撒下一网，瞬间一切静了下来，什么声音也没有，将军寺河的水也不流动了。俺感觉网有点沉，怎么拉也拉不动，最后用尽全身的力气才拉上来。俺奶望着俺看了一会儿，看俺没说话就问俺，乖乖，你猜猜，俺看到了啥？俺依旧没说话，俺心想能看到什么呢？俺用双手托着下巴盯着俺奶，只是发现俺奶的头发更白了。俺奶说，竟然有一个长着人手的大鱼，鱼头倒像一个人的头，嘴巴一张一合，竟然会说话，呜咽着什么，把俺都吓傻了。乖乖，你想想，大半夜了，谁见了一个张着大嘴巴、口口声声呜咽着“救俺”的怪物不害怕？当时把俺就吓坏了。俺奶用手抚摸了一下白发，满脸的皱纹画满了岁月的痕迹，俺奶又说，那天夜里俺就不知道怎么回的家，网也弄丢了，破门板也找不到了，也许被大鱼吞进了肚子里。第二天，你爹看见俺神情恍惚——那时你爹有二十多岁了，已经长大了，懂事了，问了俺咋回事，俺只说了一句话，以后再也不捕鱼了，这要人命啊！那时俺快五十岁了，打了九年的鱼，俺总认为一定是得罪了鱼，毕竟捕的鱼太多了——鱼也是一条条鲜活的生命啊！从此俺就不再捕鱼了。

又过了几年吧，也不知什么时候起，俺奶又开始喜欢上了养鸡，俺爹不管俺奶——其实，俺爹管也管不住俺奶，就随俺奶了。家里最初没有养几只，后来慢慢多了，从几十只鸡一直到几百只鸡，规模也慢慢大了，养到几千只鸡，直到现在俺家里还养着三千多只鸡。俺奶自开始养鸡，在每一次鸡下蛋后总要静静盯上一会儿，然后从鸡蛋中反复挑选，直到最后选出九个大个儿的鸡蛋让老母鸡抱窝。

俺奶养鸡不像别人那样只是用来卖钱，还有其他的目的。俺奶总是喜欢用柳条扎成鸡笼子，放进去一只大公鸡和一只花母鸡。后来俺爹多次回忆道，总能想到俺奶说过的话，别杀生，都是一条命啊！俺小时候经常看俺奶编鸡笼子，听俺奶讲过去的事情。俺奶说，乖乖，你不知道，一到夜里，俺就把你爹和你两个叔叔哄睡着，俺下河捕鱼，俺什么也不怕。在俺眼里，黑乎乎的夜就如同白天一样。怎么说呢，夜也是有声音的，俺能听见一个个声音在向俺问好，真的，月下的苇子、河水、水草，甚至树枝都是通人性的——它们能说话，也能听懂人的话。俺问它们哪里有鱼，苇子真能告诉俺地方。俺在奶奶面前听着听着，感觉眼前的桌子、板凳、鸡笼子张开了嘴巴，开始说话了。当天夜里俺做了一个梦，梦见白天俺吃的玉米、大米、绿豆都张牙舞爪地跑到俺身边来了，要吃了俺，把俺吓醒了，然后俺就哭了起来。俺奶问咋回事，俺说了原因，俺奶衣服都没穿就起了床，跪在床帮边一边敲打床帮，一边唱着：

床帮床帮神，小孩掉了魂。近了你给俺找，远了你给俺寻。

俺奶的声音一声高一声低，很有节奏，声音在快断的时候又高上去了。院子里静静的，俺听着听着就迷迷糊糊地睡着了，睡得很稳很沉。说也奇怪，后来俺再也没有做那样可怕的梦了。

不久后的一天，俺奶把竹筐编好了，圆口的，俺奶放进去一只公鸡和一只母鸡。俺到现在也不知道公鸡和母鸡怎么区别的，但是俺奶不一样，只需要翻过来鸡屁股看上一眼，就能准确判断出哪只是公鸡，哪只是母鸡。俺奶大声地对俺说，乖乖，你快来，把堂屋西边“火车头”帽子拿出来，里面有香，再拿盒洋火。听俺奶的声音，态度很强硬，不可抗拒——俺说过，俺脑子不太好使，但能听懂俺奶的意思，俺就赶紧照着去做。俺奶把香点燃，烟雾开始缭绕，弥散在整个屋子里，俺奶把三根香高高举过头顶，插在了香炉里，香炉里满满的小麦，还有一些燃尽的香灰。“扑通”一声，俺奶双膝跪下了，然后“咚咚咚”地磕了三个响头，嘴里呜啦呜啦地说着什么。俺能感觉到整个大地的声响。

本来俺想问俺奶，这是干啥呢？可俺一看到俺奶的眼神，不敢问了，更不敢动了。那种眼神，怎么说呢，让人害怕，有一种威严感，神圣感，俺奶直勾勾地往前看，好像前面有什么东西吸引着俺奶。周围仿佛有一双双眼睛在盯着俺，身边有个声音响起，你别说话，一说话就不灵了，俺也好像沐浴在一种金色的光辉里面。一直到现在俺还不知道俺奶当时说了些什么，多年以后，俺再回到将军寺的时候，俺还能想起俺奶那虔诚的目光和坚毅的眼神，还有一双不知道从哪里来的眼睛盯着俺看，一种不知哪里冒出来的声音响起来。

将军寺的鱼肉好吃，鱼卖得很好，成为当地的一道名菜。打鱼的生意也很好，后来村里人为了捕更多的鱼，卖更多的钱，就买了大渔船，还用电网进行捕鱼，有时一夜就能捕上好几百斤鱼。不久前的一天，将军寺河里发生了几件让人很头疼的事。将军寺河里最大的一条捕鱼船竟然烂了个洞，可是那洞越补越大，后来整条船在光天化日之下竟然下沉了，大家眼睁睁地看着下沉，一点办法也没有，打捞上来时，发现了九个大洞。又有一次，一个九岁的小男孩在河边玩，不知道啥原因，就是找不见了，最后挖沙的人在河里找到了尸体，小男孩蜷缩着身子，手僵硬地向前伸着，像要抓住什么东西。还有一次，七十九岁的张大娘寻找丢失的花母鸡，回来经过将军寺桥时，腿不知道怎么就抽筋了，当时也没怎么在意，可是没过九天却去世了。

俺奶一听说这些事，眼神恍惚起来，咂巴着嘴巴说，多少年了，你到底又回来了，看样子俺是活不过这个冬天了。然后俺奶扭过头对俺说，乖乖，这都是命吗？过去的事，真放不下吗？你说说，这真的都是命吗？俺奶的白头发在微风中飘着，阳光照着俺奶的半个身子，眼睛里分明写满了疑惑、不安。

俺当时正在看成群的蚂蚁爬来爬去，俺一听俺奶问俺，就停住了，也不知道怎么去回答，俺眯着眼睛问俺奶，命？奶奶，啥是命啊？

命嘛——这个你不懂。这要怎么给你说呢，乖乖，你还太小……这时俺奶的手朝上指了指天空，俺顺着俺奶的手指向上看，一朵朵白云在天空飘来荡去，一会儿往东，一会儿向西，变幻着形状，一点儿也不停息。过去了这么多年，直到现在俺还不能准确地解释什么叫命，可俺一看到天空中飘浮的白云，就想到阳光下俺奶手指向天空的表情。

那些奇怪的事在俺奶的心中肯定留下了什么，俺奶再也不出门了，天天呆坐在老房子里，叹息声弥散在整个院子里。老房子的下面是用砖头垒的，上面是用土堆的，房顶是用草盖的，屋子里一年到头都很潮湿，甚至阴森。夜晚，屋子里甚至有蟋蟀的叫声，对于这个房子，俺爹早就说要扒掉重盖，可俺奶死活不愿意。俺后来明白了，那座老房子里有俺爷的影子，俺奶当然舍不得拆掉心里的那段记忆。

这几天，每次俺爹让俺给俺奶送饭，俺奶连看都不看饭，更别说吃饭了。俺奶只是问俺，乖乖，笼子没有扎好，不结实的话，可要出事的啊！然后又长长叹了一口气，唉！老了，你看俺这双手，到底不中用了。

将军寺逢会时，俺爹知道俺奶爱吃小焦鱼，就买了一些，俺爹让俺给俺奶送过去。俺端了半瓷碗去送，俺奶说，俺听声音就知道你来了，乖乖，你别让俺吃了，俺这都要死的人了，还跟活人抢啥东西吃？你过来，乖乖，你知道吗？俺刚才去了，又回来了。唉！你说，过去的事，真放不下吗？你说，这都是命吗？

俺没有说话。关于俺奶问的问题，俺一直感到太深奥，直到现在俺也没法回答，何况在当时呢？俺抵挡不住小焦鱼的诱惑，深咽了一口唾沫，然后俺将瓷碗端在手里，拿了一个小拇指大小的小焦鱼放在了嘴里，嘎嘣嘎嘣地嚼起来。

乖乖，你看俺“火车头”帽子里还有香吗？没有的话，让你爹逢会时去买九把来。看样子，俺要好好地说道说道了。

俺不解地问，要那么多香——干吗用呢？俺又把一个小焦鱼放进了嘴里，嘎嘣一声。

你这孩子，问这么多干啥？后来，俺发现了这个规律，无论是俺奶，还是俺爹俺娘，只要他们不想解释，总用这样的话来回答俺。俺知道多问无益，就没有再说什么。

俺奶突然换了一身新衣服，那是俺小叔从省城买来的，俺奶一直舍不得穿，俺奶说要到外面看看。俺非常吃惊，差不多有半月了，俺奶都没出老院子，俺奶这是要干什么呢？俺想不明白。俺赶紧跑到养鸡场告诉俺爹。俺爹对俺说，跟着你奶，一步也别离开，有啥情况赶紧回来给俺说。俺连忙说，好好好。俺就跟在俺奶的屁股后面，一步也不敢离开，俺怕俺爹的耳巴子，那是真打，火辣辣地疼。

俺奶自出家门，就走得很慢，准确地说，是在一步一步往前挪。俺奶一只手拄着拐杖，两只脚一抖一抖往前，眼睛却往两边看，有时候在某一处良久不挪一步，像在留恋着什么，回忆着什么。俺就说，别走了，奶奶，歇歇吧。可俺奶什么也不说，目光又往前望着，直到来到将军寺河边的一棵弯柳树旁。

俺村的老歪奶奶眯缝着眼睛，正朝柳树上看，小孙女小雪站在身边。老歪奶奶和俺奶年龄相当，两人年轻时就很要好，听说俺爷去世的时候，是老歪爷爷打的杉木棺材，一分钱也没收。后来，俺奶捕鱼，也没少周济老歪奶奶家。

乖乖，你俩到一边跑着玩儿去吧……俺奶笑着说。

俺知道，俺奶是让俺和小雪走开，俺们便一起走开了。来到将军寺河边，那里全是长短不齐的枯草，长得却很安静，将军寺河的流水不知疲倦地流着，哗——哗——。俺回来一看，俺奶和老歪奶奶都仰着头，金色的阳光照耀在身上，怎么说呢，俺感觉两人倒像金色的老神仙。

俺和小雪比赛往河里扔瓦片，看谁扔的瓦片转的圈数多。扔瓦片也有技巧，俺不懂那些，一扔瓦片就像石头掉进水里一样，“咕咚”一声沉下去了。小雪笑得很甜，一点也不嫌俺笨，握着俺的手说，你看你，还不如俺哩！俺来教你吧。小雪的声音甜甜的，手心湿湿的，有汗，小雪告诉俺技巧，只要用三个指头就行了，两个指头捏住，中间的指头顶住，用胳膊用力甩。俺记住了，试了试，真的很好用，瓦片昂起头前进，在水里转了九圈，伴着小雪的笑声才停下来。过了一会儿，俺俩玩累了，就趴在草地上盯着水，然后就返回去找奶奶。俺奶和老歪奶奶面朝着将军寺河跪着，双手合十，嘴里不知道念叨着什么。阳光绽放在她们的身上，金光闪闪，俺和小雪对着她们的影子看了半天。

一看到俺们回来了，俺奶说，该走了。俺奶哆嗦着想站起来，可使不上劲儿，俺赶紧扶起了奶奶。老歪奶奶也说，是该要走了。小雪走过去，搀起了老歪奶奶。

不知道什么原因，自那天和老歪奶奶见面后，俺奶不再出门了，俺奶一个人待在昏暗的屋子里，天天默默地盯着屋顶，什么也不说，只是眼睛睁累了，偶尔才眨一下。

将军寺村就是屁股大的地方，一扫帚能就扫完，将军寺东头的事，风一吹消息就到村西头了。九天后老歪奶奶去世了，哭声怪凄厉的，那一天俺正在掏鸟窝，俺被这哭声吓住了。大人们说，老歪奶奶去世了，俺一听，怕得要死，俺怕被鬼拿去了，吓得不敢一个人在外面玩了，赶紧跑回家。俺奶不知道怎么回事，在院子里呆呆地站着，面对着一面墙，背对着太阳。俺奶竟然下了床，出了屋子，俺奶怎么走下来的呢？俺至今也想不明白。

奶奶，你知道吗？老歪奶奶已经……俺哭了。

别哭了，乖乖，俺知道。接着，俺奶莫名其妙地说，都怪俺，真的，俺没有留住她啊！为什么不先拿俺？苍天啊！为什么？然后俺奶又挪着脚步，摇摇晃晃地进了漆黑的屋子，俺把俺奶扶上床。俺奶一上床，眼睛就闭上了，俺奶困了，好像在做一个遥远的梦。可是，不一会儿，俺奶拼命咳嗽起来，整个身子都在晃动着。俺吓坏了，俺想起爹安排的话，就慌忙跑出去，大声呼喊，爹，娘，不好了，快来，俺奶——

俺爹很快来了，准确地说，是跑着来了。俺爹跑到床边，俺看见俺爹额头上已经流出了汗水，手也一直在颤抖着。俺爹骂俺道，你个小兔崽子，咋不早点说？你看你奶……俺知道，俺一定是犯了大错，要不然爹怎么生这么大的气。俺娘站在俺爹身后不说话，怎么说呢，一双手紧紧把俺往怀里搂，俺娘只是哭，脸上流满了眼泪也没有擦一下。俺爹向邻居家借来架子车，俺娘把被子铺在架子车上，邻居们也都过来帮忙，大家把俺奶抬到架子车上，俺娘给俺奶盖好被子，然后俺爹用手摇动手扶拖拉机，加大油门出发了。遥望着拉着俺奶的架子车缓缓走过小路，一阵不祥的念头笼罩在俺心头，曾经的点点滴滴浮现在俺脑海，俺突然想着再也见不到俺奶了，俺心里一阵阵难受，哭了。

手扶拖拉机刚走出村子没多远，又折回来了，俺看见俺爹和俺妈脸上浮现着笑容，可眼里依然噙满了泪，晶莹晶莹的。俺跑过去，俺看见俺奶眼睛睁开了，一点精神也没有，俺奶虚弱地躺在架子车上，斑白的头发拂过俺的心，俺突然感到俺奶好无助。俺奶咳嗽了一下，安慰大家说，乖乖，阎王不收俺，俺在他家门口转了一圈，拽了几根胡子，又回来了。你看你们几个，都哭啥哩？

后来，俺奶的身体慢慢好了，终于可以起床了，俺奶就不再做其他事，只是一个接一个地编鸡笼子，俺奶说以后一年养一对鸡，这样多好啊！俺奶编鸡笼子编得特别认真，边边框框，一点也不马虎，有角有棱。那天俺看见俺奶的手扎破了，俺大声喊，奶奶，您的手……俺奶连眉头也不皱一下，什么也不说，俺奶把手指头放在嘴里吮了一下，然后低着头，若无其事的样子。

鸡笼子编好后，俺奶竟然一挪一挪地来到了养鸡场里，俺奶把鸡笼子拿到养鸡场里面，双手把一只老公鸡还有一只老母鸡放进去。俺奶好长时间不来养鸡场了，俺很奇怪，可俺没问俺奶，俺知道该说的时候俺奶会说的。俺很奇怪地跟在俺奶的后面，俺看见俺奶反复打量着这个鸡场，走到一个地方，都要停下来，认真地看上一会儿，流露出一种依依不舍的眼神。

也就是在那天半夜，鸡笼子里的那两只鸡拼命地叫唤着，接着两千多只鸡都往外蹦，扑通扑通地乱叫，吓死人了，整个村子都在摇晃。俺爹从床上惊醒了，茫然地看着在笼子里乱跳的鸡，不知道出了啥事。

那时候俺正在睡觉，俺听见俺奶低声地说，走了，乖乖，走了……

这种声音像从大地深处传出来的，紧接着什么声音都没有了。大地一片安静，死一般地安静。

俺知道出事了，慌忙跳下床，用尽吃奶的力气拼命地大声喊，爹，娘，来，快来，快来人啊……俺感到喉咙都哑了。俺爹和俺娘哭着，跑着过来了。

是的，一切都晚了。

俺奶的丧事一过，俺爹开始收拾俺奶的房子，发现床下有九个鸡笼子，爹很奇怪地说，这是什么时候编的啊？怎么这么多。直到现在，俺家还一直养着鸡，每年都要将一只老公鸡和一只老母鸡，专门放在一个鸡笼子里，那是俺奶编好的鸡笼子，一直用到第九年。

其实，俺的脑子并不笨，只是发育有点晚罢了。后来俺上了小学，也就是在那一年，俺上了初三。一个星期天回家，就听俺爹对俺说，你奶回来了……俺愣了一下，俺爹又说，你没有看到，那群鸡拼命地在叫，肯定是你奶回来了。那是个月夜，一只老公鸡对着天上的月亮，仰着脖子乱叫，把你娘都吓哭了。俺看看娘，娘没有说话，俺知道那是默认了。

俺特意去找了存放老公鸡和老母鸡的鸡笼子，可放鸡笼子的地方只有九个鸡蛋，还热乎乎的。老公鸡、老母鸡、鸡笼子都不知道去了哪里，好像一下子都飞走了。

俺赶紧喊，爹，娘，来，快来……老公鸡和老母鸡不见了。

俺娘又流下了泪水，俺爹却什么也没说。俺爹只是一个劲地吸烟，一根接着一根。后来俺想明白了，俺爹能说什么呢？对于这样的事，谁又能改变什么呢？

俺爹只是默默地向将军寺上空望去，俺顺着俺爹的眼神望去，俺爹身后的天空中有一片白云彩，幻化成了九个鸡笼子，忽闪忽闪地飘浮不定。天空中，鸡笼子旁边竟然是俺奶，那是真的，俺瞪大了眼睛看，俺发现俺奶正在向鸡笼子里放老公鸡和老母鸡，俺奶向俺笑了一下，云彩向俺飘过来……

方便面

中秋前后，将军寺村就要收豆子。今年老天却像遇到了什么伤心事一样，天天雨下个不停，这雨嘛，也不算大，就是淅淅沥沥地下，差不多有一星期了。

若在往年，这是小豆子最高兴的时候，秋天嘛要收庄稼，每到这时候他就能见到爸妈了。小豆子记得很清楚，爸妈回来时都是天亮的时候，爸妈静静地坐在床头，手里握着玩具，微笑着望着小豆子，一看见小豆子睁开眼就拼命地跟他说话。后来，他才想明白爸妈其实并不是早上回来的，而是半夜里回来的，只不过一直坐在床边等小豆子罢了。他们有时要坐上一夜，也不叫醒他。

“你看，快看，醒了，他醒了——”那是爸爸的声音。

妈妈说：“小豆子，妈妈给你买的东西，你看看。”

好像每一次开口都是这几句话。小豆子睁开眼，这幅场景仿佛是梦，又仿佛不是梦。小豆子不说话，揉揉眼，又眨了眨，定定神，很快有了精神，确定眼前的一切是真的。他终于面带喜色，大声地喊：“爸爸，妈妈——您可——回来了。”他把音拉得老长老长的，“可”说得重重的。

奶奶没在身边，小豆子猜想奶奶应该在做饭。小豆子看见一股炊烟从厨房升起，弯弯曲曲地向天空散去，风儿吹过，炊烟就忽闪忽闪地飘走，不见了。屋子有烟味，真呛人。

前段时间，奶奶天天往地里跑，小豆子跟在她的屁股后面，地里的秋庄稼该收了，豆叶已变得黄澄澄的，大窟窿小眼睛。如果收获了，满袋子的金豆子惹人高兴哩！只是爸爸妈妈还没有回来，奶奶的眼光呆呆地望着秋天的田野，像失去了什么一样，小豆子不再逮老扁了，他怕吵闹了奶奶，怕奶奶不高兴。他也呆呆地站在那里，也不说话，他能说什么呢？但他明白，奶奶肯定在等人哩！可早等晚等，爸爸妈妈还没有回来，今年这是怎么了？庄稼都该收了，怎么还不回呢？他眯缝着眼睛抬头一看，天上一群鸟儿飞过，秋后的田野响起叽叽喳喳的叫声。

前几天，村子里有人听了天气预报，说这几天天不好，要下雨了，别人家都忙着收秋了。奶奶刚开始不相信，但看到大家都忙，她也开始忙起来。豆子该收了，她不能再等了，等不及了。奶奶弯着腰在前面拿着镰刀忙活，小豆子发现奶奶像一把破镰刀，不快了。奶奶割一会儿豆子，就要停下来歇上一会儿，累得喘不过气来，一把把豆棵子在奶奶的手中倒在地上，沙沙沙地堆成一堆。

我要是有劲多好啊！小豆子站在秋后的田野上，他望着一排排的豆棵子，心里埋怨起自己来。他真想帮助奶奶收豆子，就使劲地拽了拽豆棵子，豆棵子怎么扎得这么深？还真拽不动。奶奶走过来，到他身边，摸了摸他的头，没说话，轻轻地叹了一口气。他感到奶奶的手温暖温暖的。

果然，就像村里人说的那样，天还真下起了小雨，奶奶更加紧张地干活。小豆子看见奶奶着急，他更着急。这雨下得并不算大，比夏天的雨小多了，但一滴一滴地却把奶奶全身淋透了，现在一大块豆地还早着呢。奶奶把豆子堆成了一个圆堆，盖上了一块塑料布，满地的豆子在雨中淋着。奶奶没有一点办法，小豆子也没有一点办法；奶奶望着满满一块未收割的豆地，小豆子也望着满满一块未收割的豆地；奶奶身上滴着雨水，小豆子身上也滴着雨水。一只鸡拖着湿漉漉的身子在雨中伸着头往前跑，小豆子没跑，抬起头望了望这讨厌的天空。

雨不像要停的样子，雾蒙蒙的。没办法，奶奶长叹一口气，拖着脚步往家走。小豆子不再一蹦一跳了，手里的老扁也扔了，他低着头，怕看见奶奶的脸，还有那无助的目光。他从来没有感觉到自己的脚步如此沉重。

回家的时候天快黑了。走到村口，村长家的儿子正在屋檐下，看都没有看小豆子一眼。村长的儿子拿着一袋子东西咯嘣咯嘣地嚼着吃，一股诱人的味道钻进他的鼻孔，他深吸一口气，咽了口唾沫。他心里明白，那是方便面，可以用开水泡着吃，也可以直接干吃，可他从来没有吃过。他的喉咙动了一下，又咽了口唾沫，咕咚一声。他赶紧低下头，怕村长的儿子听到从他身体里发出的声音。

肚子实在饿了，又走了一会儿，小豆子忍不住了。“奶奶，我饿，我想吃……”说了半截话，他突然又不说了，憋住了嘴。他意识到自己好像说错话了。想想也是，他不该说这样的话，奶奶不饿吗？爸爸临走时安排他要懂事，听奶奶的话，不能随便给奶奶要东西。这不尽是给奶奶出难题吗？

奶奶走得慢腾腾的，喘着粗气，头发都湿了，奶奶显然听见了，顿了一下说：“孩子，明天，奶奶就给你买袋子——方便面，让你吃个够。”奶奶显然知道小豆子的心事。

“奶奶，我……不饿……”小豆子不明白为何这么说，但也不后悔。方便面，他早就知道很好吃，他不止一次见村长的儿子吃。记得不久前的一天，村长的儿子嚼着方便面，吃得香极了，幸福洋溢在脸上。等村长的儿子走了，他盯着村长的儿子所站的地方看，地上有掉的方便面碎粒，圆圆的，弯弯的，可不少哩，他想捡起来吃，又怕人看见。当他下定决心要捡起来一丝吃时，有几个蚂蚁已经盯上了，正努力拉着那方便面往洞里进呢。蚂蚁也知道这东西好吃。这东西真好吃哩！

小豆子一回到家就想睡，他的眼睛直打架，不想张嘴，动都不想动，又累又饿。一睡觉就什么都不知道了，这是妈妈以前说的。过了一会儿，他听见奶奶好像喊他，黑夜中他看到奶奶给他东西吃，好像是一个鸡蛋。家里就一只老母鸡，平时舍不得吃。他装作没有听见，他不知道为什么非要这样累。要说生气，真不应该生奶奶的气，真的，他从来没有生过奶奶的气。他闭上眼睛，倒希望奶奶吃了那个鸡蛋，他不想起床，不想说话，全身累，像一堆稀泥瘫在上面，然后迷迷糊糊地睡着了。

第二天，奶奶却没有起床。

小豆子被窗外滴滴答答的声音吵醒了，这场雨真是烦死人了，觉都不让人睡安生。窗棂子变得白晃晃的，有点儿刺眼，小豆子知道天已经亮了。小豆子醒了，却不敢翻身，他怕惊动了奶奶。等了好长时间，奶奶还是不起床，小豆子的肚子饿得咕咕叫，他依然没有喊奶奶。他想让奶奶多睡一会儿，奶奶昨天一定是累坏了。

小豆子爬起床，轻轻地，终于找到馍筐子里放着的那个鸡蛋，剥了皮的。他看了一会儿鸡蛋，又看了看奶奶，他拿起来，先是捧在手中，吃了一小口，他想把剩下的给奶奶留着。可是过了一会儿，他又咽了一口唾沫，又忍不住咬了一小口，然后放在了馍筐子里，看看奶奶，奶奶依然没有醒。他又拿出来鸡蛋，又咬了一小口，突然停住了，然后又把剩下的那点鸡蛋放入了嘴中，嚼了几下，舔了舔嘴唇。现在只剩下半个鸡蛋了，他要留给奶奶吃。

奶奶还没醒，也许奶奶太累了。爸爸经常说，你要听奶奶的话，小豆子心里记得呢，他从来不惹奶奶生气。他知道自己快六岁了，不小了，是个小小男子汉了——这是奶奶说的。

雨水没有停止的意思，太阳没出来，可窗户处依然泛亮，刺得睁不开眼。奶奶还在睡着，很安静，几根白头发在脸上斜耷拉着，身子一动不动。小豆子望着空空的院子，不敢动；又望了望灰蒙蒙的天空，不敢动。他怕惊醒了奶奶，奶奶从来没有像今天这样睡过，他真希望奶奶多睡会儿。奶奶确实太累了。

到了中午的时候，奶奶仍然没醒来。

雨水哗啦啦地依然在下，直到邻居钉婶来串门，他才知道奶奶没醒的原因，她是彻底睡着了——不过再也醒不来了。

“你看，大娘还不到七十，就这样走了。”钉婶见了人就掉眼泪。女人真爱哭。小豆子以前也见妈妈哭，有一次妈妈与爸爸吵架了，好像为了挣钱多少的问题，哭得一把鼻涕一把泪的，眼睛都肿了。那是他最后一次见妈妈哭，就是去年秋上的事，转眼有一年了，小豆子再也没有见到妈妈了。

奶奶再也醒不来了吗？小豆子不相信。他看到周围的人抹眼泪，急了。大人们一哭就有事，有一次邻居小梅的妈妈得病就是这样，小梅的爸就哭了，大人们把小梅的妈妈放进了一个木头匣子里，抬到了将军寺河堰上埋了下去，后来再也没有见过小梅的妈妈。小豆子好像知道奶奶以后再也不会出现了，不会再跟他说话了，他也就跟着哭，泪珠子吧嗒吧嗒往下掉。他有点恨自己了，早知道这样还不如把奶奶叫醒哩，这样奶奶就不会永远睡着了，他在心里埋怨起自己。天空依然在下雨，雨滴故意在院子里蹦跳着，滴滴戳在他心中。

爸爸突然间回来了。第二天半晌午，爸爸披着雨就回来了，身上都淋湿了，滴着水，也没有撑伞，这次回来的速度远远超过了他的想象，他知道这样的场合少不了爸爸。小豆子明白，村里有人联系了爸爸。他望着爸爸，说不出来的感觉，爸爸，如果您早点回来多好，奶奶就不用在大雨中抢收豆子了；如果您经常在家多好，奶奶就不用一个人天天拖着沉重的身子操劳了……

将军寺村的管事人来了，院子里搭起了灵棚，响器吹得哇啦哇啦地响，这班子人不知道从哪里请来的，小豆子好久没有见过吹响器的人了，但只要有人结婚或有人去世，吹响器的总会出现。将军寺村里人面无表情地来了，说上一番安慰的话："你看看，大娘没享一天福就走了。"几个人安慰一下爸爸，就走了，又过来一群人，说着差不多的话，又走了。小豆子心里说不出来的滋味，见到爸爸，却失去了奶奶，心里慢慢有点什么东西漫过头来，好像是恨，但恨什么呢？

爸爸头上戴着孝布，很忙，不住地招呼着村里的人。钉婶给小豆子戴上了一块白布，小豆子看着大家忙来忙去，心里伤感起来。等大家都走了，就剩下睡着的奶奶，小豆子猛地抱住了爸爸的腿，他不想丢了爸爸。他抬起头，眼巴巴望着爸爸，爸爸比上次回来时沧桑了不少，满脸都是皱纹，头发蓬松着，胡子毛草草的，看样子也有一段时间没刮了。可妈妈没有回来，这让小豆子多少想不明白，以前每次都是两人一起回来的。不过爸爸没有等他问，早就给出了答案。

小豆子听见爸爸白天逢人就说："孩子他妈忙，没有回来，你看……唉！"

"再忙，这事也要回来啊！"

忙，忙，还是忙……忙什么呢？小豆子想不明白。外面真的那么忙吗？

三天后，奶奶埋在了地里，就在将军寺河边的一片空地上。响器吹得让人心痛，干草呼啦啦倒了一地，云朵压得很低，一片荒凉，将军寺河里的水来回游荡。爸爸把家里的事处理好，带上门，门“吱呀吱呀”响起来，他“嘭”的一声重重地锁住门。小豆子想，锁不锁都一样，家里什么都没有，谁也不会来这里偷东西，不就是几床破被子吗？不就是一口锅，几件旧家具吗？也没有啥值钱的东西。

“走吧，豆子，咱们去城里，有好吃的。”爸爸吸了一口烟，长长地吐了一口烟雾，蹲在地上，眼睛盯着那个破木门。

爸爸提到的城里，肯定是一个特别快乐的地方，否则爸爸和妈妈也不会一直待在那里了。可是小豆子想留在将军寺村，在家多好啊！地方大，想怎么玩就怎么玩，每一棵树、每一条路他都熟悉着哩！但这事由不得他选择，看似爸爸是在跟他商量，其实爸爸心里早已有了主意。爸爸带着小豆子要去城里了。他们坐上车，车子左颠右晃地向前跑，将军寺村慢慢地消失了，奶奶慢慢地消失了，他什么也看不见了，两只眼睛直打架，只是想睡觉，困得很。他模糊地感觉到，爸爸抱着他换了车，又不知道多长时间，车停了。

应该到地方了，小豆子就是不想睁开眼睛，他在梦里梦见了奶奶，奶奶正眯着眼睛望着他哩，他想再睡一会儿，留住奶奶。这时爸爸喊他：“豆子，到了，下车了！”

爸爸是亲爸爸，可豆子感觉很陌生，心里想说些什么，可话总要想一想后才能说出来。比如他想妈妈了，好长时间他都没有问爸爸这个问题：妈妈在哪里呢？这不像与奶奶在一起，如果在奶奶身边，他想说什么就说什么，奶奶给他讲故事，他想起什么话都会问奶奶。他静静躺在将军寺河边，河水静静地流着。

“奶奶，天上的星星为什么那么多啊？”

“地上人少了一个，天上就多了一颗。”

“那您以后就变成星星吗？”

“傻孩子，奶奶会死，当然会变成星星了。”

“我不想让您变成星星，不想让您死……”

小豆子没完没了的话随将军寺河的流水哗哗地响，就像将军寺河的水一样肆意流动。

咳嗽了几声，奶奶笑开了。奶奶的牙没了几颗，一笑起来满嘴地跑风。小豆子睡着了，奶奶的怀里真的很温暖，像照射在脸上的阳光一样，这样他感到很踏实。

来到爸爸所说的城市，小豆子突然发现，他的眼睛能看到的地方只是眼前，不像在将军寺村的大田野一眼看到了远方。那天晚上，爸爸带小豆子去买吃的，买穿的，买玩的，回来时手里满满的。小豆子站在方便面前好长时间，爸爸拿了一袋，又拿了一袋，小豆子一阵感动。他想哭。

“爸爸上班了，你在家要自己玩，饿了就吃，想玩就玩会儿，困了就睡吧。”爸爸用毛巾使劲地抽打衣服，衣服上荡起了灰尘，急匆匆地就走了。爸爸很忙。

小豆子被关在屋子里了，黑乎乎的。这时候，他想妈妈了，当然也想奶奶。可是奶奶走了，妈妈也不见了——自从去年回来一次也没有见。几年没见了，妈妈去了哪里呢？他问爸爸，但爸爸没说去哪里。他又问爸爸，爸爸没说，他就不再问了。他知道，问也是白问，这是问不出答案的。

第二天，小豆子明白一个理，爸爸好像更忙，看样子比奶奶更忙。他闲不住，不经常在家，屁股刚沾凳子就起来了，门“轰隆”一声关住，“噔噔”地跑下去。他不明白，大人怎么有这么多的事要忙，把自己接过来，放在这里怎么就不管了？

小豆子心想，尽管爸爸很忙，但至少要带他出去转转，看看这个城市。

爸爸住的地方真的很小，只有一个房间。屋里啥东西也没有，家具也简单得要命，连个坐的凳子都没有，墙上贴的是报纸，屎黄屎黄的。一个灯泡从房顶上垂下来，打开了，可屋里依旧昏暗，外面的阳光怎么也照不到里面。房间里，小豆子没走几步就走到边了，房间不大，反正没有将军寺村的房间宽敞，他感觉屁股刚挪几下就到头了。将军寺老家里有三个房间，还有一个大院墙，想去哪儿去哪儿，想睡哪儿就睡哪儿，这里怎么也不比在家里舒服，爸爸怎么喜欢待在这个地方呢？他想不明白。

小豆子想去厕所，他傻眼了，这个房间没有厕所，怎么办呢？总不能拉进衣服里吧。活人不能让尿憋死。他想直接撒到地上，可是发现这样总不太好。在将军寺村，冬天夜晚起来解手冷，奶奶就拿过来一个尿罐子，小豆子不必到院子外面，就直接尿到尿罐子里，第二天奶奶再倒到院子外面。他想找一个盆，可里面都盛满了水，应该是储存的水。在床底下，他总算找到了一个小红桶，一掀开盖儿，一股屎尿味呛过来，他马上把盖子盖住了。小豆子虽然年龄小，可他很快明白了，这是一个尿桶。他憋着气，哗啦啦地撒进尿桶里，不小心有几滴子滴在了外面。他恨起自己不小心，爸爸回来了生气怎么办。他赶紧找个什么东西盖住了。

在屋里实在没事做，他一个人走来走去，坐在床上，站起来，又走来走去。外面一有动静，豆子就跟着忙起来。他听到外面有人唱歌，但不像他们将军寺村的人那样大声。但也不是本地人，本地人说话好听，爸爸带他下车时，有几个人说话跟鸟叫一样，一句也听不懂。

门外面，有个小孩子一直在唱着一首歌：

我的好妈妈，下班回到家，劳动了一天，多么辛苦呀！妈妈妈妈快坐下，请喝一杯茶，让我亲亲您吧，我的好妈妈。

声音奶声奶气的，不是特别好听，但他特别喜欢，嘴巴慢慢也跟着哼起来，自己听了几遍竟然也学会了。但他没有放开声音唱，怕打扰了外面的歌声。

一个女人的声音传来，应该是孩子的妈妈，说了声："赶紧回家，下午还要上学！"

声音慢慢消失了，他一遍遍地在心里唱着这首歌，怎么也不能忘记。有妈的孩子多幸福啊！他想着，如果有一天见到妈妈时唱给她听，妈妈一定会很高兴的。现在他怎么也想不起妈妈的模样了。妈妈是胖了呢？还是瘦了呢？还有现在她在哪里呢？为什么不跟爸爸住在一起呢？真愁人！

窗户外有一只小鸟飞过来，湿漉漉的，它先是停在那里，抖了抖翅膀，水星子到处乱飞，然后就叽叽喳喳地乱叫起来。小豆子突然感觉好亲切，就走上前去，小鸟晃晃头看看它，眼睛圆溜溜的。小豆子又往前走了走，小鸟看看小豆子，竟然没有飞走，只是蹦了蹦挪了个地方，继续用小嘴啄来啄去。他想小鸟是饿了，就找了半块馒头，可当他走上窗台喂小鸟时，小鸟却拍着翅膀使劲地往后蹦了蹦。小豆子赶紧停住，可是小鸟还是"嗖"的一下飞走了，飞进了雨幕中。小豆子感觉是自己的错，心里埋怨是自己把它吓跑的，他又失去了一个好朋友，他恨死自己了。

小鸟是找不到了，天空依然下着雨，黑沉沉的天。他双手托着脑袋，趴在窗户上向外看，雨水溅到他身上，他感觉凉凉的。外面好长好长的街道，树像一把撑开的伞，地上的花花草草被圈在盒子里，一队队汽车缓慢地往前移动，等待着红绿灯。

有点冷，他不禁缩了缩脖子。

一股饭香飘过来，炖的应该是鸡肉，他在家的时候就闻到过。小豆子记得，奶奶很少杀鸡，家里穷，他知道。可就在去年秋天爸爸和妈妈一起回家时，奶奶亲手杀了一只老母鸡，和这个味道一模一样，现在闻起来香极了。他发现肚子饿了。

身边有吃的东西，爸爸给他买了好多吃的东西。他找到了方便面，看到桌子上有个开水瓶，想学着大人的模样泡着吃，但他够不到。他搬来一个板凳，伸手去够，太沉了。突然他想起了奶奶的话，奶奶在将军寺村时经常说："离开水远点，别烫着，要不然以后就娶不上媳妇了。"他想娶个媳妇，不吵架的那种，孝敬一下爸爸、妈妈，对了，还有奶奶。

他从板凳上又爬了下来，开始思考怎么撕开方便面。他上下左右都找不到撕口，突然"刺啦"一声，方便面袋子竟然烂了，撒了一地。他的手不知道哪里用了劲。一股香气很快飘满了整个屋子。

小豆子捡撒了一地的方便面，放到了嘴里，嘴巴干嚼着，这时他感觉原来那么香的东西怎么一点味道没有呢？确切地说，也说不出来什么味。他的眼睛里满是泪，他有点恨自己，感觉自己真不像个小小男子汉——奶奶说过，男子汉不能哭，更不能掉眼泪。

他想把方便面咽下去，可泪水依然趴在脸上，一串一串地流下来。不知为何，他哭得更凶了，身子一颤一颤的，他擦拭了眼睛，向着窗外喊了一声："奶奶——"

娘在哪里

那时候风很大，杜大山戴着个眼镜，可不知什么东西还是钻进了他眼里，他赶紧揉揉眼，连电动车也没停，弓着腰继续向前骑。杜大山明白，如果在天黑前赶不到家，就不能与母亲说说话了。他加快速度，早赶晚赶还是晚了，母亲先走了一步，没能见上她老人家最后一面。

进屋的时候，杜梅梅小声地哭泣着，杜大山一进去她的声音倒提高了不少，她伏在母亲的床前，身体一颤一颤的，根本不理杜大山，好像他不存在一样。杜大山知道，妹妹是故意这样的，她一直就恨这个哥哥。现在母亲去了，想起这么多年的事，他突然有点可怜起这个妹妹来，两人年龄上相差十来岁，可谓是对冤家，本来共同语言就不多，到现在依然说不上几句话就要吵起来。为了陪母亲最后一段时间，杜梅梅向单位请了假，从很远的地方回来，一直陪母亲说话宽心，这段时间没日没夜在母亲身旁照顾着，消瘦了不少。而他作为儿子呢？多少是不够格的，他总是推说工作忙，单位事多没有时间，未能好好照顾母亲，就连今天也是如此。母亲状况一天不如一天，他知道母亲可能今天要走，但仍然没有陪伴。现在想想，如果多陪陪母亲，他心里也许会好受些，可是一切都晚了，说什么做什么母亲都听不见看不见了。

杜梅梅冰冷冰冷的态度，杜大山心里不是多在乎，这也不是她第一次这样，无所谓了，就是面子上多少有点过不去。前几年父亲去世时，虽然杜大山恨父亲，他感觉父亲做事不太地道，不过当时他还是带着恨哭了，一把鼻涕一把泪的。那时杜梅梅就没哭，就像现在的杜大山一样，只是呆呆地站着，看着父亲。面对母亲瘦小的身体，杜大山心里面很矛盾，他不知道自己该是哪种心情，悲痛，遗憾，解脱，或轻松？说不上现在是什么样的心情。亲人少了一个，再也见不到了，他深深叹了一口气，一直低着头，默默地吸了一根烟，烟燃尽了，把烟屁股扔在地上，用脚使劲踩了踩，又点了一根。

娘现在什么状况呢？身体好吗？身边有没有孩子陪伴着呢？在这种场合想这个问题，多少有点不太合适，但他一开始想，这个思路就断不了，就越想往下想，想弄出个究竟。养母的丧事办完后，妹妹杜梅梅和杜大山连个招呼都没打，带了些遗物，就急忙离开了。杜大山心里对妹妹有点恋恋不舍了，身边的亲人不多了，对这些年的事想说些抱歉，可是杜梅梅走了，什么也没说，其实两人能说什么呢？这年头谁的日子也不比谁好到哪里，更何况是对老冤家呢。望着妹妹远去的背影，他突然特别想老家的亲人了，顺便打听下娘的消息，他决定回老家将军寺村一趟。他想和媳妇一起回老家，媳妇说单位这段时间忙，就没回去。

杜大山现在都三十了，在一所学校当教师，他认为这辈子是没有什么大的能耐了，当过最大的官也只不过是个班主任，所以每次回老家心里都有种自卑感，感觉自己低人一等。将军寺村虽然是农村，但一个个收入可不少，老家的房子大部分是两层小楼，家家基本上买了车，比城市的条件好多了。而他自己呢？到现在还挤在一个破旧的两室两厅里，那是结婚后第五年买的一个二手房，他早就想换房子了，可口袋里干瘪得很。至于买车，人穷志短，他是想也不敢想了。

每次回老家，杜大山发现，越是上年纪的人越是热情，多年前他们都曾经抱过杜大山。杜大山在城里工作，是城里人，老家的人都客气地说着话，他也毕恭毕敬，可在他心里总感觉少点啥。他这次是有目的的，一旦拉起家常，他就开始打听父母亲的消息。

邻居二狗叔，只比父亲小五岁，脸晒成了古铜色，烟瘾特别大，一根接着一根，一会儿工夫，杜大山的一盒玉溪烟就没了。二狗叔一边抽着烟一边说："你爹有文化，是咱将军寺村出的第一个吃商品粮的，他进了城，让我们羡慕死了。你爹是八十年代的中专生，那时候国家包分配工作，他中专毕业后进了城。你爹能写一手好文章，在县化肥厂是个笔杆子，当时村里买化肥都是靠关系，你爹经常帮助村里人搞到化肥。亲不亲，家乡人。只要老家人去城里找你爹，不管多忙他都管吃管喝，村里人都说你爹大方。你爹有文化，说话温文尔雅，娶了漂亮的你娘也是意料之中的事。"一根烟燃尽了，二狗叔又用嘴吸了两口，烟还是灭了，杜大山又赶紧递过去一根。回老家时，他怕烟不够，别人会说他小气，他悄悄地在兜里多准备一盒烟。

二狗婶接着说："你娘可真漂亮，个高，水灵灵的，长着一对小酒窝，一笑起来，可美啦！在咱们将军寺村那可没的挑。你娘是咱们将军寺村第一个用车接来的媳妇，那时候不像现在车这么普遍，当时村里谁也没用车娶媳妇，车子少见，那是稀罕物。我记得当时我搀亲当伴娘，你娘一见我就开始笑，我感觉心里很亲近。村里人要乱新媳妇，我一直拦着护着，谁也不敢乱来。后来，我进城去过你家，你娘很讲究，家里收拾得整整齐齐的，我下脚都不好意思，怕踩脏了地板。那天你娘拉着我不让走，还买了一只卤鸡，临走时还给我带了好多麻果子和油果子……谁知道他们最后闹离婚呢？这日子过得好好的，咋说离就离呢？要我说，你娘也真够狠心哩，你都三四岁了吧，扔下你就走了。你后妈对你……对你不好吧……”她不住地叹气，感觉到惋惜。

杜大山现在恨起父亲来了，他一直拒绝要娘的抚养费，还不让他与娘见面，以至于现在对娘没一点印象。杜大山长叹一口气，沉默一会儿，他接着问：“后来呢？那你知道我娘去了哪里了吗？”

二狗婶说：“谁知道呢，听说嫁到外地了吧，我也不是太清楚，这么多年没打交道了。”

快晌午了，二狗婶子非留杜大山在她家吃饭，他推说还要去三老太家看看呢，二狗叔说：“让你婶子去喊她，反正家里就她一个人，也就多添一碗水的事。今儿咱们大合锅，你平时不轻易回来，今儿我杀个鸡，咱一起吃热闹热闹。”二狗叔说着就去忙了，二狗婶把三老太请来。三老太九十了，身体还好，杜大山小时候没有见过奶奶，他是由三老太抱大的，感情深着哩。

太阳刚偏西，二狗婶就用地锅炖好了鸡子，二狗婶子一只手端一碗，给三老太一碗，给杜大山一碗。满满的一大瓷碗，冬瓜，粉条，木耳，金针菜，还有一个鸡腿，他一抬头，另一个鸡腿在三老太的碗里，杜大山不禁流泪了。二狗叔从柜子里扒了半天，取出一瓶酒：“来，咱爷俩晕两个。”杜大山本不能喝酒，属于一喝就醉的那种，这次他却没拒绝，二狗叔给他倒几个他喝几个。他一饮而尽，说不上来心里是什么滋味。

望着一大碗鸡肉，三老太竟没动一筷子，她一打开话匣子就哭了：“要是你爹还在多好……”二狗婶子劝她道：“这好端端的哭啥哩？大山回来了，应该高兴才是。”三老太这才不哭，尽管她年龄大了，可她并不糊涂，对杜大山说：“你爹嘛真孝顺，每次回来都不空着手。当然，你娘也孝顺，一年至少给我买件衣服添双鞋。你娘人长得很排场，心细着呢，有一年冬天特别冷，你娘回来看我，见我穿得薄，第二天就给我买个羽绒服送回来，那时候一个老太婆哪见过这衣服，我只知道价格贵，我舍不得穿。只有你娘回来看我时，我才穿上一次，然后一直压在柜底。你说，你爹和你娘过得好好的，在城里都吃商品粮，也有了孩子，谁知道最后咋回事呢？我听说你爹娘离婚，就打了你爹一巴掌，我要他好好想清楚，不要做傻事。就算你娘做错了什么，也是一时糊涂，给她一个机会；如果你自己错了，更要改正，可你爹什么也没听进去……你那时都四岁多了，你跟着你后妈长到大，也不容易，命苦啊！”三老太像个小孩子一样，又哭了起来。

“她去了哪里？”杜大山问。

“我不知道，从那以后没见过了。对了，我一直没跟你说，有一年从城里接你回家，我发现有个女人一直跟着我，看模样像你娘，可她一直没吭气，也可能不是吧。”三老太说。

太阳转了一圈快落山了，杜大山这才离开将军寺村回县城。这次回家，他本想着能问出娘的线索来，哪知这让他更加糊涂了。当他把打听到的事给媳妇说时，尤其是讲到娘如何如何孝顺，与爹如何恩爱，媳妇一点也不关心这件事，继续贴她的面膜，好像在她眼里无所谓。后来，杜大山想明白了，对于媳妇来说，娘就是个符号而已，她没见过面，没有帮她照看过一次孩子，媳妇哪有这么多的情感在里面？

不过媳妇倒嘟囔说了一句："老家的人跟你娘生活多长时间，不管咋说也都是亲人，别全信他们的话，谁不会挑好听的说？好话赖话一样使劲，你没有听出来吗？都是安慰你这个苦命的孩子呢！你要问问爹娘的同学、同事，有些事你就更明白了，娘是啥样子不就清楚了？说不定还知道娘的下落呢。"不得不承认，媳妇随口一说的分析还真有点道理。

寻找娘的事在杜大山心中成了一座山，压得他闷得慌，这事问不出个所以然，他心里说啥也不踏实。一语惊醒梦中人。经媳妇这么一分析，更坚定了他的信心，说行动就行动，杜大山第二天就找爹以前工作的化肥厂。他倒了两路公交车，在城西南角找到了化肥厂旧址，映入眼帘的是残缺不全的院墙，破旧的机器，还有长满了杂草的院子……化肥厂早就失去昔日机器轰鸣的风采了，破产十几年了，由于安置费一直没有谈好，老工人经常去政府上访，化肥厂就没拆迁成。

杜大山打听到以前的老厂长家，转了好几个弯才找到，他七十好几了，说起话来洪钟一样，身体很康健。杜大山看老厂长不糊涂，就做了自我介绍，说是杜清河的儿子，说明了来意。"哦，那你是杜大山吧？好多年没见了，前几年身体不好，你爹去世也没送行。"然后就聊起了杜大山的父亲，"要我说，你爹可有本事了，一毕业进厂就跟着我干，有十来年吧。你爹有才，会写文章，厂里的材料都是他写。他干活认真，交给他我放心。"老厂长停了一下，接着说，"当初我也给他介绍过对象，他没有同意，说有对象了。有一次下雨了，很大，他对象，也就是你娘，还专门过来送伞，厂里的人嫉妒得很。当你爹与你娘打着一把伞走后，大家都议论开了，说杜清河人家有才，找的媳妇也好，会关心人，真是美到家了。后来，你爹结婚了，有了你，我还专门去喝过喜酒呢。你娘说话可温柔了，她有文化，长得也漂亮，那天我连喝了三杯哩，厂里的保卫科长柱子，平时挺能喝的，那天喝得一塌糊涂，东西南北都分不清了。”老厂长咳嗽了一下，喝了口水润润嗓子说，“好像又过了四五年吧，不知道怎么回事，你爹没来上班，后来不知道怎么回事，与你娘就离婚了，不出一个月就与厂里的小寡妇结婚了。”

杜大山忙问：“这是怎么回事？怎么突然就离婚了呢？”

“唉，”老厂长嘴巴张开，闭上，又张开，说，“过去了好长时间，你爹有一次喝多了，他无意间说起这事，说你娘跟谁好上了，你爹好像赌气似的，二话没说就离了婚……想想也怪了，谁敢娶这厂里的小寡妇呢？这小寡妇是有名的母老虎，大你爹五六岁哩，脾气大，是个大老粗，不识几个字皮子，你爹的日子不好过，你的日子也好不到哪里吧？”

杜大山低着头，想起了小时候经常挨打的情景，不过都过去了，他不愿再提，他问老厂长：“知道我娘的消息吗？”

老厂长说：“至于去了哪里，我还真不知道，这事我也不好意思问你爹。你爹后来在厂里什么事都不愿做了，天天就知道一个人喝酒，意志消沉了，像受了什么打击，材料也不写了，后来就进车间当了工人……唉！让我想想，那个保卫科长柱子好像跟她有来往，你可以问问他。”

杜大山一听，他不愿放过任何一条线索，告别老厂长，赶紧打听二柱子的住址。问了几个人，他打听到柱子跟闺女搬到乡下住了，他乘坐了开往县城的汽车，然后又转了开往乡村里的车，总算找到了那个村子。当他满怀信心问柱子时，村里人说不认识。杜大山又解释：“就是在县化肥厂上班，以前还当过保卫科长。”几个年轻的大眼瞪小眼，还是不知道说的是谁。一个上了年纪的老先生接过杜大山的烟说：“我知道，这家伙不就是二柱子吗？”他这样一说，大家哄的一声笑了。老先生又悠闲地吸了一口烟说：“这家伙风流着呢，他叫柱子，裤裆里还夹着一根柱子，所以叫二柱子。他在哪里都管不住自己的裤裆，做些风流韵事，不仅如此还到处乱吹一气。说在化肥厂时，办公室主任老婆勾引他，弄得他没法拒绝……他没少拆散家庭，不是个好东西。你找他干吗？他欠你钱吗？”

杜大山脑子正嗡嗡叫，想不出什么话来应付，只是不自然地“嗯”了一声。老先生哈哈一笑：“肉包子打狗，有去无回了，这家伙做尽了坏事，有一次跳墙勾搭人家媳妇时，被人一棍子打在头上了，连吭一声都没有吭上西天了。”

杜大山失望了，本来想问出点什么呢，人死了怎么办呢？他问了一句：“真的吗？”老先生说：“这还有假，还是我把他亲手埋的呢，就在村西的河边。对了，他闺女也不在家，出外打工，十几年都没回家了，你这钱铁定是要不回来了。”

从村里出来，杜大山脸色铁青，拖着沉重的脚步回了家，感到心里很憋屈，媳妇见状忙问怎么回事：“有什么进展吗？”他没有告诉媳妇，他怕媳妇在心中轻视了娘，这是他的亲娘啊！他不回答，也不说话。媳妇倒没有追，她很快换了话题问：“你去娘的单位问了吗？”杜大山说：“有啥问的，都过去这么多年了，不想再去问了，过去的事就让它过去吧。”媳妇微微一笑：“这不是你的真心话。不管你听到什么，先不要急着去相信，多听听别人的说法。就算听到了什么，也要用心仔细想想，眼见不一定为实，耳朵听到的更不一定为真。”媳妇简单的几句话让他心里好受不少，他又下定了决心去找娘的同事。

左想右想，杜大山决定再问一下娘单位的同事，不然他不死心，他不信娘会这样做。他到了人民医院，一遍遍地打听谁认识李桂兰，杜大山记得很清楚，小时候他看见爹娘的结婚证上写着李桂兰。问了一个又一个人，没有认识的，托了个在医院工作的同学查了档案，找到了一点点信息，可是一九八六年后没了下文。杜大山算了算时间，正是他四岁那年，也就是爹娘离婚那年没了娘的消息。同学建议他找上年纪的人，这就有了难度，二十多年没有打交道了，问谁呢？他多方打听，打听到医院的人事科长已经去世多年了，问母亲当年妇产科的科室主任，也出国找儿子了。他没有打听到当年娘的同事。

有一天，他又去医院的家属院，先把电瓶车存起来，一辆车一块钱，杜大山递过五块钱说："不用找了，我打听个人。"那人有三十多岁的样子，打量了他一眼："你说说看。"杜大山问："你认识一个叫李桂兰的人吗？"那人摇了摇头说："不认识。"杜大山绝望了，准备走，那人却追了上来问："你是她什么人？""我是他儿子。""是吗？""当然了，这事还能骗。""你跟我来。"那人把他带到一个破单元楼上，说，"我娘跟你娘是同事，你问问她吧。"

面对着老太太，杜大山心里不由得紧张起来，他问："大娘，我想问你个事，你认识李桂兰吗？"

大娘有七十岁了，连看都没看他一眼，不搭理他。杜大山以为大娘没听见，又提高嗓门问了一遍。没想到大娘说话了："我能听见，使这么大劲干吗？"

"你姓杜吧？"

杜大山点点头。

大娘又说："你们姓杜的没一个好东西，对不起人。"

杜大山一下子愣住了，这是第一次见面，怎么对自己有这么大的成见？"大娘，你怎么这么说？有啥误会吧。"

"一点也没有误会，你爹叫杜清河，在化肥厂工作，娶的是李桂兰，后来他们离婚了……"

杜大山说："是。你知道我爹娘为何离婚吗？"

"不知道。"大娘咂摸着嘴，"你娘非常爱你爹，你爹有事没事就来这儿，给你娘送过百合花。别人都送玫瑰，就你爹不一样，他送百合。后来两人结婚了，非常恩爱，再后来就有了你。有个叫柱子的人，与你爹一个厂，趁你爹不在经常去你家，你娘给你爹说后，你爹不以为然。后来，柱子那家伙说你爹在厂里找相好的了，还带着你娘去，你娘不相信，她这闺女实诚。不过有一天，柱子带着你娘，却看到你爹和一个寡妇在一起，你娘生气，连死的心都有了……最后两人就离了婚。好好的一个家庭，就这样散了。”

杜大山又问：“就是因为这件事吗？柱子是故意的吧。”

大娘又说：“明眼人一看就清楚怎么回事，你爹是代表厂里慰问去了，哪料到让你娘撞上啊！你爹也是要面子的人，也不向你娘解释解释，他还说感情真的人才不管歪风邪气呢，经历不了一点波折还叫什么感情。后来两人就各走各的路了。”

杜大山忙问：“你知道我娘在哪里吗？”

大娘不说话了，许久说了一句：“世界之大，哪里能容她呢？一个有污点的女人，谁见了不添油加醋地说她两句呢？反正要我说，你爹对不起你娘啊！”

杜大山听着这话，心里不是滋味。回家后，杜大山不知道怎么面对这个现实，难道真像大娘说的那样存在误会？还是其他的原因？他想不明白。他开始拼命回忆起父亲来，他认为父亲还是通情达理的，供他上了大学，找了工作，父亲性格有点柔和，从没有打过他……他想来想去，关于父母亲离婚的原因也理不出一个头绪。在家里他心情低落，媳妇劝他到外面走走。

已是夜晚了，天空深邃高远，零星闪烁。邻居张叔还没有睡觉，也在小区里溜达，他问杜大山：“怎么还不睡觉？”杜大山望着夜空，又望望未眠人张叔，自觉不自觉地说：“睡不着啊！这几天头疼死了。”

“怎么了？说说看。”

“唉，怎么说呢，你知道我娘的消息吗？我问了好几个人，到现在没弄清她到底在哪里。”

杜大山又抬头望夜空，张叔也抬头望夜空，两人就这样一起望夜空。过了一会儿，张叔打开话匣子：“哦，这个说起来话长了。你爹厂里的事忙，经常回家很晚，有时不在家，大多数时间是你娘照顾着你，家里的事多由你娘一个做。我天天见厂里的柱子过来，他都是趁你爹不在时一个人过来，第一次竟然敲错门了来到了我家，他手里还拿着一朵玫瑰花——你别生气，我没有亵渎你娘的意思。我经常听见柱子被你娘轰走的声音，可他还是乐此不疲，厚着脸皮天天来。直到有一天，我听见你娘哭了，柱子是早晨出的门，正好我散步回来被我撞见。后来，你娘就跟着那个年轻人抓了你爹现行，说与厂里的寡妇偷情，大家怎么劝都不行。事情就是这个样子，你娘对不起你爹。”

杜大山一听，收回望向夜空的目光，盯住老张忙问：“当时爹不知道怎么回事吗？”

张叔接着说：“说实话吧，最初我把这事也告诉了你爹，可你爹不相信，还把我臭骂了一顿，说我小人。后来，我知道多说无益，好像我爱从中间挑拨一样，我就不再说什么了。直到你爹不明不白被发现与寡妇通奸，他都想不清楚到底怎么回事，明眼人一想就知道嘛！你爹也是聪明一世，糊涂一时啊！”

杜大山听了，不由得一阵感叹，他不知道说什么才好。张叔显然听出言外之意，他知道一定是自己哪里说得不对，便赶紧改口说：“时间不早了，早点休息吧。”他加快脚步向家里走去，门咣当一声关住了。

说实话，张叔的话让杜大山难过了好长一阵子，按说这最有可信度，毕竟是邻居嘛！可是他害怕接受这个事实，也不敢相信这是真的，这到底是怎么回事啊？他心里现在越来越犯糊涂了。想想这段时间所了解的情况，怎么每一个人说的都不一样？到底谁说得对呢？他心里乱糟糟的，像一团乱麻一样。那一夜，他烦躁地躺在床上，身子翻来覆去睡不着，媳妇不高兴地说："你别像个豆虫一样，你不想睡我还想睡呢！"

今年夏天的雨水特别多。七月没过几天，一个满头银发、戴着老花镜的老太太过来，脸上爬满了皱纹，杜大山知道，这是他大姑，大姑这次来给杜大山带来了一个包裹。大姑说，本来她不想把这些话给杜大山说的，可是快死的人了，不说感觉对不起人。

杜大山说："大姑，怎么回事？"

大姑说："还不是你娘的事。"

杜大山忙问："我娘到底怎么回事，我问了好多人，有人说好，有人说坏，到底怎么回事啊？"

大姑想都没想说："怎么说呢，你娘呀，唉，真不是啥好……"她发现说错了，赶紧停了下来，"结婚时我就不看好他俩，你爹就是不听劝。你娘看似心里没啥，表面上温柔温顺的，可她心高着呢。她很会隐藏，出外时听你爹的，回家时就变样了。在家里她整天瞅你爹的不是，你爹是个工作狂，做事用心，就是工资低，你娘动不动就说你爹不能挣钱。后来，她有个相好的，叫柱子。柱子并没有多少钱，但他会玩时尚的东西，说些甜言蜜语，他们合计着陷害你爹。你爹去慰问困难职工，柱子知道了，专门拉上你娘就去了。你说说，慰问就那几分钟的事，怎么那么巧呢？当时你娘就骂臭不要脸的，一大厂子的人很快就知道了，添油加醋地说你爹怎么怎么了，其实谁也没见。那个寡妇也站出来说话，可没一个人信，你爹一生气，直接赌气似的，很快跟那个寡妇结婚了。其实，明白人都看出这里面有问题，但你爹死要面子活受罪……"大姑沉默了。

杜大山叹气道："唉！那您有她的消息没有？"

大姑说："三年前你娘来过一次，说实话，她一直还惦记着你哩，你是她儿子嘛！她说这辈子再也不能怀孕了，有些事不管是对是错，反正是改变不了。她也没啥想法了，就是希望你能幸福地生活。她偷偷地看过你和你媳妇，发现你家条件简陋，还留了一张银行卡。那是几年前的事了，我见她的时候，她的状态不太好，身子很虚，一转眼几年没见了，不知道现在怎么样了，这是那年她留给你的银行卡。"大姑把一张银行卡递给了杜大山。杜大山刚接这张卡，沉甸甸的，心里难受起来。

外面又开始下雨了，一阵风吹过来，杜大山感觉身体有点发凉。他抬头望望天空，娘的形象仍然困扰着他，这让他一阵心酸。娘到底去哪里了呢？现在是否还在世？她过得怎么样呢？还有，这么多的答案，到底该相信谁的话呢？他想来想去，越来越迷糊，看来这事是不会有明确的答案了。

雨滴子啪啪往下落，这些问题也一个接一个地到来，压得他透不过气来。他抬头向上看，禁不住在心头喊了一声："娘——"

这声音有点响，像是从内心深处喊的，吓了他自己一大跳。

三 妹

在我们将军寺村，我一直挺喜欢三妹的。怎么说呢，三妹是我的邻居，她年龄只比我小一岁，她上面有两个姐姐，在家排行老三，村里喊人就喜欢称“小”，后来叫着顺口就叫她小三了。其实她长得并不是特别齐整，一笑小眼睛就眯缝起来，一对浅浅的小酒窝则出现了。小三爹经常说：“如果这妮子的眼睛大点就好了，说不定将来能找个好婆家哩！”我们是门对门的邻居，我和她经常一起去上学，她吃饭早就来我家等着我，我吃饭早就去她家等着她，然后我们俩一起挎上小书包去上学，就像亲兄妹一样。

将军寺村有河，河水不少，有水就有鱼，所以捕鱼的人家特别多，但说起种西瓜的就三妹她一家。西瓜价格不便宜，贵的时候用小麦是一斤换一斤，罢园的西瓜一斤麦子换二斤半西瓜。那时候我家里弟兄多，到处是花钱的地方，哪有闲钱买西瓜吃？家里买盐的钱还没有哩。至于那些小麦，更不舍得换西瓜，如果有多余的麦子早就卖了攒钱了。爹从来不主动给家里换西瓜吃或买西瓜吃，但小三爹并不小气，经常把西瓜往我家送，多是些裂了皮不能卖的西瓜，爹嘴里推托道："不要不要，小孩子一吃就拉肚子。"可还是接住了西瓜。娘则把家里的番茄和豆角摘上大半馍筐子，绿盈盈的，让我给小三娘送去。

我们家里的人太多了，每次我吃西瓜都不过瘾，家里有爷爷奶奶叔叔婶婶，还有我们兄弟几个。当我吃上两小牙西瓜再去拿时，西瓜已经没了，奶奶看我可怜巴巴的样子，给我她手里的西瓜。我把手里的西瓜瓤吃干净，上面已经不见一点红，啃得西瓜皮深一口浅一口的。爷爷说："这孩子呀！"他也把手里的西瓜给我，原来爷爷一直没吃。

那几年一到夏天，我并没有少吃西瓜，当然这都是三妹给我的，那时候我感觉三妹对我特别好，以至于多年以来我一直想要个妹妹。小三爹出去卖西瓜，有时候她娘也跟着去，瓜地里就没人了，她就把我叫到瓜地里。西瓜躺得满地都是，连下脚的地方都没有，三妹看着那些横横竖竖的西瓜纹，然后抱起一个西瓜，放在耳朵边用手"当当"拍了拍，用刀切大西瓜给我吃。我感觉刀还没碰到西瓜皮，就听"咔嚓"一声裂开了，我"啊"了一声，红瓤黑籽，沙棱棱的惹人心动，我忍不住深咽了一口唾沫，舔了舔嘴唇。三妹笑了，小酒窝浮现出来："给你！"我连谢谢都没说，一把接过那牙子西瓜，吸溜吸溜地吃起来。"你慢点，还有哩！"三妹没吃，就那样盯着我吃西瓜，吃了第二牙西瓜时我发现忘了什么，不好意思地说："你也吃！"我抬起头，她伸出手却没接西瓜，手在我脸上停下，将一个西瓜籽从我脸上取下来，放在手里让我看。我先是望着她说："如果我有个妹妹，像你这样就好了。"说完这话，我的脸一阵红，眼睛赶紧转向一边。

"你呀你，我不就是你的妹妹吗？"三妹晃动着小眼睛对我说。

我什么也没有说，用力地啃了几口西瓜，心里热乎乎的。

三妹眨了眨她的小眼睛："你是不是把西瓜籽吃到肚子里了？"

"咦，是啊！我刚才吃了几个西瓜籽！"

"真的吗？"三妹一本正经地说，"爹说吃了西瓜籽肚子里要长西瓜苗，还要结大西瓜哩，你说怎么才能把西瓜取出来呢？"她做了一个手势，"嘻嘻，男孩子生不出来西瓜，到时候是从这边划开，还是从那边划开呢？"她在我鼓囊囊的肚子上用食指肚比划了一下，痒痒的。

"啊？这可咋办？"我赶紧将口中的一口西瓜吐出来，弯下腰捂住肚子"哎呀"叫起来。

三妹笑得更响了，"嘻嘻嘻嘻"，比树上的蝉鸣声还烦人。

"你还笑！"我满头大汗，"真是急死我了。你说这怎么办？到时候真要生不出来大西瓜这可怎么办？"

小三忍住笑："我——骗你哩！"刚说一句，又憋不住了，她笑弯了腰，喘不过气来。

我生气了，头也不回地走了，我最讨厌别人骗我，我随手一扔把一块西瓜扔了出去，西瓜没砸中她，一个调皮的西瓜籽倒贴在了她的脸上，一看到这副模样我哈哈哈笑了："丑八怪！"三妹也乐了，嘴一咧说："你才丑八怪哩！"她把西瓜籽取下来，轻轻地贴在了胳膊上，我说："你……真好看！"三妹说："是吗？如果你喜欢，以后我给你画一个西瓜籽，让你看个够。"她笑了，低下了头，脸红红的，西瓜瓤一样。我也笑了。

在我的印象里，我很少有零食吃，爹根本不给我们弟兄三个买糖、方便面之类的零食，一直以来苦巴巴的。三妹却有不少的零花钱，我经常见她一个人抱着糖吃，有时候还咔嚓咔嚓地嚼方便面。夏天一到，她还买来好多粒子的糖精，她放进了酒瓶里面，用一根气绳子插进啤酒瓶口，一口气就吸到了嘴里，心里乐滋滋的。在教室里三妹利用糖精水做生意，用一页作业本纸可以喝上一小口。我舍不得，有一次我忍不住了，也撕了一页给她，没有想到小三拒绝让我喝。我生气了，感觉很没有面子，还是好朋友哩，所以放了学就不再搭理她，一个人气呼呼地走了。她在我身后追赶我，我心里正恨她就没有理她，加快脚步走，路上我想到了一个报复的方式。

进村的时候，我看见小三爹与豆腐西施在一起，两人有说有笑地走着，看到我回来了连忙各自走开了，小三爹还回过头望了我一眼，笑了一下。在将军寺村谁都知道，豆腐西施是个美人胚子，前几年没了丈夫，现在她一个人做生意，她性格大大咧咧的，见到谁都哈哈大笑，常常跟别人开玩笑。说真的，我怕她，因为有一次一个小伙子说了她句什么，她直接把人家的裤子扒掉了，露出白花花的大屁股。我害怕她也把我的裤子扒掉，你想想，露个屁股那多丢人啊！

小三爹那深深的目光浇灭了我晚上的复仇计划，我以为他早就看透了我的心思，要不然的话，他怎么向我望上一眼呢？一定是看穿我的心思了。想来想去，那天我虽然恨三妹，可还是没去报复，躺在床上翻来覆去转着身子，零星的月光让我两眼不舒服。哥哥用力一脚把我蹬在床底下，我骨碌一声滚动到地上，哥哥对我说："别跟个豆虫一样乱转悠。"我打不过我哥，没有还手，但嘴里不住地嘟囔起来："烦死人了！"我想，要是有个像小三一样的妹妹多好啊！她肯定会体贴我哩！

第二天，我依然装作不理小三，以为她会主动找我和解，哪知小三根本没有在乎我，准确地说，她又与我们村东头的老肥玩上了。我更加恼火了，心里复仇的火焰渐渐像柴火一样燃烧起来。我决定要实施我的计划，不管别人发现不发现。我要先出这一口恶气。

那天晚上，我确定家里人都睡着了，装作去厕所，然后就走出了家门。顺着将军寺河一直往前走，河里面倒映着繁星残月，哗啦啦的河水声随风吹进耳朵里，我好像一点也不怕，又好像什么都怕——也不知道怕什么。我终于来到三妹家的西瓜地旁，一个个滚圆滚圆的大西瓜躺在那里，想着一会儿这些西瓜就要带伤，我要用手中的小刀子划破几个，心里不禁一阵紧张。黑乎乎的树影拂动着，我胆子竟然变大了，第一次发现我不怕走夜路。西瓜地里，小三爹应该在那个“人”字形瓜棚子里，本来在靠近路的地方，现在不知道怎么挪到了将军寺河边。一阵声音不知道从何处传来，细听时又没了声音，我想逃走，万一被发现了就不好了，一个女人的声音在笑：“我早就给你说，她生不了儿子的，你还不信……”然后一个男人的声音：“我会娶你的……”

我听得很清楚，男人是小三爹，女人不是小三娘，听声音倒像豆腐西施。我吓坏了，这个事情对我来说太突然，我赶紧往回走，走得飞快。走到地边时，我的脚踩着了一个西瓜，“咔嚓”碎了，让我心疼了好大一会儿。多年以后，我想我真是太天真了，一个小孩子为了那不值当的小事情谈什么报复呢？这只不过是小事一件而已。

还是年少，心里一有事就乱糟糟的，搁不住事。第二天，我想把夜里发现的事告诉三妹，当我鼓起勇气对她说时，她却噘噘嘴执意不理我，好像还生着我的气，一放学跟着老肥说说笑笑地跑了。真是烦死我了！这时候我更想要个小妹，像小三以前那样听话的小妹，如果我有了妹妹，我才懒得理她哩！妈妈的肚子一天天大起来，我想我的愿望就要实现了。

时间过得很快，一转眼半年过去，我和三妹怎么和好的，现在想起来我也忘记了，反正我俩又一起上学一起放学回家了，一切和好如初。小孩子嘛，斗嘴吵闹也是正常不过的事，吵了就吵了，骂了就骂了，和好就和好了，谁认真地相互记仇呢？有一天我刚回到家，爹高兴地喝着小酒唱着小曲，原来娘又生了，刚从镇上回来。奶奶看见我说："又是一个带把的，你看看你弟弟，咱家旺啊！"我的这个弟弟蜷缩在奶奶的怀抱中，摇着小手想抓住什么，奶奶逗他，我连看都没有看弟弟一眼，我真的想要个妹妹，像小三那样一个可爱的妹妹。我看见娘笑着，心里反而痛苦起来。这个想法我没有说出来，甚至连三妹也没告诉。

那天夜里小三爹娘又吵架了，在我家听得很清楚，不知道什么东西摔得"哐哐"直响，然后小三嗷嗷大哭起来，最后是小三娘撕心裂肺的哭泣声，一直折腾到大半夜。这次吵架的原因是什么我不清楚，天亮上学我找三妹时我想问问怎么回事。可是三妹看起来痛苦极了，没精打采的，我说起上句，她却莫名其妙地接下句，脸上没了笑容，酒窝更像一个脸洞，眼睛盯住一个方向能看上老半天。放学时，小三也不怎么跟我说话，见了我就想一个人低头走。我赶紧追上去，她只是轻轻地说了一句："我要是男孩子就好了……"大把大把的眼泪落了下来。想想我真傻，竟然连半句安慰的话都没有，看着她哭我心里湿湿的。

两天后我去喊三妹上学，她在院子里站着就是哭，她想跟着我去上学，可她爹不同意，抽着烟，头转向了一边说："女孩子上学有什么用！迟早是人家的人！"我没说话，我能说什么呢？又过了几天，我去找三妹玩，我大声地喊："妹妹，妹妹。"没了声音，三妹不见了，她娘也没有出来，院子里阳光正好，刺得我眼睛发痛，可是空空的院子让我很失落，这时豆腐西施从屋子里出来，笑嘻嘻地抓起一把糖："妹妹走了，以后别来找她了。来，吃糖。”我才不接糖哩，想起那天晚上的呻吟声，我在心里讨厌起豆腐西施。小三爹依然吸烟，豆腐西施蹲下身子：“来，这是喜糖，快拿着。”我一把打掉她手里的糖，糖散了一地，跑了。不争气的泪水涌在了我的脸上。

爷爷托人在镇上给爹找了份工作，不久我们一大家子搬到了镇上，三妹慢慢淡出我的世界。但我们一家子要回老家将军寺村过年，所以寒假一到家我就到处打听小三的消息，我拿出一个玩具手枪对老肥说：“你见过小三吗？她在哪里呢？”老肥与我年龄差不多，他的手直痒痒，眼睛不离开手枪。我说：“你说出她的消息，我就给你这把手枪。”老肥说：“要说话算话啊！”我以为他真知道，就点了点头。他说：“我听奶奶说，她去外地了，这几年不回来了。”他还眼巴巴望着我的手枪。我一听愣住了，连忙问他：“哪个外地？怎么就不回来了呢？”老肥说：“我也不知道，这是我奶说的，很远很远的地方。”说着，他一把夺过手枪就跑了，跑了好远又回头说了一句：“小三回来过一次，哭着找你，还给你带了好多西瓜籽，她说你爱吃……可我都替你吃完了！”这家伙竟然给我吃完了，我真想揍老肥一顿，可惜他已经跑得没影儿了。

第二年暑假回家，我发现小三爹没有种西瓜，也难怪，他一个人忙不过来。豆腐西施的肚子一天天地大起来了，小三爹得照顾她。这样，我们再也没能吃到将军寺本地的西瓜，都是小贩从外地拉的西瓜到处卖。我很怀念西瓜的味道，有时候吃着西瓜就一个人发呆，嘴里嚼着西瓜籽，就想起脸上痒痒的感觉。

大家都不知道小三娘带着小三去了哪里，但大家一说起小三家的事，都有聊不完的话。有的说：“我早就见过小三爹和豆腐西施一起做生意，还一起进城打打闹闹的，就小三娘蒙在鼓里了。”又有人接着说：“我早就见过豆腐西施去过瓜棚，你说大晚上的，孤男寡女能干些什么呢？”有的说：“这都是豆腐西施的主意，人家和小三爹早就好上了，还说要给他家添个大胖小子哩！”大家越说越起劲，把这当成了谈资，都哈哈地笑了。

豆腐西施生了。娘听到这个消息后，还专门从镇上回到将军寺村祝贺，娘端了半馍篮子鸡蛋和两袋子红糖送过去，回来时馍篮子里面装了几根油果子。不过生的是个闺女，听说小三爹不是很满意，可豆腐西施脾气暴躁，动不动就摔打东西，家里经常鸡飞狗跳。小三爹变得沉默起来，没事的时候就一个人闷闷不乐地喝酒、抽烟。豆腐西施的闺女慢慢长大了，逢人就夸耀她的新衣服和糖果。我见过她一次，穿得花枝招展的，用一个手指头抠鼻孔，坦白地说，我不喜欢她。

时间过得很快，转眼我高三了。高三那个春节，家里人非要给我介绍对象。爹说：“你都十八岁了，别上学了，家里哪有钱供你啊？赶紧成个家算了，你看老大老二他们，现在孩子都会跑了。”我抵不住爹的唠叨，见了一个女孩子，那个女孩子一侧长着浅浅的酒窝，这时我又想起了小三。“三妹，你在哪里呢？”我心里不住地呼唤。那次见面后，爹和娘对女孩都很满意，想早点让我结婚。后来我知道了原因，女孩子家要的彩礼少，才五千六，对于我家来说，这可是天大的好事。

可爷爷一直反对说：“孩子都上高三了，不能这样耽误了前程，说不定考上大学了呢。”那个夏天，天气很热，我终于收到了来自南方一所大学的录取通知书。爷爷更加坚持让我先上大学。爷爷说：“砸锅卖铁也得上学，孩子的前途耽误不起，以后要吃商品粮哩！”我哭了，爷爷一个字不识，可他懂知识的重要性，死活也要让我上学。

这样我就顺利地上了南方的一所大学。到南方我才发现自己像个土鳖，全身上下土了吧唧的。我学着别人买了新衣服，要做个新发型，一切要从头开始嘛！我走进一个看似高档的理发店。熟悉的身影很像三妹，小眼睛，浅酒窝，开始我还不敢相认，后来越看越像她，向她走过去。三妹显然也看见了我，笑了起来，两边的小酒窝又浮现出来。

“小三——”我走过去，喊了起来，满屋子的人都看向我。

她没有说话，我意识到我说话有问题。“小三”这个词这几年已经成为一个贬义词，是被包养的意思，如果喊女人小三，比打她脸还狠哩！我又喊了声：“三妹。”她说：“哥，你来了，我给你理发吧。”然后她趴在我耳朵边小声地说，“你叫我玲子。”我笑了笑，算答应了。

小三，或者说玲子，现在已经长高挑了，胸部把上衣撑得紧紧的，仿佛要暴裂一样，一个时尚的皮裤头套在下面，描着浓浓的眉头，长长的眼睫毛，只是她脸色很苍白，眼睛一直盯着我看，不讲一句多余的话。

“这些年，你——还好吗？你去哪里了？我以为见不到你了呢！”不知为何，我有满肚子的话要倒出来。

三妹没有马上说话，只是用力狠狠咬了咬嘴唇，长长地叹了一口气：“说来话长，这应该怎么说呢，我……还好吧，谁知道呢？”她冷冷地说。

“婶子的身体好吗？”

她不说话，泪水要流出来的样子。我看着她，她看着我，想说话却不知道说些什么。

一阵沉默。

我没有继续问下去，心里难受起来，这些年她过得一定不好，受了不少委屈。我宽慰她说：“我来这里上学了，三妹，就在经贸大学，以后咱们可以经常见面了。有啥事你告诉哥！”

三妹静静地听我说话，嘴一直紧闭着，只有剪刀嚓嚓地响着，很熟练的样子，剪得也很有型。要走的时候，三妹把我送到门外，眼睛盯在别处，流露出一丝不安、留恋，我说："咱们一起吃个饭吧。"她淡淡地对我说："不用了，店里忙，来日方长。"这时店老板喊她过去帮忙，她转过身子，又跑过来，交给我一个袋子，"西瓜籽，你尝尝，不好吃的话扔掉算了。"她递给我，我看见她左胳膊上黑黑的东西，细细一看，原来她文有一粒西瓜籽，椭圆形的。

大学生活很快让我忘掉了三妹，我再也没有去找过三妹，哪怕是一次，这是我的遗憾，现在想想仍然觉得对不起她。两个月后，有一天晚上我发现头发长了，我决定再去理发店找三妹，可是我满怀希望找她时却没有见到她，我问店里的人："小三——玲子在哪里？"理发店里的生意不忙，有一个戴着大耳环的小姑娘说："她走了快一个月了吧。"我接着问："怎么走了？"她说："她在这里做好几年了，说实话，老板对我们不错，本来她在这里干得好好的，不知道怎么说走就走了。"我赶紧追问："那她去哪里了呢？"大耳环姑娘一边嗑瓜子一边说："这个不好说，原来跟她娘在一起，听说去年她娘去世了，她就一个人了，来去自由，谁知道呢？对了，你是她什么人？问这干什么呢？"我支吾了半天说："我是她一个朋友……"头一低，我走出去了。

路灯照不亮我心中的昏暗。回来的路上，我心里空空的，说不出来的伤感，一个人漫无目的地走在大街上。我慢慢想明白了，一定是我的出现让小三在这里待着难受，或者感到不好意思，尴尬了，她只有离开才能让双方心里好受。如果我不出现，她可能一直在这里做下去，我的到来多少让她不安。都是我的错！我不住地埋怨起自己来。

四年的大学生活就像一个闷屁一样，又臭又响，除了获得了一张大学毕业证和一张学位证，我感觉什么知识都没有学到。但我们宿舍的黄利则做起了生意，干得风生水起，收获不小，他做卫生巾生意现在都当了区域经理，一个月收入好几千呢。不仅如此，由于推销卫生巾经常和女孩子打交道，黄利还找了个颇有姿色的女朋友，高个子，小嘴巴，两人在外租了个房子，幸福着哩，可谓爱情事业双丰收，算是我们当中成功的典范了。毕业时黄利说要请我们宿舍的去放松下，我们这些人没有一个客气的，都商量着要好好宰他一次，打土豪嘛，好像理所当然！谁让他这么有钱呢？不过黄利并不小气，他请我们到一家五星级酒店吃了顿大餐，还扯着嗓子在KTV唱了歌，最后他问我们：“还有个地方，哥们儿想请你们销魂，不知道你们敢不敢去，这地方去了后悔，不去更后悔……”他神秘一笑，欲言又止。

宿舍里人起哄说：“只要不杀人放火，我们哪里不敢去？大家说是不是？”我们也跟着起哄：“去，怎么不去？你别小气嘛！”

黄利说的地方是这个城市最大的洗脚城，这是到了地方之后我才知道的。后来，我多次回忆起这次经历，我永远不后悔曾经去了这个地方，这一夜或多或少我成长了，长大了。

已是深夜，洗脚城仍是灯火通明，人来人往。我们喝得醉醺醺的，老板娘与黄利很熟，不知道说着哪里的口音，满嘴的金牙。一看见黄利，老板娘开玩笑地说：“黄哥这段时间没来，小金子想死你了，今天你要好好补偿哦。”看样子黄利经常来，是这里的常客。我却有点紧张，想走，我刚转过身子，黄利在身后拉住了我：“要我说，你就不是个爷们儿，大学四年连个恋爱也不谈，真不知道你是怎么熬过来的。听哥的，保证你不会后悔，你也好好体味下什么叫人生，什么叫女人，什么叫滋味。”黄利对我嘿嘿一笑。

我犹豫着就被黄利推到一个房间，我的心开始怦怦直跳，心脏简直要爆炸受不了，这是我第一次到这种场所。坐在房间里，想起了如白开水一般的大学生活，我感觉很沉闷，就点了一支烟想放松一下。如果说这几年大学有什么收获，除了满脸的皱纹就是学会了抽烟，这也算得上我四年的功绩吧！

有人轻轻敲门，门“吱呀”一声慢慢地开了，有个女孩子刚迈进了一步，却站定了，她停住想退出去，不过还是硬着头皮走了进来。我听见她深深吸气的声音。毕竟第一次经历这种场合，我的心扑腾扑腾地跳动着，要怎么办？

“小三——”我喊了出来。我太熟悉不过了，我确定就是小三，小眼睛，浅酒窝，还有那表情，一模一样。

“啥？你别骂人……”她低下头，眼睛没地方看，手不知道放在哪里，开始有点紧张。她定了定神，却挺起胸膛。

“你不是小三？”我又一次反问道。我感觉她就是小三，只不过不敢承认。

“你才是小三呢！你说话注意点……”女孩子这时挺起了头，面无表情地盯着我，镇定了许多，声音倒大了。

“对不起，我不是那个意思。你很像我老家的一个妹妹，真的，她的名字就叫小三……你是哪里人？”

“我嘛……是城里人，先生，别废话了，开始吧！”

“你不是将军寺村的人吗？我是小明啊！你不记得了？你再想想，小时候咱两家门对门，我吃过你家的大西瓜，还喝过你的糖精水……”我发疯似的说。

女孩子打断我的话，平静地说：“先生，你真是认错人了。别浪费时间，大家都很忙，你的钱已经付过了。”

“我……小三……你……”我不知道说些什么才好，心里堵得慌。

女孩不再搭理我，只是做着该做的事。她解下了外衣，脱得很从容，像在进行一个仪式，脱一件就把衣服整齐地放在床的一角，也不看我，一个人认真地脱衣服。我又点燃了一支烟，刚吸了一口，眼里就感觉酸酸的。

女孩子的皮肤光滑富有弹性，白皙皙的，就是迟迟不解胸罩，我不安地望了她一眼，她抬起小眼睛不说话，深吸了一口气，解下了胸罩后面的环扣，两只胳膊打了个结压住了高耸的乳房，极不自然地站着。她的左胳膊上分明有一粒文身的西瓜籽，直刺我的眼睛。她想捂，我还是看到了。

我低下头，心里说不出的滋味儿，长长地叹了一口气。

女孩子突然转过身子背对着我，双手捂住了脸，身子一晃一晃起来，一阵抽泣的声音，她一头埋进了床上的被子里。我也控制不住自己，像一个丢失了什么玩具的孩子一样，满脸的泪水。

再相逢

这次到将军寺村来旅游，我是一个人来的，李春梨没能跟来。其实怎么说呢，说来旅游，也只不过就是散散心，放松一下心情。这个地方离城有点远，很安静，多少可以让人变得愉悦起来，心情轻松，这是我的本意。真的，将军寺村就是一个村子，不算大，也很普通，这里只不过有一条望不到天际的河，像条玉带一样绕过村子，使村子显得小巧玲珑。将军寺河里面有很多的水草、苇子和浮萍，河岸还有长得高高低低的不少杂草，水面清澈广阔，放眼向远处望去，像一个铺开绿色的梦一样，风一吹，一下子把我带到诗和远方。这几年，好多地方的河都干枯了，可将军寺河的水依然多，那里人说有神灵庇护，大概是吧。

我想了想，决定还是先看看弯柳怎么样了。二十多年没回将军寺村了，我迷了路，问了一个过路的大爷，弯柳还在吗？我怎么找不见了。大爷笑了，对我说，什么弯柳？是人吗？我也笑了，怪自己没说清楚，忙解释那是一棵树，不是人。他说，将军寺村大多数的柳树是弯的，你说的是哪个？我说，记不得了，以前就在一个河水转弯的地方。他说，知道了，有一年发大水，那棵柳树歪倒在了水中，一直在水里漂着，没人管没人问的，后来不知道去了哪里，然后他就给我指了一个地方，依然水的远方。说不出什么原因，我在曾经长着弯柳树的那个地方，吸了好长时间的烟，一个人默默地坐了好久，最后我还点了三支烟，把烟屁股朝向天空，放在一块断砖头上，三支香烟冒着黑烟向上升起，不知飘向了何处。这时，我才下定决心去找曹明明。

前几年二十年同学聚会，就是曹明明组织的，班里去了四十多个人，我推说忙没有去，李春梨也没去。说实在的，哪有什么重要的事要忙，都是给自己找一个看似充足的理由罢了，对我来说那的确有一些其他原因的。最后我得到消息，这些年老同学的变化不小，别看我们是一个不起眼的中师学校毕业的学生，做生意的做生意，当官的当官。现在有的当了局长，有的当了县长，还有一个去省里做大官了，听说是副省长了，做生意的都当了董事长，身价上亿的都有。像我和李春梨这样的大多数混得不咋样，我只不过当了个普普通通的老师，李春梨也只不过在医院做一名文员。不过，这样的生活也没什么不好，反正我这样认为，李春梨也是这样认为。我们的观点大部分情况下都一样。

我散出去了五根烟，问了五个上了年纪的人，直到太阳照在头顶上，才问到将军寺村小学所在地，有一个人正要锁铁大门。我走上前去，问曹明明在吗？那人个子很高，听了我的话，全身一惊，我看得很清楚，他正要说什么，却停住了，我们目光一对，我认出他来了。那眼神，多少年了，我仍然记得，很孤独的那种，还有就是嘴角的右酒窝，凹进了脸部，只是皱纹变得更深了。他说，是你？我说，是我，没想到吧？本来一辈子不想见你，可我还是来了。他说，看你说的，怎么能这样说？他有点不安起来，手抓了抓头皮。

我像犯了错误的小学生，跟着曹明明进了那所小学，一直走到学校西边的操场，那里有个用木棍搭起的棚子，下面有一口锅。曹明明说，今天星期天，学校就我一个人，我给你做饭吧。我笑了，我感觉很不自然，脸上的肉绷得好紧。我说，那好啊，正好尝尝你的手艺。他开始切菜，我看见他拿刀子的手一直在抖，时不时还用余光扫我，我装作若无其事的样子，在一块砖头上一屁股坐下，有点硬。我点了一根烟，问他，你要吗？他没说话，接了，夹在了耳朵上，继续切菜。

饭做好了，四菜一汤，炒了一个番茄鸡蛋——我知道那是李春梨爱吃的，炒了一盘子削了皮的黄瓜——这是我最爱吃的，我不知道为何没上变蛋——那是他最爱吃的，也许学校里没有变蛋了，另外还有一盘是肉丝豆角，一盘是粉丝。然后打了一份鸡蛋汤，放了糖，我知道，我和李春梨都爱喝，最后又下了韭菜鸡蛋凉面条。穷乡僻壤的，不要嫌弃。他带着歉意。我说，这是哪里的话，你这么用心，就是李春梨来，也会感激不尽的。他从耳朵上取下烟，从锅下取了一个燃烧的树枝，点着，递给我。接树枝的那一瞬间，我清楚地看到了他的食指熏得发黄，也变粗了。他吸了一口烟，右酒窝陷进去，然后吐了出来，烟圈弥散开来。

你在这里怎么样？这几年，还好吧？我问曹明明。

曹明明盯着我，什么怎么样？你都看到了，鸟不拉屎的地方，还能怎么样？曹明明打开一瓶酒，倒在了感情线以上。他没有抬头看我。

我接过酒，没喝，我不想喝酒。说真的，这些年我最讨厌酒精了，内心拒斥的那种。

你戒了？还是嫌酒不好？与以前上学时不一样了。他见我没喝酒，自己端起酒杯，一口闷，喝完了。

你看看，你说的这是哪里的话，怎么能这么想？本来我想吃口菜，一个中午没吃饭了，肚子顶不了，咕嘟咕嘟地都叫起来，早就想吃点东西垫垫肚子，可他话说到这个份上，我就放下了筷子。我多少要反驳一下他那句话。

你来看我的笑话来了，对吧？哈哈，其实无所谓了，真的，我都想明白了。人这一生，什么都是他娘的扯淡。

你太消极了，我可没有看你笑话的意思。人的一生本来不就是个笑话吗？你我芸芸众生都是别人的谈资笑料。我给他也给我自己找了个台阶。

你少给我装深沉，文绉绉的，有啥意思？不如大口吃肉，大口喝酒，不如今朝有酒今朝醉！他又倒上，一口下去，酒没了。

嫂子呢？怎么没在这里呢？

你说说，你还没看我的笑话，哪壶不开提哪壶！他目光很凶，突然间变得恶狠狠的，他瞪着我，停了几秒钟说，既然你问了，那我就告诉你，林静平在县城，他妈的把我发配到这个鬼地方来了，她还发誓一辈子不再与我见面了。这下你心里舒服了？你高兴了？哈哈。他的笑声里有些苍凉。

怎么回事？我还真不知道这档子事。这时，我想起了以前在学校发生的事，当初中师毕业时，曹明明放弃追了整整三年的心上人，不顾一切追求林静平，全校人都知道，林静平父亲是教育局局长。这小子顺风顺水，结婚后留在了县城，后来还当了个高中校长。这几年没联系，怎么到了将军寺村呢？这是一个小村庄，远没法和县城相比的。中间肯定出了什么事，都怪我这些年没有与同学联系，把自己当成一个孤岛了。

一杯酒接着一杯酒喝，谁也顶不了，曹明明显然喝多了，说话也不利索，可思路还是很清晰。我仍然没喝酒，我只是看他喝，右酒窝一动，下去了一杯。你别奇怪，既然你来了，肯定想知道答案，你也一定听说些什么了，我不会让你白来这一趟的。大家都知道，毕业时我追求林静平，日他娘的，当时我就想成为一个城里人，我要做出一个样子，其实我心里有喜欢的人，一直到现在我还感觉对不起她，你知道的。都怪我功利心太重，我不想再回农村去，我不愿再当个农民，你说我有这个想法有错吗？林静平长得漂亮，我知道她也不怎么喜欢我，可我还是追求她，在我的软硬兼施下，她终于答应了我。你知道的，我和林静平结了婚，结婚时你去了，李春梨也去了，你知道的。当然，我也顺利地留在了县城，成了城里人。结婚后，我们的生活还是不错的。我当了一名老师，讲课备课很认真，林静平在教育局上班，我们家里从不缺钱花，别人很羡慕我们。我从一名老师做起，后来当了段长，教务主任，又当了副校长，总算当了校长，同学聚会的第二年，要不是出事嘛，他停了一下接着说，我现在说不定早就当教育局副局长了。

曹明明喉咙动了一下，深深地咽了一口酒说，林静平最初是一个好女人，脾气也不怪，很体贴人。那时候我当班主任，早出晚归，工作忙没怎么照顾家，她也没有怪过我。结婚第二年，她怀孕了，想着自己要做父亲了，我很高兴。可不知道怎么回事，她的身体条件特别差，用尽了各种办法都没保住孩子，我安慰她说，没事，别担心。后来她又怀上了，还是没保住。我妈想抱孙子，急得很，非得想要个孩子，林静平的肚子不争气，生不出来。过了十来年，林静平依然是个不下蛋的老母鸡，肚子还是没动静，怀不上。慢慢地，她的脾气变得古怪起来，看什么东西都不顺眼，对谁都蛮不讲理，说着说着就摔摔打打的。有时候我们为一点鸡毛蒜皮的小事，就能吵上几天，我不让，她也不让，谁都不愿意服输。谁能受得了她的牛脾气，反正我是受不了她。她生活中没情趣，我看着哪里都不顺眼，简直就是一个蛮横的泼妇，后来我懒得搭理她，沉默反而成了我们最好的语言。

他深深地吸了一口气，但眼睛却不看我，望向我身后的天空，那里好像有什么吸引他似的。他给我要了一支烟，点上，吸了一口，用双指夹住，接着说，学校来了一个新老师，眼神很像一个人，这触动了我对中师的回忆，我们慢慢地好上了。怎么说呢，我也只不过就是多关心关心她，给她安排了单身宿舍。那时候我已当了副校长，有这个权力，当然全靠林静平父亲的关系。刚开始，我并不想找个什么第三者，在我的骨子里，我很反感这种偷鸡摸狗的勾当，我有我的打算，等生下孩子，我当了教育局局长，就把她调到其他学校。我想用孩子解救林静平，解救这个没有声响的家庭，这些事都是我偷偷地背着她做的，我想她也会明白我的良苦用心，就是不明白，我也心甘情愿了。可是，林静平不知道怎么知道了，这事本来严密着呢，我们平时并没有怎么来往，别人也不可能知道。一个夏天的晚上，我撒谎说在学校值班，没想到林静平跑到我办公室里来了，一推门就撞见了。当时我赤裸着上身，那个新老师正在吃我喂的葡萄，林静平大闹了学校，她父亲动用了关系，一气之下把我调离了学校。

曹明明的脸上不知是泪还是汗，抹了一把，依然湿湿的，烟抽完了，他把烟屁股扔在地上，用鞋子踩了踩，把酒杯又满上，喝完了。他接着说，他妈的，我在学校是没脸待了，林静平的父亲让我去化肥厂干活，可她仍然不放心，没事偷偷地跟踪我。我为她感到可悲，也为自己感到可悲。你想想，这过的是什么日子啊？我一到家，我们就开始斗嘴，打架，我真想离婚，受不了这死水般的日子。有一次吵架后，她把结婚证都撕碎了，我也喊着离婚，谁不离谁就是狗，离婚协议写好了，我们走到民政局离婚时，她一口吞了安眠药，差不多有半瓶子吧，真他娘的不要命了。要不抢救及时，她早就死了。

从那以后，林静平更不放心我了，在城市的任何一个地方，都可能有她的身影，她把监视看作一种乐趣，当成每天必备的生活内容。只要我和别的女人说话，不管认不认识，她就会不知道从哪里冒出来，大声地说，这个是色狼，离他远点，吓得别人逃得远远的，对我指指点点。我实在受不了，天天这样也不是个办法，我就想和她和解。我问她，你想怎么样？她说，我不想怎么样，你想怎么样？后来，不管怎么说，她终于答应让我回到乡村，还说一辈子不能再回县城，这像什么约定呢？我们是夫妻啊！一日夫妻百日恩，我们成了什么呢？敌人？仇人？

曹明明终于停住了，望着我，像等我的回答。这次他没喝酒，拿起筷子，想夹菜。我赶紧拿筷子，我是真饿了，可是我看他把筷子放下来，我也放下了筷子。他接着说，你还记得吗？在二年级暑假时，我们班委出来玩，是我倡议的。当时我是班长，你是团支书，李春梨是学习委员，林静平是文艺委员。我们十来个人来到这个将军寺村，这里有条河叫将军寺河。你我都知道，李春梨喜欢水，林静平也喜欢水，离我们学校最近的大河就是这里了，我们就到了这里，又唱又跳，当天晚上我们还没回去，就在弯柳树旁办了个篝火晚会。

听到这里，我想想有这回事，那时候我们还年轻，也就是毕业前的那个暑假，我们班一下子发展成了几对恋人，当时我就是一对。曹明明见我没说话，接着说，我就恳求她，城里你不让我待，就让我回将军寺村吧，让我自生自灭吧。没想到林静平明白此中的意思，她冷笑着说，去陪你的小妖精吧，别再回来了。她心里肯定知道些什么，但她更知道，所有的一切都过去了，已经不可能了，她想折磨我，让我在回忆里痛苦。不过，我愿意，真的。从那之后我再也没有回过县城，前年老局长去世，我也没有回去。

他一个人笑了，有点无助，表情很难看。他说，你想来看我的笑话，你的目的达到了，哈哈，你别他妈的假仁假义，我受不了你这一套，有话你就直说。他又满满地倒了一杯，头一仰干了，我真不知道，我能说些什么安慰他。他好像什么都看淡了，都无所谓了，对他而言，说与不说又有什么区别呢？

我真饿坏了，本来想吃点菜，想喝点鸡蛋汤，哪怕吃点馒头也行，一天了，没有吃什么饭。可他直勾勾地望着我，弄得我挺不好意思吃，我深深地咽了一口唾沫，冷冷地说，你还是多疑，我说的不是那个意思，信不信由你，我来不是和你吵架的。你不知道，其实，李春梨她……她也离开我了……

他抬头望了望我，然后面无表情地又喝了一杯，你不要安慰我，我他妈的还用不着你怜悯我。当初咱们全班都知道，李春梨那么铁了心地跟着你，看都不看我一眼，后来我就找了林静平……我把你视为情敌，有一段时间我想着怎么把你一刀子砍了。他的脸色依然很难看。

我骗你干什么，真的，她离开我一年了。我人都来了，有必要专门来骗你吗？我闭了闭眼睛，控制住了我的感情。见他没说话，我又接着说，我要走了，我还要回家，你要多保重，以后不要再喝这么多酒了。

从学校出来我就开始往回走，一步也没停留，将军寺村慢慢消失在我的视野里，曹明明也慢慢成为过去。我突然间哭了，伸手去裤兜里拿纸巾，我的手碰到了一张照片，那是李春梨的照片，她扎着两个粗黑的麻花辫子，含情脉脉，羞涩地低着头，微笑着。

有件事在我心里犹豫了好久好久，本来我早就下定决心要告诉曹明明，可我想了想，还是忍住了，硬是憋在嘴边没说。我望着将军寺河的流水，哗哗地向前流去，永不停止。

一年前，本来我和李春梨商量看曹明明的。在前来的路上，一个喝醉的女司机错把油门当成了刹车，从身后把李春梨撞了。李春梨临走前，从衣服里拿出一张照片，哆嗦地对我说了最后一句话，交给明明，别生气……

我拖着沉重的脚步，一步步向前走去，泪水模糊了我的双眼，一滴一滴落在了李春梨的笑脸上。

鼠　人

一

那天晚上，我躺在床上再也睡不着了。

月光是透着窗户照进来的，点滴洒在房间里晃得我眼睛生疼，不让我有一点安静和舒服，我试着闭上眼睛，月光还是爬进我的眼睛里。院子里高高低低的树像一个又一个卫兵，不说一句话，很神气威严，直盯盯地望着我，打量这个世界。当风儿吹过，树叶树枝满世界开始撕扯起来，呼啦呼啦地响。窗外，又有猫开始叫了，喵呜喵呜的声音此起彼伏。这大半夜的，猫的叫声越来越大，让我感到害怕。我想起这两天连猫对我的感觉都怪怪的，当我自己一个人走路时，总会有一些猫莫名其妙地翘起尾巴，龇着牙，直愣愣地对着我呜呜叫。起初我没在意，当我把这几天发生的场景联系在一起，我发现有些事情不像我想得那样简单。

就在白天，当太阳直照射在将军寺河上，我经过河边的一片小树林时，一只猫朝我冲了过来，直接挡住我的去路，吹着胡子对我大喊大叫，有几次甚至挥动着爪子冲到我面前，一副想要吃我的样子。他娘的！简直是反了，一只猫竟在我面前耀武扬威起来。我知道狗怕人弯腰捡东西，我装作从地上捡起什么东西，然后假装对着猫扔了出去，猫喵呜着叫了一声，逃得远远的，又钻进了路旁的庄稼地中。

一直被猫盯着总是不太好，我确信自己遇到了什么情况。我心里一直在怀疑，猫喜欢吃老鼠，它该不会把我当成老鼠了吧？我的属相是鼠，但猫也不应该用那种恶狠狠的眼神望着我呀！难道……

睡觉前，我再次抚摸着疼痛的屁股，这尾骨不知道怎么回事，又隐隐作疼。我洗澡时特意把镜子放在屁股下面看了看，有个指甲大小肉乎乎、尖尖的东西长了出来，有小拇指指甲那么长，非常细，像个尾巴，上面还稀稀拉拉长着几根毛。我本来想用指甲把肉球抠掉，忍着痛抠了几下，我感觉太疼就停了下来。看看指甲上沾着殷红的血迹，找来卫生纸赶紧擦了一下，纸上瞬间浸满了血印子。我仔细一看，说实话，血的形状与老鼠的轮廓一模一样。这到底怎么回事？我想起卡夫卡的《变形记》，在上大学时还曾不止一次读这篇文章，书里说一个人变成了大甲虫。难道我也变成了怪物？这样的事情会发生在我身上？我开始有点担心起自己来了。

胡思乱想了一夜，我想不出个所以然来。天一亮，我到学校找副校长请假，说要去医院看病。副校长推推眼镜问我："真生病了？昨天你不是还活蹦乱跳着呢？"言外之意我是骗人的。我说："这可是千真万确，生病还需要骗人吗？"副校长又说："你的课怎么办？"我说："课调好了。"走出了学校，我当老师三年来还是第一次请假，又加上这几天学校发生的事，怪不得副校长不相信。

我刚走出副校长的办公室，就听见一阵打电话的声音：“他请假了，你要观察好！对，他已经走了，刚出办公室。”

坏事！难道副校长也发现我屁股上长东西的事？这可怎么办？后来我又想想，这不太可能啊，他不会这么快发现的，我又没说我长尾巴，他们也没有看见，管他呢，先去看病再说。最初我打算到镇上去看病，但我感觉镇上条件不好，再说遇到熟人怎么说？想来想去还是坐车到了县里，来到人民医院。

我突然犯了难，我应该到哪个科室挂号看病呢？骨科，肛肠科，或者皮肤科？总感觉有点怪怪的。我找到咨询台，护士小姐正在玩手机，长得很漂亮，大眼睛水灵灵地忽闪着，问我：“你怎么了？哪里不舒服？”我支吾半天不知道如何说，她又说：“你看哪个科？”

这话问的，看哪个科？我知道了还问你！我说：“我也不知道看哪个科，这几天猫老跟着我，朝我乱叫，我的屁股上好像长了东西……”我扭动着屁股，背对着护士摇晃着，我希望她明白。我的话还没说完，护士恶狠狠地剜了我一眼说：“这样吧……你去七楼吧！”

“七楼？那是什么科？”

“你去了不就知道了？让医生好好给你看看。”护士小姐盯着我，眼神透露出一种怪怪的杀气。我感觉这种眼神和猫的眼神一样，恶狠狠的，我吓得心里扑腾扑腾的。

我转过身正要走，她又喊住了我：“你站住——”

我回过头，愣在那里，护士又说了一句：“你办卡了吗？先填张表，办张卡。”

一办完卡，我急匆匆冲进电梯，电梯门正要合住，我双手用力撑开，一个箭步进了电梯，按了个“7”，电梯嘀了一声，满电梯里的人离我远远的，就要贴在电梯壁上了，他们一个个眼睛瞪得大大的，眼神怪怪的，有点害怕和紧张。我很奇怪，难道大家都知道我屁股上长东西的事了？这事我又没说，他们怎么知道的？我听得很清楚，有两个上年纪的人正讨论尾巴之类的，见我抬起头就停住了嘴，什么也不说了，站在那里腿一晃一晃的，装作讨论电梯说："这电梯怎么这么慢啊！"我满肚子疑惑，透过电梯壁看到的都是恶狠狠的目光。电梯到三楼第一次停，那些人全部慌慌张张地冲出电梯，一个小孩子的鞋子掉了，母亲不敢停留，抱着孩子拼命逃跑了，连鞋子也不捡。他们好像怕我。

电梯里只剩我一个人了，瞬间清静下来。我故作镇静，我看到电梯壁上我的影子，没有什么特殊的。一个人正好，也没有人和我挤了。

终于到了七楼，我走出电梯，一看才知道原来是精神病科！他妈的，你才精神病呢！我又骂了一句！怎么来这科室了呢？我想回去。这时一个白大褂医生出现了，戴个黑框眼镜，像个老花镜："快来，快来，我等你很久了！"他一边说一边往上扶黑框眼镜。

"等我很久了？我没精神病，你等我干什么？"我不解。

"黑框眼镜"笑而不语，身边的小护士说话了："呵呵，来这儿的人没有一个人说自己有病！坐这儿，说说怎么回事。"

我可以说说情况，但我绝不是精神病，你才是精神病呢！我气坏了，正想抱怨，又仿佛听到一阵猫的叫声。我把疑问说了出来："你们听见猫叫的声音了吗？你听，喵呜喵呜的，就是现在——"我随着猫叫声也喵呜喵呜起来。"黑框眼镜"盯着我："什么？"我又认真地说了一遍，"黑框眼镜"来了一句："看样子病得不轻！你看，乱讲胡话。"

什么呀？我拼命反驳道："哪是啊！"我把情况一五一十告诉了他，这几天见到猫的奇怪现象，当然也包括屁股上长东西的情形。一说完，我心里一片坦然和放松，再也没有那种压抑和紧张。我想医生会理解的，毕竟他是医生嘛！

“你说你屁股上长东西了？”“黑框眼镜”抬起头问我，厚厚的老花镜后面藏不住他的疑惑。

我像小鸡啄米似的用力点点头。

“来吧，让我给你瞧瞧，检查一下，先脱下裤子。”他依然一边说一边往上扶黑框眼镜，仿佛不扶眼镜就要掉一样。

我有点不好意思，自己这么大了，光着屁股毕竟不是什么光彩的事，何况身边还站着个护士小姐。“黑框眼镜”把那副老花镜扶正，向我伸开了手，我极不情愿地脱了裤子，护士小姐竟然大喊一声：“尾巴！”医生瞪了她一眼，她才停住，可她的余光还一个劲地往这边瞟。我也瞟了她一眼，发现那护士小姐仍是猫的眼神，她像发现了新大陆一样充满了惊奇！

我又听到外面隐隐约约猫的叫声了，我对“黑框眼镜”说：“你听，猫的声音，一只，两只，三只……”医生拍了拍我的头：“你没事吧？”我精神了一下说：“没事，没事，怎么会有事呢？”这时猫叫声没了。

“你是不是最近太紧张了，回家好好休息吧！”

“那尾巴……”

“哈哈，你呀……”“黑框眼镜”笑了。

唉！这是什么意思嘛？他们意思很坚决：“你回家休息吧！好好睡上一觉，没事的！”“黑框眼镜”连药都没给我开，就让我出来了。这次我没有坐电梯，一个人步行走了步梯。我听见后面医生和护士小声说着什么：“这家伙不会是个妖怪吧？要不咱报警吧，屁股上怎么长根尾巴？”“黑框眼镜”不说话，没理护士小姐，坐在桌子旁快速写着什么。

真是邪乎了！幸好当时没有其他人，否则不吓死人才怪哩！

二

白天我不敢坐车回村子，我怕大家异样的目光。直到夜幕降临，我确信村民都睡觉了，才一个人悄无声息地回到将军寺村。村子还是老样子，在夜晚一切显得很安静。将军寺河里的水像一个平镜，明光光的，我沿着河往回走。我脚踩在草地上，只有草折断的声音，咔嚓咔嚓的，不一会儿我的鞋子有点湿了。已经开始下露水了。就在那时我突然间想起了一件事，前几天我在这里救起了一只老鼠。

那天一只猫显然是摆弄着一个老鼠，对，摆弄！猫不是一下子把老鼠吃掉，那只老鼠已经是半死不活了，猫放在嘴里咬几下把老鼠放掉了，老鼠爬起来拼命地跑，跑了没有两步远，猫又用两只前爪把老鼠抱住了，然后捉住又松开，如此反复多次。我实在看不下去了，一脚把猫踢开，猫喵呜了一声，翻了几个跟头栽在了地上。猫还是爬起来，先是直勾勾地盯住老鼠，然后抬起头直勾勾地盯住我，对着我喵呜喵呜叫着，显然对我的到来非常不满。我往前跑了几步停住，装作要打猫的样子，猫终于跑了，跑了好远停住，还不住地回头看。我哈哈大笑起来。

那只老鼠全身蜷缩在一起，躺在血中瑟瑟发抖，黑亮的小眼睛望着我，圆溜溜的。它的灰肚皮侧躺着，没一丝生气，嘴巴下边流的都是血，血迹把毛发粘得一块一块的，小尾巴也不见了，是被猫刚才吃掉了吗？难道猫喜欢吃尾巴？也许是吧。我把老鼠翻过来，它到底还是死了。我把老鼠放在一个土堆里，又用土厚厚地封住，堆得高高的，给它做了一个小小的坟墓。我没有立刻走，蹲在那里吸了一阵子烟，然后捂着嘴不住地开始咳嗽。

我直起身子，头有点眩晕，肚子也有点痛了，我的屁眼周围也在这时开始痒起来，隔着裤子用手挠了挠，还是痒痒得厉害。刚开始我没在意，身上有点痒是再正常不过的事。这时我的肚子又开始疼起来，我看看四周没人，赶快到将军寺桥边，蹲了好久只是放了一个响屁，也没有拉出屎来，不过肚子倒舒服多了，这时我的屁股下面感觉更痒了。我仰起头向天上看，天空中一片安静，很空荡，只有变化不定的白云飘来荡去，正像连莲忧伤的脸。莲？我在心里不禁叫了一声。

“不让你说，你非要说！这下你后悔了吧！”连莲的声音还在我耳边回荡。

我记得我当时的回答是：我不后悔，我有什么后悔的呢？我就应该如实说，谁让我是老师呢？老师天天教育孩子要讲诚实说真话，我如果说假话，内心里多少有点过不了这个坎。一直到现在，我仍然不后悔说了真话，想想也是，我有什么后悔的呢？犯错的是他们，又不是我，我完全可以以此鄙视他们，为什么我的心里要不安呢？就是现在问我，我仍然会坚持说：“那个叫三栓的孩子丢了，与校长的儿子张明水有关。”

我记得很清楚，那天中午第三节我没有课，我要去厕所大便，经过操场时看见一群孩子上体育课，有两个孩子靠近围墙坐着，他们俩没有参加体育训练，一个是三栓，腿有点毛病不方便训练，得了小儿麻痹症；一个是张明水，校长的儿子，他特别胖，像一团子肉球堆在一起，一上体育课基本都请假休息。两个人就那样坐着说着什么，张明水一直在取笑三栓的腿，说像狗腿一样弯，三栓则不说话，一直红着脸低着头，想哭。过了一会儿，张明水说：“三栓，你以后娶不上媳妇，娶了媳妇生个儿子也没屁眼！”说完一阵哈哈大笑。我走到他们身边，训斥了张明水：“注意文明，怎么能这样说自己的同学呢？”张明水听了，仍然洋洋得意，而三栓满脸通红。我在厕所里隐约听见两人又吵了几句，三栓显然吃了亏。

我的屁股那时候还不痒，很正常，我拉了屎从厕所里出来，没见三栓。我问张明水：“三栓呢？”他噘着嘴，没理我，眼睛则向大门口望去。

学校大门口没人把门，农村学校不像城里管理得那么到位。我知道出事了，马上也追了出去，喊着：“三栓，你在哪里？快回来。”没有回音。当我跑到学校大门口时，已经不见了三栓的身影。三栓去了哪里呢？千万别出事啊。我沿着将军寺河向上找，可我什么也没发现，只是看见一只猫在捉一只老鼠。

当我解救一只老鼠之后回到学校时，校长正在办公室里询问什么，其实已经放学了，但老师们一个都没走。我们学校人数少，算下来也就八十来人，本来有六个年级，最多的是六年级十八个人（其中有一个人马上要去城里上学）；最少的是二年级九个人，所以一年级、二年级和三年级合了，也只不过才二十七个人，四年级和五年级也合了，有三十个人。这样有些老师就闲下来了，他们去城里找份工作挣外快，一个月挣个两三千不成问题。财政工资发两千多块，除了上交学校（其实也就是校长）一个月一千元，他们还能净落一千多块钱。这样，校长就睁一只眼闭一只眼，上面查人了校长就帮你顶过去。我特岗第一年，校长就不止一次问我：“好好的一个大学生，怎么发配到村里了？怎么不去城里找个事干？”然后跟我讲，“在城里挣钱可容易，随便找个事一个月也能挣上四五千！比这儿强多了！”我说：“我喜欢教书。”他听了，满脸的不屑说：“还有人喜欢教书？”后来我明白，校长意思是一个月让我出一千元，我才不这样呢，我一个月才挣多少钱呢！另外，我确实慢慢喜欢上这个职业了。

校长一见我，张口就问："小苏，你去哪里了?"

我说："三栓与明水吵架了，我去找三栓，却找不到了。"

"你怎么回事?好端端一个大活人，怎么说找不到就找不到了?"

我一听，有点生气。这话说的，好像我把孩子弄丢了一样，责怪起我来了。我反驳道："张校长，你不知道怎么回事吗?你儿子明水取笑三栓，说他娶不到媳妇，就算娶了媳妇生儿子也没屁眼，三栓被他气跑的，所以……"

校长眼睛一瞪说："苏风啊，话可不能乱讲！不要信口开河，要讲证据，谁看见了?你说说，谁听见了?"

我原以为体育老师会帮我说话，我这是在帮他啊！可他却说："是啊！体育课，你就站在操场，盯着他们俩不知道嘟囔啥呢！"我回头一看，大家的眼神怪怪的，尤其是校长，用小眼睛打量我："你说说，你不好好备课，你干啥去了呢?怎么能随便出去呢?"

我的屁股下面有东西在动，慢慢地鼓起来并一直往外顶，仿佛要撑破裤子，很痒痒。真该死！我在心里骂了一句，我想抓痒可还是忍住了，毕竟当着众人面有点难为情。我咬着牙忍住痒与校长辩驳："你问问明水不就一清二楚了?他最清楚怎么回事了。"

连莲给我使了个眼色，可我没理她。她拉了拉我的胳膊，小声地说："别再说了……"

"我为什么不说?本来就是他的错，就是他儿子的问题，老这样霸道。"我辩驳道，声音也大了许多，这话不是对连莲说的，倒像是对大家说的。我需要大家为我说话，站在我这边。

连莲好像很失望，为了掩饰内心的尴尬，她装作喝水，可水杯里没水，她放下水杯，头偏向一边，不再说话。

我满肚子的话，哼了哼鼻子接着说："天地良心，明水把三栓气走的，出了事也该他负责。"我简直忍无可忍了。

校长气得脖子上的青筋暴露，想发火，可还是咽了下去，然后不自然地冷笑着。我不知道他要怎么说，突然他伸出手开始打我，我才不让他呢，我们俩打了起来，桌上的东西哗啦啦在掉。旁边有人开始劝架，把我拉向了外面，校长在屋里说了一句话，我听得很清楚："你看他长得贼眉鼠眼的，一看就不是什么好东西！"

我更加生气，喘着粗气说："你娘的再说一遍……"有人使劲拉着我。要不是有人拉着我，我一定和校长拼个你死我活。

"就是就是，看着就像，要不然一个大学生怎么到咱们农村教学呢？"

我又骂了一阵子，突然发现自己好无助。没有一个人理解我，他们多是生活在一起的村民，住的地方彼此都不远，还总有点什么亲戚。我欲哭无泪。再说，哭了又能怎样呢？

三

现在我发现除了连莲，我什么也没有了。不过，幸好还有连莲，否则我担心我会崩溃。

连莲没走，她一个劲地安慰我，比平时还要体贴。我哭，她给我擦眼泪，然后莫名其妙地也跟着我流泪，胸脯一颤一颤的；我叹气，她盯着我的脸也跟着叹气，低着头往地上看。她为什么要哭呢？有什么好生气呢？我哭着哭着不哭了，也不再生气了，一是没有必要生气了，二是我不想看到心爱的人为我伤心。我看着连莲，连莲看着我，我有一丝宽慰，心里慢慢平静下来。

真的，认识连莲也是一种缘分。考特岗刚来到这所学校的那年，我刚毕业才二十四岁，我充满了激情和信心，决定在将军寺村扎下根，想做出一番事业来的。那时候我满心都是伟大的抱负和火热的心，我要做一个好老师，改变学生的思想和命运。在讲课时，我不局限于课本知识，也不简单地将知识灌输给学生，我教给同学们学习的方法，还有为人处世的道理。我不按传统的模式授课，结合教材和生活实际，鼓励同学们积极主动发言，培养自己的语言表达能力。课下时，也并没有像其他老师那样布置很多作业，反而经常带领学生深入田间感悟生活，帮父母劳作，感受大自然的色彩。我一直在想，学生的童年要充满着野菜和泥土的气息……在秋天的田野，到处是忙碌的身影，我让同学们倾听蟋蟀唱歌，追赶嗡嗡地拍打翅膀飞来飞去的蝗虫，观察像云一样从头顶上飞过的麻雀。同学们很开心，从脸上灿烂的笑容里能感受得到。

若不是与其他同学通电话联系，我不知道我的内心会不会改变。工作大半年后，与一起毕业的所谓好哥们儿一联系，才发现自己的处境和差距。大部分同学留在了城市，他们考上了公务员或研究生，或者在县城当了老师，就是打工也留在了大城市，谁也不像我这样留在一个小村子里当特岗老师。人比人，气死人！我开始怀疑我自己的坚守，也开始怀疑我的执着，我的付出与意义，我的前途与光明。这种怀疑一旦萌发，就像草一样开始疯长。这时连莲来了。如果连莲不到这个地方，我也许早就离开将军寺村了。

连莲也是特岗老师。她从省师范学校毕业后，父母暂时让她在将军寺村里当老师，答应有机会再将她往县里调工作关系，她经常给妈妈打电话表达内心的不满。连莲拼命让家里人托关系回城里，哪怕到城里扫大街也行，她不想让生命里没有阳光，更不想在这个地方发霉。坦白地讲，她来到这个地方非常不适应，连莲娇滴滴的，先是哭了好几天，不与人说话，我差一点认为她是个哑巴。

那时候办公室里常常很热闹，这和我在当老师之前想象的完全不一样。女教师聊着婆媳关系，说说照顾孩子的不易；男教师则聊着地里的庄稼，谈谈今年工资是否会涨，有时候也会说说国家大事，美国会不会对朝鲜动武，中美贸易大战。我从不主动参与聊天，感觉有点浪费时间，我认真翻课本和教案，熟悉同学们的名字等基本情况，有时候一笔一画地总结知识点，丝毫不理会其他人。只不过听到大家开怀大笑的时候，也偶尔抬起头来笑一下，这时候我发现连莲正盯着我，见我看她，她赶紧低下头。

本来我要离开将军寺村，现在我感觉要留下来陪连莲了，我不能看着她伤心，面对这个可爱的女孩子，我感觉有这个义务帮助她。这也决定了我们从一开始就要在一起。坦白地讲，在小学空闲时间还真不少，无事可做也很无聊。本来教学生也不难，老师们都是周围村子的，他们从不在学校吃饭，都是回家吃饭。所以，校园里经常就我和连莲两个人，这样抬头不见低头见，不说话也得说话，关系慢慢地融洽了。我们做的最多的事就是经常顺着将军寺河向前走，一直走累了才停止，我们就坐在树荫下说会儿话。

好像从一开始就注定我们要走到一起！

将军寺河里长满了芦苇，清清的河水绕过学校，向远处伸去，一群群水鸟飞过学校，喳喳地鸣叫着。有时候我们也带着孩子一起去劳作，去田野里玩。我们经常静静地坐在将军寺河岸边，望着河边飞来飞去的小鸟，听着那静静流淌着的河水，远方开始在脚下变得悠长。除了环境美外，我知道这与坐在身边的连莲有关。

一年后，连莲的父亲动用了一切关系，把她调往县里的事终于落地，连莲则一再推脱回去的时间。我知道原因，连莲是爱我的，可她到底爱我什么呢？我又有什么地方值得她爱着呢？我老是这样否定自己，当然我没有直接问连莲。人家这样爱你，我要直接问她多少有点不合情理。我最终也没有问连莲这个真实的原因。

不过我们关系一直很好，她也真的很爱我，至少我这样认为。在相识的两年多的时间里，我们相处得很愉快，尽管村子里没有什么好玩的，也没有什么好吃的，好像我做的每一顿饭总会让她激动不已，每一次送她的野花她也会珍藏。她说："这叫痕迹，爱的痕迹。"我们会在痕迹中成长。

当我遇难时，她肯定会帮我，至少不会不管我。现在我遇到了困难，孩子找不到了，除了连莲学校里没人会理解我，她的理解对我很重要。长尾巴的事也让我很头疼，我想不明白里面的原因，为何莫名其妙地长了尾巴？连莲一定能理解我，她是我最爱的人，一定会理解我的。我想。

我终于哭着对她说："你不知道，我的屁股长尾巴了。"在她面前我没有什么难为情了。我扭动着屁股让她看，连莲呵呵一笑，当成了一个笑话。她摇摇头表示不信，笑得要流泪了。这个我早就料到。

我非要让她相信。我又认真地说："我真的有尾巴，已经去医院检查了，精神病科，我没有必要骗你，也没有开玩笑……医生都没给我开药！"

"这两天你太紧张了。当时我就不想让你管三栓的事，你真是六个手指头挠痒——多一道子，没事找事，跟谁较真不行？非得与校长较真。这下可好了。"连莲安慰我。

我一直这样想，她会理解我的。"你还不了解我，孩子丢的事确是如此。我不讲真话，就不是我了。"我又停了一下，认真地说，"你听着，我不是开开玩笑，我真的长了尾巴，不骗人。连莲，我什么时候骗过你呢？”

连莲把她温暖的手放在我的额头上，又摸了摸自己的额头：“不烧啊！你怎么尽是胡话啊？”

我说：“这是真的，我不骗你！我什么时候骗过你？”

“真的？”连莲一愣。她好像开始相信了。

这该死的尾巴让我更疼更痒，本来当着她的面不好意思伸手抓痒痒，多少我也要维护我的形象。可是隔着裤子和裤头子我用力抓了抓，我发现连莲正瞪着我。这时我一本正经地对她说：“当然是真的，现在又痒痒了，不信你看看——”我扭动着屁股。这当然不像是开玩笑。

确切的答案加上我认真的表情显然吓到了连莲。“你——!”她大喊一声。我看见她发疯似的向前跑，听见她尖叫着：“妈呀！妈呀！”在将军寺村的上空回响。我的屁股下面更加痛了，手不住地抓痒，后来我想到要追连莲。我在后面追连莲，一跑起来，竟然不痛了，越跑越快，一点也不痒了。我摇着尾巴，挥舞着双腿，要追到她，给她好好解释下。

她跑得比猫还要快，看样子以前我小瞧她了。真的，直到现在我还想不明白，连莲何时能跑这么快，和连莲相处好歹也有几年了，我怎么没发现她有这个特长哩？!

四

啊！我大叫了一声！

一个木棍又朝我打过来，我东躲西逃，我想逃跑钻到地下，或者找一个洞藏起来，像老鼠那样，可是人很多，有校长，三栓的父亲，还有连莲……可是连莲举起一个圆圆的木棍往我头上打来，我呆呆地望着连莲不动了，连莲不理会我，那个棍子不偏不斜地击中了我。木棍很重，直接穿过我的身体，血开始流下来，热乎乎的，最初有点痛，接着我就麻木了，然后我就躺在地上，心开始痛苦起来。我听见猫喵呜喵呜叫，我无法呼吸，连莲又朝我打过来，我挥舞着双手挡住，可是这一棍太痛了，一下，两下……

这时我惊醒了，原来是一个梦。窗外白花花的，有点刺眼，天已经亮了。

还得从那天快黑的时候说起。那天落黑的时候，全校的老师都没走，当然是校长让留的，开会研究孩子丢了怎么应答的问题，当然把我排除在外了——他们不可能让我参加。这时，三栓爹找到学校来了，他问："三栓怎么没回家啊？"满眼的焦虑。大家不说话，办公室里的空气凝结在一起。

校长见的世面多，他反应最快，理直气壮地说："他已经回家了，你来学校干吗？学校又不是你家的保姆。"大家也跟着附和，纷纷责怪三栓爹。三栓爹老实巴交的，他本来也没有别的意思，就是问一下自己的孩子这么晚了没有回去怎么回事，这也没有什么错啊。现在弄的，连问自己孩子的权利也没了。在大家的吵闹声中，他哆嗦地说："孩子不回家，不来学校要，去哪里要？"

学校这种推来推去的态度，让三栓爹感到很气愤。三栓爹回到家，一个人气呼呼的，孩子不见了，好好的一个人不见了。正好他有个亲戚在县教育局上班，还是信访办主任，那天回家办什么事盖章，村长不在家耽误了回城的时间。听三栓爹这么一说，他亲戚气不过，马上打电话向有关部门举报了。

这事到底还是整大了。

有公安人员开始来调查了，校长却一直没有露面。不知道怎么回事，那群人一来到学校就盯上了我，身边人纷纷指向我，好像是我把孩子弄丢了一样，我一下子蒙了。这是什么调查啊？我拼命地解释说："是校长的儿子张明水，他们闹矛盾了，怎么可能是我呢？我可是老师，不会做这样的事！”连莲也在旁边说：“是他——不是他……”声音淹没在大家的声音中。

我越是辩驳，这群人越不相信。后来大家不再说什么，都望着我，那一双双眼睛像猫的眼睛，吓得我头上直冒汗。

我的屁股又开始痒起来。我不怕他们问我话，我也不怕说了真话得罪谁，而是怕屁股上的尾巴长出来。尤其是这几天，这条尾巴像是故意出我的洋相，疼得厉害，感觉就要撑破裤子了。我忙夹紧腿，哆嗦着扭动着身子，表情变得不自然起来。

来人之中有个胖子，他正做着笔录，一副认真的样子，写写停停，不过他也不停地看手机，好像是在玩游戏。这时不知道怎的办公室蹦出来了一只老鼠，刺溜一跑在办公室乱窜，然后停了一下，望了望我。一个女老师吓得尖叫指着我：“你看，老鼠呀，大老鼠，就在那里！”

这声音很大，我顺着声音看，却没有看见老鼠，老鼠不知道什么时候早跑了。他们一群人抬头看我，没有看见老鼠，却只是指着我，仿佛我就是老鼠。我对那个人说：“你才是老鼠呢！有病！”

“你不是长了老鼠的尾巴吗？你就是老鼠，还不承认！”

我感到很奇怪，他们怎么知道我有尾巴呢？我抬头看连莲，连莲正低着头红着脸，她不敢直视我。

“你不承认，这个可不好。”一个胖子扭动着肥胖的身子说，“我们已经有充足的证据证明就是你，你别存在侥幸心理，没必要掩饰什么。”

我真不明白他说的是啥。我是老鼠，或者我杀了人？我自己都搞迷糊了。我的恼怒终于被这群傻子点燃了。我大吼道：“你们乱说一气！都是瞎子吗？你们看不出来是怎么回事吗？”

一阵安静，大家突然不再说话，有人开始捂着嘴笑，也有人笑出了声，看见有警察在，绷紧了脸，憋得很难受。

“还真有点不正常，说得没错，还真是个疯子。医院通知了吗？我早就看他不太正常！”

“我现在就出去打电话。”一个人跑着出了办公室。

我想着连莲会为我鸣不平，她可是我最爱的人。可我没有看见连莲。连莲不知道什么时候早已经出去了。

“有尾巴的人肯定不是啥好鸟，先把他抓走再说。”

“对，别让他逃跑了！”

几个人按着我的身子，任我喊叫，我拼命摆动身子想挣脱，可是没办法，脸贴在地上被按得一动不动。不知谁提议：“咱们看看是不是有尾巴。我打赌，肯定没有！”

“好，看看就看看！”

突然，他们扒了我的裤子，这时有人惊叫：“你看，真有尾巴！”

“咦，还真是，怎么这么短？”

“咱们先把他关在办公室吧！校长说晚上请大家吃饭，劈柴炖羊肉！”

“还用留人看吗？”

“不用，把门锁好就行，他跑不掉的！”

“好好！”

几个人走后，世界瞬间安静下来。我一个人被锁在办公室里，黑乎乎的夜要把我吞噬。

说出来你不信，本来我来到这里是改变一代人的命运的。每个人都有自己的理想，我还记得上大学时的理想。曾经有一个教授说，人要想变，首先思想要变，年龄越小可塑性就越强。我天真地以为能改变些什么，可来到这个地方才发现，并不是我想的那个样子。当初我到这个地方真的是想改变点什么，至少让孩子有所变化，从根本上改变，这是我的理想，但为什么总是格格不入呢？村里人为什么总不认同呢？教育本来可以改变人，可在社会面前我感到无能为力。总感到说真话的人少，能维护正义的人少，尽责任心的人也少，好像他们除关心钱或者固有的人情关系之外，则很少关心像理想、责任和知识等其它的了。我想，尽管将军寺村的这些孩子需要，可总有些人就是看不习惯，他们把你视为异类，因为你与他们表现得不一样。大学里那种天真的想法慢慢地消失了，我开始怀疑这几年的坚守到底是什么，值不值得。这时我感到了后悔，但又后悔什么呢？满肚子的烦恼说不上来，也不知道从何说起。

就以三栓这件事为例，真相明明可用一句话就解释的，但大家为什么不愿相信呢？为什么不去调查一下？为什么没人敢真实表达观点呢？

连莲再次涌入我的心头。开始我天真地以为连莲会来救我，或者来看看我，她一定知道我被关在了这里。她是我在将军寺村最爱的人，至少我这样认为。坦白地讲，有几年了，我的心都是守着她过的，如果没有她，我早就崩溃了。直到现在，我还在等她，都等到了半夜，可惜连莲还没有来。我想，她是不会来了。想着想着，我的眼泪流了下来，我想她大概会成为校长弟弟的媳妇，我第一次感到很失败，对爱情也充满了绝望。女人啊，你的名字叫弱者！

记不清什么时候了，校长的弟弟张有山老来学校转来转去，他来是有一定的目的。连莲每一次都躲着他，我知道她不喜欢他。这个张有山，怎么说呢，是个自以为是的家伙，经常吹嘘自己有多厉害，怎么有钱，其实他只不过是一个跑三轮车的。那几年，他外出到城里挣了几个钱，回到村后天天骑个摩托车到处转悠，将军寺四外村的女孩看不惯他那副德行，没一个人愿意嫁给他，他也不愿意从当地娶媳妇。自从连莲来到这个村子教学后，这小子盯上了大学生连莲，连莲其实不喜欢这个粗俗的家伙。张有山把我视为情敌，他没有从自己身上找原因，把原因归结于我，好像我不存在他就能得到连莲的心，得到连莲的人。我明白，他处处与我为敌，他曾经半夜里断过我宿舍的电，偷过我宿舍里的教案，还偷偷地扎破过我的电动车车胎……我想这次我被冤枉，除了校长推脱责任外，肯定也与张有山有关。

其实说真的，天气并不怎么冷，但我蜷缩在办公室一角，像一只小老鼠，一直瑟瑟发抖。窗户外面又传来了猫的叫声，一声大过一声，凄厉地叫着，屋子里突然出现了很多老鼠，一边围着我跑一边吱吱乱叫，满屋子里到处都是老鼠的小眼睛，贼亮贼亮的，它们好像在保护着我。我的心扑通扑通地在跳，心都要跳出来了，像着了火一样，全身发烫，我内心里充满了力量，有股劲儿要爆发，我撕碎了衣服。与此同时，我的手也开始发生变化，身上也变得毛茸茸的，双手变成了爪子，嘴巴变得尖尖的，牙齿变得锋利，像刀子一样。后来，我的双腿也变成了爪子，我试着往砖头地上一划，马上出现了一道深深的印子。我全身趴在地上，再也直不起来腰了，我的手、汗毛、耳朵都变化了，还有我的尾巴终于长出来了，我能感觉出来。我用爪子一摸，足足有二十厘米长，垂到了地上。

窗外起风了，呼呼地在刮，月亮没有升起来，依旧黑乎乎的。这个地方让我绝望。这世间也没有一个人关注我，直到现在还没有一个人来看我到底怎么样了，包括我最心爱的连莲，我对这个地方的印象又全部退还给了它。难道没有一个地方能容纳我？没有一个人能理解我？我的脊背上有一阵阵凉风吹过，一滴泪在我眼里噙着，但我狠狠心，泪终究没有掉下来。

一定有个幸福而安静的地方在等着我，这么大的世界难道没有我的立足之地吗？我挥舞着我的爪子，用力使劲往地下钻洞，地下很安静，但是温度却慢慢高起来，我的全身温暖温暖的。我想，这应该是一个美丽的地方吧！要不怎么能感到一丝丝的温暖呢？我继续挥舞着我的爪子，用力往下钻，真的，地下很温暖，没有是非，没有担心，这地方让我舒服。我真的找到了一个世外桃源，这里应该没有欺骗，没有谎言！这是我想要的世界。

五

县城的电线杆和墙壁上出现了许多寻人启事，这些寻人启事压在不孕不育、招工、修油烟机和通下水道等广告的上面，厚厚的一层，虽然零乱但内容依旧能看得很清楚。

寻人启事

苏风，小名叫小风，男，二十七岁了，身高一米七三，有点近视，脸稍圆，右耳朵下方有两颗黑痣。十月二十日夜晚走失，当时他戴着黑边眼镜，留着小平头，上身穿着花格子衬衫，下身穿着蓝色的牛仔裤，脚上穿一双白色运动鞋。

小风，你赶紧回来吧，爹养活你不容易。你姐死得早，小风，现在爹就指望你了。你还没结婚，爹也不能给你断了香火！别人都说你做了傻事，爹不相信。你赶紧回来，爹跟你一起把事情说清楚。爹现在年龄大了，不希望你大富大贵，就希望你平平安安的，赶紧回来吧。

真的，小风，爹想你了！孩子，你快点回家吧！

如果有了消息，请拨打我的电话×××，联系人苏四。

定重谢!!!

过了几天，在市日报的一角出现了一条通缉令。白纸黑字，庄严肃穆，威严有力！右上角还带着一个小伙子的照片，黑白的，脸微胖，阳光灿烂的微笑，非常自然帅气。

通缉令

×年×月×日，我县将军寺村发生一起学生丢失事件，已经查明，特岗老师苏风有重大嫌疑，现畏罪在逃。

苏风，男，二十七岁，汉族，籍贯为××，特岗教师，身份证号码为×××，操一口流利的普通话。

为抓获犯罪嫌疑人，消除社会隐患，现向全社会公开通缉。公安机关对提供有价值线索的举报人、协助缉捕有功的单位和个人，将给予人民币壹万元奖励。

联系电话及联系人：××× 李警官

与此同时，有一条微信《莲的心事》在朋友圈里转，转发了很多条，看着很温馨。这条微信，有点像诗，又不全像诗，不过读起来还真有点意思。

莲的心事

风，去了哪里？没有你，眼里却尽是你的影子。风，去了哪里？没有你，心里却全是你的痕迹。风，去了哪里？没有你，脑海里却满是你的笑容。我，等你在将军寺村，等你在相知的地方，等你在心灵的角落里！疯的影，疯的痕，疯的笑，疯的人！风连莲恋疯！莲的心，莲的事，莲的情，莲的人！莲连莲恋莲！恋的心，恋的事，恋的情，恋的人！恋连莲连恋！

洋葱没有心吗

我们将军寺村说不上大也说不上小，但能讲得出口、拿得出手的就是这条将军寺河了，将军寺河像银色的鞋带子把村子绕了一圈，我有时候做梦都梦见有一条银线绑着我呼啦啦往天上飞，一直到一个巨大的时空，当我醒来时却又发现躺在床上还是老样子。不过我回忆起飞起来的那种感觉，身体不再属于我自己，双脚一离地面，身体就像一支羽毛一样随风飘来飘去，有种空灵的感觉。为了享受这种美好的感觉，小时候没事时我经常头枕着双手，躺在河堰上闭上眼睛感受这种感觉。空气中有绿草的气味，也有水腥味，这些气味夹杂着将军寺村的尘土扑面而来，没经过我同意就钻入我的鼻孔里游荡，一种神秘的气息进入我的脑海，我的头脑开始不断地膨胀发酵，可就是有什么东西在拖拉着我。睁开眼后我发现双脚仍然踩着青色的杂草地，一对老扁（蚱蜢）正在我手上蹦来蹦去，身边流淌着汩汩而鸣的将军寺河水，不知道从哪里来，又往何处去；高低不齐的草，岸边的杨树、柳树耸立着身子，结实地向天空的方向生长。

“树真能长到够到云彩的地方。”这可是孟太爷说的，还不止一次这样说。

对于孟太爷的话大家是深信不疑的，在我们将军寺村什么事只要孟太爷发了话，那都是不能更改的旨意，大家对他的信服或者说膜拜是发自内心的，从没有人提出过质疑。最初我不明白是什么原因，后来我明白了，应该与他的年龄大有关。在我们将军寺村有个不成文的说法，不管什么东西年龄大了就自然成了精，比如说吧，老鳖长上几百年叫鳖精，鱼长得时间长了叫鱼精，连树长得时间长了都叫树精，人嘛——这当然不能叫人精，那得叫神仙。我认为别人这么迷信孟太爷，显然是沾了他年龄和姓氏的光。

孟太爷已经九十多岁了，也有人说他已经一百了，不过没有确切的信息，这和大家对他的膜拜一样神秘。孟太爷的头发胡子眉毛都是白色的，但他从来不剪，支棱棱的疯子一般，风一吹白头发白胡子白眉毛就乱蓬蓬地飞，活像一个银发老神仙。村里人还传言，说孟太爷是孟子的后人，孟子是谁？在我们将军寺村没有叫什么子的，我感觉这样的名字太难听了。我没见过孟子，不过后来我就想明白了，我猜想这个孟子一定是个特别厉害的人物，孟太爷竟然甘心沦为他的后人。

我经常见孟太爷坐在将军寺河边眯缝着眼睛，枯柴一般的双手拿着一个大洋葱一层一层地剥，剥一片就放到身边，再剥下一片，又放到身边，剥到最后愣上半天。他没有停止，开始一层一层地修复原状，直到变成一个完整的洋葱，然后又开始一层一层地剥开，如此反复数次。几个胆大的男孩子见大人不在身边，他们就私下里议论孟太爷是不是疯子，说他怎么长得这个样子呢？丑死了。有时候还想去摸孟太爷的白头发，可是快到身边时，孟太爷便猛地睁眼睛，瞪着白眼珠子，嘴里呜呜地吐着粗气，虽然没有说什么话，但小孩子们吓得四散而跑。

我讨厌那种洋葱味，但对他的神秘充满了好奇，他竟然剥洋葱不流泪，竟然喜欢一遍遍地剥洋葱，跟我喜欢玩玩具一样。确切地说，我不是特别怕他，也从不取笑他，但我也认为孟太爷应该有点不太正常，或者说是个神经病，他怎么老拿着个洋葱剥来剥去呢？有一次我试着走近他想问问怎么回事，可还没有走到他身边，一股难闻的洋葱味瞬间包围上来，把我呛得眼睛直流泪珠子，我捏着鼻子抹着眼泪逃得远远的，他像个没事人一样。后来我就远远观察他，再也不靠近他了。远离他反而是好事。我想。

听老辈人说，孟太爷能预知未来。每一次听见人这样说，我就咧咧嘴，心里说鬼才相信他哩，骗人还差不多。因为我感觉孟太爷除了皱纹多、胡子白、年龄大、身上味道难闻没啥特殊的。如果非要说有什么特别的，就是他每天没完没了地剥洋葱，我认为孟太爷还不如一般的人有学问。比如我们将军寺村西头能一竿子钓二十多斤重鱼的老瓦爷，比如左手能剃头的三叔，比如给猪和人都能看病的爹，比如会写一手漂亮的字、一遇红白喜事就被请的张老师……可是，我的这个想法并没有阻挡村里人尊敬孟太爷，相反我感觉大家更膜拜他了，说不出来什么原因。有时候我就想，还是我聪明，大家是不是有点傻？

爹经常教育我说，要想知道梨子的味道，还得亲自尝一尝。我想查清楚孟太爷到底怎样厉害，或者他凭借什么厉害，我要采取点什么行动。那时候，电视里正一遍遍地播放着《西游记》，孙悟空靠金箍棒，猪八戒靠铁耙子，哪吒靠金刚圈，连妖怪们也靠各种各样的宝贝，孟太爷的特异功能是不是藏在屋子里呢？或者静静地藏在某个地方呢？有了这个想法我就开始偷偷地实施计划。下雨的那天下午，我一个人站在树下避雨，想等雨小了再回家，眼睛却盯着孟太爷住的烟叶楼（农村炕烟叶的地方），我突然听到里面发出了呜呜的声音，一声高一声低的，待细听时又没了声音。怎么说呢，空气中好像有种断断续续的声音呼唤着我看个究竟，大雨显然没有阻止我内心的疑惑。

大雨在我身上吧嗒吧嗒地下个不停，我全身湿漉漉的，哪管这么多，我心里就想着弄清楚怎么回事，雨水顺着我的头向下流，我的眼睛都睁不开啦。我的娘呀！你猜怎么着？这时候我竟然看见一条条大鱼从将军寺河里跳出来，嘴巴一张一合地扇动着什么——还真像一对翅膀，那鱼扭动身体和尾巴，一个个往烟叶楼里轻盈地飞，一只，两只，三只，乖乖，足足有几十只排着两列队。孟太爷坐在一条鱼的上面也飞了起来，飞得很高很高，直到我看不见那白花花的鱼肚白，我看傻了，“咝——”地深吸了一口气，然后“呃”地张大嘴巴，发现自己竟然跟着孟太爷也飞起来了，我双手像两只翅膀全身轻灵灵的，鱼儿也伴着我自由飞翔，有几条鱼还往我身边不住地蹭，冰凉冰凉的感觉。我马上就要追上孟太爷了，正当我要问孟太爷怎么停止飞翔降落时，一条大鱼恶狠狠地瞪着眼睛吐着沉重的水泡咕嘟咕嘟砸向我，那死鱼般的眼睛让我惊吓了——多年以后我仍不敢看鱼的眼睛，那里充满了杀气、怨恨，甚至恶意。我的双手没了飞翔的力量，就像鸟儿没了翅膀，我紧张得心脏都要爆炸了，这时眼前一黑，身子像面条一样软了下来，我开始加速向下落……

不知道过了多长时间我才睁开眼，光线刺得我的眼睛生疼，我怎么这么怕见光？我赶紧揉了揉眼睛，眯缝着眼发现娘正在偷偷抹眼泪。看到我醒了，娘满脸惊奇说：“孩子，吓死我了，你都睡了三天三夜了。”

什么？三天三夜？我不明白娘要说什么。

娘说："你老喊着胡话什么飞呀飞的，是不是做噩梦被吓着了？"我张嘴就是说不出来话。娘说："看样子还是要给你叫叫魂儿啦！它找不到回家的路了！"我想张嘴可依然发不出声音。娘找了一馍筐子鸡蛋，足足有四十个，家里的不够，她又到对门借了十来个。娘平时舍不得吃鸡蛋，这下娘怎么大方起来了，还把家里那只打鸣的大红冠子老公鸡逮着。娘一手端着那馍筐子鸡蛋，一手提溜着那只大红公鸡，我跟在娘后面，磨磨蹭蹭地走着，终于来到将军寺村那棵老杨树下的烟叶楼院子里，一根黑乎乎的烟囱直刺向天空。这是孟太爷住的地方，这时我才知道原来娘带我找孟太爷。

其实，说是院子并没有墙，只不过用成捆的玉米秸围成了一圈。这种烟叶楼其实连土房都不如。听爹说，烟叶楼是几户人家搁一起用土垛成的，本来是用来炕烟叶的。那几年将军寺村家家户户几乎都种烟叶，先从地里打好发黄的烟叶片子，用绳子往竹竿子上挤烟叶，接着就把成竿子的烟叶一层层地装进烟叶楼里，添上煤，控好温度炕烟叶。等把烟叶的水分都炕干后就黄灿灿地出炕了，这样就开始将烟叶分类扎成捆，橘黄色的放在一起，叶面有点发黑的放在一起，带烂眼儿的放在一起，分成几个等级后就把烟叶拉到烟站去卖，剩下不好的就自己切成烟丝裹烟吸。刚开始村里人种烟叶还能赚点钱，后来人们嫌烟叶麻烦还不挣钱，渐渐就不怎么种了，这样烟叶楼也就慢慢废弃不用了。有钱的人家当然不会住这种"楼"，在将军寺村，这种房子多是上了年纪的人住的，他们的儿女不孝顺，由于没地方住，老人们只能凑合着住在烟叶楼里了。

娘进院子的时候，几只小麻雀正在地上一蹦一跳地摇着头晃着身子找吃的，然后聚在一起的几只麻雀散开了花，箭一般扑扇着翅膀冲向天空。娘大声地喊："孟爷，您在家吗？"没人回应。烟叶楼是用几块木板钉成的门，木门不严实上面大窟窿小眼睛的，一股股湿气从里面飘出来。娘出了院子顺着将军寺河找了一会儿仍没有看到一个人，河水仍不知疲倦地哗哗流淌着，孟太爷去了哪里呢？娘坚持不回家，她铁了心要找到孟太爷，娘找来一块砖头，吹了吹上面的土，让我坐下："乖乖，等一会儿吧！"烟叶楼屋檐下斜放着半盆水，红色塑料盆底部是黑黑的泥土，一群小虫子扇动翅膀嗡嗡地飞来飞去。

过了一会儿，浑厚的声音像在半空响起："你们来了！门没关，进去吧！"我盯着院门好久，孟太爷才进入我的视线，他腿脚不那么灵便，颤抖着身子一走一挪的，娘赶紧走上去搀扶着孟太爷走。孟太爷"吱呀"一声推开了门，烟叶楼内光线不足显得阴森森的，一股股湿气还有腐烂味冲出来，我忍不住咳嗽了几声，娘只是皱了下眉头，倒没有其它什么明显的表情变化。

"来看看您，孟爷。"娘说着把一馍筐子鸡蛋和那只大红公鸡放进了烟叶楼。孟爷的烟叶楼很拥挤，东西摆放得乱糟糟的，地上放个碗，里面还有半碗稀饭，连个下脚的地方都没有，娘站着，我也站着。娘说明来意："孟爷，孩子可能吓着了，现在说不出话了，您给叫叫魂。"

孟太爷的眼睛扫了我一下，咳嗽了几声，也许是真感冒了，也许是抽烟抽的，他老吸那种卷着烟丝的叶。白眼珠儿吓得我心里一颤，他围着我转了三圈停下，温暖干燥的手放在我的脑袋瓜子上，压着我的头发向脑后划动直到脖子边，一下，两下，三下，柔顺地掠过。昏暗的光线照在他的白发和胡子上，如果不是娘在身边，那一刻我真以为他是个老神仙。

孟太爷又咳嗽了几声，整个身子一颤一颤的。他哆嗦地从床下找了一把香，抽出三根，一步一步挪动着，找了一盒火柴，点燃，香的气味弥散，黑色的烟雾在屋里缭绕开来，一圈一圈的。他跪在地上拜了三拜，看也不看我和娘，好像我们不存在似的，满脸庄重地盯着燃烧的香，哇啦哇啦地说着什么，我一句也没听懂。最后他又取出一个洋葱，一片片的洋葱被剥掉，直到最后什么也没有，正要准备把那些洋葱片子合上时，他扭过头，白眼珠子一动一动，严肃地对我说："你把眼睛闭上。"

我顺从地闭上眼睛，眼前一片黑，像一个黑洞。这时，我的脑海中有什么东西开始慢慢往后退，我仿佛看到了孟太爷跪在地上拜三拜的情景，然后就是娘进烟叶楼轻微地皱了下眉头，烟叶楼房顶下的半盆水晃动着，几只小麻雀哗啦一下飞了，黑乎乎的烟囱向天空飞去，娘在床边哭泣的声音，接着是到处乱飞的鱼，耳边传来一阵阵风呼啦啦吹的声音，我的脑海一片黑，一道亮光射过来，将我吞噬……

大雨仍然在下，鱼儿仍在院子上空乱飞，孟太爷从远处喊着我的名字，他不急不慢地向我伸出了手，却没有笑，像被一股力量扯住我就开始随他一起飞了起来，一条条鱼贴着我的身子飞呀飞，越来越高，脚下的杨树、房子、烟叶楼、将军寺村越变越小。我要告诉小伙伴，将军寺河真像银色的鞋带子把村子绕了一圈，它此刻像一条银线绑着我往天上飞。我扇动着双手，真的，那是在飞，我手一不动身子就停了下来，轻飘飘像树叶一样轻。我没忘记看清孟太爷手中的东西，那是一个闪着红光的洋葱，这时候显得格外引人注目，我忍不住想摸一下，我伸出了手……

这时，我感觉到有人拼命在晃动我的身子，娘也在大声地喊我的名字，我睁开双眼，迷迷糊糊地喊了一声："娘，我饿——"我全身无力，像连续干了几天庄稼活儿，我咧嘴开始哭。娘一惊，眼睛一动不动，她喊了一声："我的孩儿啊！"也哭了。娘的脸上在流泪，她没擦自己的眼泪，却开始给我擦泪。孟太爷站在我面前，他没有笑，一脸的严肃，不过伸出温暖粗糙的手，像在梦里一样，抚摸着我的头。娘说了些感谢孟太爷的话，孟太爷什么也不说，仍是满脸的严肃，只是静静地坐在床沿上，两眼向前面茫然地盯着什么。其实，他前面什么也没有。

一缕阳光照在我的脸上，我发现眼前的一切变得温暖，声音、色彩、味道也比以前亲切了，连屋子里的黑暗也变得可爱。我慢慢地和娘近了，和孟太爷也近了。我开始触摸眼前这个真实的世界。世界原来如此美妙！

娘没有擦脸上的泪，说了很多感激的话，她告别孟太爷准备回家，但孟太爷眼睛盯着前方，仍是一动不动。娘最后说了句：“孟爷，走了呀！”刚走到门口，孟太爷颤动着说：“没……没……”我隐约地听见了。娘当时拉着我的手，可能没在意，她回过头：“你说啥？”孟爷又没了声音。

娘带我回家的时候，差点被一个人摔倒，娘一看是李奶奶正低着头走，她沿将军寺河急急忙忙地像找什么东西。“婶子，这是找啥哩？”娘问。李奶奶喘着气说：“她大嫂子，你见冬梅没有？这么个大活人，咋找不到了？”冬梅是她闺女，听说已经订过婚了，过了年就要出门子。娘说：“没有，刚才去孟爷家了，孩子吓得没了魂儿。”李奶奶望着我，眼睛里还是写满了紧张和不安：“好点没？”娘说：“好多了，现在都能说话了！”

娘走了几步又退回来，感觉应该问问冬梅的事：“冬梅前天不是在家好好的吗？”李奶奶嘟囔道：“是啊！这死妮子不知跑哪里了！找了一上午了！真急死我了！”然后李奶奶又匆匆地向前走了。我望着她远去的背影，想说些什么却没说。确切地说，我不知道怎么说，说了会怎样。娘又问了李奶奶好多话，并不住地安慰她，有好长时间她们都忽视了我的存在。

可是冬梅姑姑丢了，这就怪了，好好的一个大活人怎么能丢了呢？都快二十岁的人了，肯定记得回家的路啊！像我也能找到回家的路。就在前几天，我和娘还去她家与冬梅姑姑说话哩，冬梅姑姑把自己收拾得干干净净，穿着件大红衣服呆坐在房间里。后来我发现村里人并没有骗我，冬梅姑姑确实丢了，我越来越感觉这是真的，村里人一见面就不约而同地讨论冬梅去了哪里，这活不见人死不见尸的，像从人世间消失了一样。大家满世界地疯找冬梅姑姑，连小孩子也开始关心起来她到底去了哪里，大人们只要谈论这事，小孩子们都盯着大人嘴巴静静地听。

冬梅姑姑与我家是门对门的邻居，上周我去大街上理发时还见了她，当时她一蹦一跳哼着小曲，当她得知我要理发时，专门与我一起去理发，娘说声“谢谢”回家忙去了。我跟在冬梅姑姑的屁股后面，发现她的屁股翘起来，圆滚圆滚的，我的手忍不住地向前伸，却拉住了她的手，她看看我，笑了笑。我脸热乎乎的，低下头，也许她看出我的心思。真是羞死人了！

其实，根据我的判断，我想我应该知道冬梅姑姑在哪里，但我谁也没有告诉，就一个人悄悄去找她，来到了将军寺村北面的那个麦秸垛旁，我确定我能找到她。我想起两个月前的一天，我沿着将军寺河坡找茅根嚼甜味吃，那时草已泛青正努力地向上生长，连一些不知名的草都吐开了花朵，中午的时候这里几乎没有人，流水托着阳光向远处弯行，只是四周安静得有点可怕。当时，我想着村里人说孟太爷能预言并且能在天空飞行的言语，迷迷糊糊躺在河坡边睡着了。我好像长了一双硕大的翅膀竟然飞了起来，风在肩膀边呼呼地飞过，我脚下是悠长的将军寺河，越升越高靠近了月亮，马上就能摘一颗星星了……

不知道过了多长时间，一阵呻吟声将我从梦中惊醒，这声音像是痛苦，像是幸福，呼哧呼哧地喘着粗气。我揉揉眼睛，往四下看看，一个人也没有。我爬上岸，来到了一个麦秸垛旁，声音从那里发出来的，一会儿高一会儿低，断断续续的，“哎哟哎哟”地叫，现在痛苦声更加有节奏地陶醉着。这种声音吸引着我，我感觉肯定有什么事情。我循着那个奇怪的声音向前走去，脚步声显然打扰了这种带有节奏的声音，就在那个麦秸垛后面，我突然看见了白花花的大屁股。

呻吟声没了。那人急匆地忙活起来。

“谁？你……”

“啊！”我应了一声，真是吓坏我了，赶紧扭过头去。

那里有两个人，我都见过，女的是冬梅姑姑，男的是理发师大个子。冬梅姑姑满脸通红急忙整理上衣，不过扣子还是扣错了。大个子提着裤子，不自在地站在那里，右手挠头，他是光头，一根头发也没有。

冬梅姑姑朝我走过来，她脸上泛着红晕，额头上还微微有些汗水，她用皮筋开始扎乱蓬蓬的头发：“你咋来这里了？”大个子也来到我身边，递给了我几粒糖，“哧哧”地笑着说：“别说出去，你最乖了。”我只好“嗯”了一声，不知道是吓的，还是听懂了他的意思。“你快去玩吧，别再回来了。”本来我不想接糖，冬梅姑姑说：“你最听话了，吃吧！别乱说！”这时我才接过，连声“谢谢”都没说就跑了。跑了好远，我才想起我的一把茅根不知道忘在了哪里，本来我想拿回家让冬梅姑姑吃的。我回头看的时候，冬梅姑姑已经扎好了头发，他们两人开始有说有笑了。

当然，那个理发师我是知道的，长得瘦高，很有精神，二十来岁，刮个了光头，明晃晃的，眼睛像铜铃一样大，每一次来村子理发大家都围着去看。村里有人夸奖道：“如果这孩子当女婿多好啊！”我发现只要理发师来村里剃头，冬梅姑姑总要多站一会儿，两只眼睛一动不动盯着大个子，大个子刮胡子，她的眼珠子就盯着他刮胡子；大个子剪鼻毛，她的眼珠子就盯着他剪鼻毛。她嘴角微笑着，眼神怪怪的，大个子也一样。有一次大个子一直盯着冬梅姑姑看，竟把一个大爷的头剪冒血了，最后连忙一个劲地道歉赔不是……冬梅姑姑在旁边站着，捂住嘴低着头，眼睛一直盯住自己的脚看。

正如你所猜的那样，我这次要去的地方还是那个麦秸垛。我想飞起来，还要赶紧找到冬梅姑姑，要不然全村人都要找疯了。心里有了这种想法，我感觉自己特别伟大，我马上就要拯救李奶奶了，全村人都不用再为这事着急了。我加快脚步往前跑，可双脚仍贴着地面，是的，我没能飞起来，我真有点恨自己跑得太慢了。这也是我今后想飞起来的原因，总感觉跑得快一些就能够马上拯救谁，总想着万一耽误了怎么办。

当我上气不接下气地到那个麦秸垛时，我傻眼了，这里没一个人影，更别提冬梅姑姑了，地上只是胡乱地堆了些麦秸。我失望极了，一脚踢了脚下的一块砖头，砖头动了一下，一张纸片随风转了一圈，飞了起来，又落在了地上。我不顾脚痛，大喊了一声："冬梅姑姑，你在哪里呢？"我哭了。

沉痛的心情压抑着我，一直到回家我都魂不守舍的。娘和爹显然没注意我回来，他们正在堂屋子小声说着话："她肯定跑了！"爹说："尽瞎说，就这屁大的地方，能跑哪儿去？"

跑了？什么跑了？我接着往下听。

娘显然没有注意我进屋，接着说："其实大家心里清楚着哩，冬梅订了婚就该认命，男方家庭条件不好是不假，可也不能耍脾气，这年头谁的日子过得容易哩？"

爹接着说："那这也不能做出丢人的事啊？你看看，她一个姑娘家……"

娘说："谁说不是呢？你看她这下可好了，怀了孕，显了怀没脸见人了！她娘把她关在家里，还不是为她好吗？听说正张罗她与瘸腿二狗子的婚事哩！总不能等娃生了再嫁吧！这样闺女就掉价了，让人看不起！”

对于瘸腿二狗子我是知道一些的。这人是我们将军寺邻村的，平时手脚不干净，爱顺个鸡牵个羊，一次偷东西时被发现了，人家堵住他，他一条腿翻墙逃跑时摔断了。现在他都三十好几了，还是光棍一条，衣服经常穿得脏兮兮的，最让人看不惯的，他不知道从哪里捡了根红绳子当作了腰带用。我们小孩子经常笑话他，大老远地就喊“红瘸子”。如果冬梅姑姑嫁给他，这也太……反正我心里就有点不乐意。

爹说：“谁说不是哩！”

“冬梅也不想想，一个理发的能带她远走高飞，鬼才相信哩！真是傻到家了！一个陌生人的话也信！”

我侧着耳朵听，越听这里面的事越清晰，娘一抬头看见我回来了，就不再谈话了。娘问我：“你去哪里玩了？”

我支吾说：“我……没去哪儿。”我又走出了院子，心里乱乱的，想一个人转转。

有一件事我一直没有弄明白。那天我和娘去冬梅姑姑家，冬梅姑姑把自己收拾得漂漂亮亮的，比平常干净了许多，只不过眼睛红红的，看得出她不高兴。她把我叫到房间关上门，悄悄交给我一张字条：“一定要送到那个麦秸垛，旁边有个砖头，压在下面就行了！”我咯咯地说：“姑姑，这是干吗呢？”冬梅姑姑一愣，镇了镇气说：“你最乖了！什么也别问！什么人也别说！记得啊！”她给我抓了一把糖和一把瓜子，我的裤兜里塞得鼓囊囊的，“记住了！一定要送到啊！”我剥了一个糖，含在嘴里真甜，我对她说：“记住了，姑姑。”冬梅姑姑笑了，但嘴角没动，一看就是装出来的。

这是几天前的事了。我记得那张字条我是送到了，冬梅姑姑安排的事我要上心，可不知道为啥它还死死地待在那儿。

一天过去了，两天过去了，仍然没有冬梅的下落，李奶奶逢人就哭，眼泪都哭干了，可又有什么用呢？娘劝李奶奶问问孟太爷，刚开始李奶奶不愿意去。娘说了我当时昏迷的情况，就是孟太爷看好的，娘还说在孟爷家里有法术。娘最后说："不如去碰碰运气，万一他能解决呢？"李奶奶想想也是，最后还是去了。

李奶奶是带着希望去找孟太爷的。那天没有太阳，天阴沉沉的，大概半下午时分，孟太爷就坐在将军寺河边，静静地看着不知从何处流来的河水，手里摆弄着一个洋葱，一片一片的。他就是静静地坐在那里。

"唉！你说，闺女到底去了哪里？……"李奶奶话没说完，泪珠子就掉了下来。她说不下去了。

有几个人在旁边站着，也都叹息着："唉！这好端端的，你看看，能跑哪里呢？"大家盯着孟太爷，希望他能传达些期待的信息。

孟太爷不说话，眯缝着眼睛，手一片一片地剥洋葱，一刻也没有停止，仿佛没事人似的。

李奶奶又抹了把眼泪，仍是哭泣，她问："闺女……她什么时候能——回来？"

孟太爷依然不说话，手还是一片一片地剥洋葱。过了一会儿，孟太爷终于把洋葱剥完了，身边撒了一地的洋葱片儿。这时他并没有把洋葱合上，一片一片地撒了一地。真是急人呀！大家在那里干着急！

李奶奶说："唉，你倒是说句话啊！"

孟太爷还是不说话，眼睛湿润了，不知道是洋葱味儿熏的，还是别的什么原因。浑浊的泪水爬满了他的脸庞，流到白花花的胡子上，他竟然还流泪，这是我第一次见他流泪。孟太爷偷偷地抹了一把泪，还是被我看到了，孟太爷闭着嘴巴，眼睛向将军寺河望去，河水漂来荡去，不知道从哪里流来，又不知道向何处流去。

李奶奶哭泣声有些凄厉。大家叽叽喳喳地议论开了：“这是怎么回事？你知不知道，给个痛快的话啊！你看看你，这不急人吗？”

孟太爷一个人坐在杨树下，仍然没有说话，两只眼睛紧闭着，暮色开始从将军寺河上升腾起来，孟太爷歪着脖子眯着眼睛，他好像是睡着了，又好像是清醒着，因为过不了多少时间，他还要剥洋葱，剥到最后，这次特别注意了一下，不像苹果、桃子的有个核，洋葱竟然没有心。

李奶奶蹲在地上，双手捂住眼睛，身子一颤一颤的。

起风了，孟太爷的胡子和头发在风中开始飘动，白花花的。一片巨大的黑影慢慢压下来。有一阵子，身边的洋葱一片一片竟然飞起来了，撒满了天空。我就站在不远处，我的身体也跟着洋葱片飞了起来，满天的洋葱片子包围着我，我都快要窒息了。忽然，一条条大鱼从将军寺河里跳出来，嘴巴一张一合地扇动着翅膀扭动着尾巴，往岸上轻盈地飞，一条，两条，三条，乖乖，足足有几十条排着两列队，孟太爷坐在一条鱼的上面也飞了起来，飞得很高很高……

再见徐生明

一

直到我在书店偶遇《风不吹，叶已归》这本书，我才知道张小亮是我市旅居在外名气很大的诗人。那时张小亮已经七十多岁，著作等身，名气很大，提携了不少知名年轻人。从他简介中可以看出，他已是中国作协会员，诗歌获得了日本、美国等国外大奖，国内重量级大奖更不用说。但我要说的，不是张小亮等当地伟大的诗人，而是身边名不见经传的徐生明。对，他们都有一个共同的称谓，都是诗人。

不瞒你说，回头想想，徐生明好像一开始不知诗为何物，也不怎么喜欢写作。他是将军寺村人，农村人嘛，谈不上富裕，家境好不到哪里去，祖辈上本不认识几个字皮子，嚼着馒头慢慢忘了，从没有出现过什么文学大家。当初上学时，还是徐生明父亲因在城市分不清“男”“女”进错了厕所被打一耳光，他才意识到上学的重要性，发誓要让孩子上学吃“商品粮”。

徐生明清楚地记得，那天正在庄稼地里逮“地班长”（老鼠），一只老鼠从洞口露头可又逃回去，我们正找其他出口。这时徐生明他爹在村头喊他：“生明，生明，上学了。”徐生明不想上学，因为不自由，不如在家到处瞎跑着玩，下将军寺河捉鱼，到树上掏鸟窝、粘知了，烧老扁（蚱蜢）。

徐生明就这样上学了，在这之前并没有接触过任何书籍。有一次，他一个在城里当老师的表叔说：“听到他说了一句话，风睡了，奶奶累了。”

“小小年纪，你出口就是诗，以后定是个有出息的人。”远房表叔建议徐生明多读书。

远房表叔在城里当老师，知识面广，说话多少有分量。虽然读书好，可上哪儿找书去读啊？小时候，徐生明接触最多的不过是小人书，他叔叔在省城打工，每次回来总会带几本，后来他知道那是叔叔收破烂捡的，这些书对他影响很大。小时候我们经常一起上学，一直到小学我都没有发现徐生明有什么诗人的才能，普普通通一个，语文数学差得一塌糊涂，两门加在一起才考二十六分。

上初中时徐生明也没有什么大变化，每次回家村支书家的报纸多数被他找去，不是家里用来蒸馍，也不是纳鞋底子，而是把副刊上的诗、散文等文章剪下来，他弄了厚厚的一本剪贴作品。我们考进县里的高中后，有一天他突然对我说：“我要加入文学社，你要支持我。”诗总算在校报上发了，到处给人读，见到女孩就读，同宿舍的人捂住耳朵不愿意听。上课时，徐生明不听老师讲课，抱着《翡冷翠的一夜》《汪国真诗集》《席慕蓉诗选》看，成绩一塌糊涂。语文老师经常找他谈话：“有个爱好可以，但要先把语文成绩提上来，天天胡思乱想，考不上大学，写诗有屁用？”尽管他成绩不好，但高考时总算考上了一所职业技术学校，被调剂成了燃气专业。这也不错了，大专也是大学嘛，对于他来说已经烧高香了，他自嘲考入了“妓校”。

虽然我们不在一个大学，但对于他的事情我还是知道一些的。一到暑假或寒假，有不少人来找他玩，这群人来到将军寺河边，也不是纯粹地玩，比赛什么诗歌朗诵了。大家点着火把转来转去，最后拿出一张纸朝天大声读。“啊——”声音穿过将军寺河。村子人指指点点笑：“这叫诗？现在的年轻人，怎么都是这个样子？不正常。”尤其是上了年纪的人像看耍猴一样，背着小手说：“这群神经病！”

其实那时我也喜欢诗，但不像他这样天天就是关心诗，从不关心粮食和蔬菜。我也写过几首，当作了爱好，生活中充满了五彩的滋味。

二

后来我才知道，徐生明毕业后没当什么燃气管理设计员，当地有一家燃气公司缺这方面人才录用了他，但他迟迟不去报到。他爹气得拿棍子打他。没想到越打他，他越不去工作，他摆出一副死猪不怕开水烫的架势，直至被取消资格。十年后，徐生明他爹听说这专业前景不错，与他一起毕业的同学甚至都参加国家西气东输管道建设了，挣了不少钱，而此时徐生明正吃了上顿没下顿，连个媳妇都没有找到。他爹只是吧嗒吧嗒地抽烟，什么也不说，说了又有什么用，都过去了。

徐生明在家闲了差不多一年多，将军寺村里的人都喊他徐疯子。徐生明经常躲在家里不见人，不下地干活，有时饭也不吃，村里有红白喜事让他写字，他说浪费时间。所有的时间都用了读书、写作，或者睡觉上，他作息没有什么规律，有时候白天在呼呼大睡，屋里书堆得到处都是。他不管别人如何谈论他，也从不怕被当作饭后谈资，只为心中的诗人梦而奋斗。

“我会成为一个诗人，让历史记住，比海子、顾城要出名。你们这些人不懂的，没人能阻止我成为一个天才诗人。”哪有人听他瞎咧咧这些胡话，还不如去地里拔草。没人听，这话仿佛是他自己对自己说。

生活好像永远不缺少笑料，本来好好的一句话，不同人解读意义就不同了。比如徐生明的这句话，人们就嚷开了：“你们听听，这不是傻子这是啥？写诗能当饭吃？还成为诗人，让历史记住，有啥用？”

还有人说：“看样子，诗人不是疯子就是傻子，一点不假。有个叫凡·高的割耳朵，看样子这家伙也不远了。”

又有人说：“凡·高不是诗人。要我看，都一个德行。这家伙八成是上学上疯了。”

徐生明成了将军寺村的反面教材，家长对孩子们说：“千万别学他，上学都成了书呆子。”后来人们见到他躲着他，仿佛徐生明有瘟疫似的。疯子、书呆子这类话传得多了，不知道怎么他就变成了傻子徐生明，连媒婆也都不敢给他说媒了。别说在将军寺村，就是别的地方，谁也不愿将自己的闺女嫁给他，闺女嫁给他会成为累赘的，但徐生明好像也从来不因缺少媳妇而伤心，他整天仍是乐呵呵的。

徐生明引起极大关注是从否定大诗人张小亮开始。“打倒权威”这个词在徐生明身上发挥到了极致。他大义灭亲，把本市最有名望的人干倒了。这是在一次研讨会上发生的。本来研讨会也没邀请他参加，更确切地说他不够资格参加，他不知道从哪里听了这个消息偷偷溜进去。要说参加一个会议也没什么，多一个人也无所谓。但在大家讨论诗作对本土作家的影响时，这小子大放厥词，炮轰张小亮，最后转为人身攻击，说他私生活有问题，管不住下身。报纸虽然没有报道，但参加会议的都是当地有头有脸的人，在私下里将当天的事传开了。

仿佛从那一刻起，大家一下子记住了徐生明，那年他二十四岁，毕业后的第三年。

三

赵秀给我打电话说："你知道吗？徐生明这小子要结婚了。"我装作吃醋说："这小子咋不先给我说？"然后嘿嘿笑起来。赵秀长叹一口气："唉，你呀你！"我接着说："结婚后能拴住心，他也该成个家了。"挂了电话，手机来了一条短信：兹定于下周六（农历五月初八）邀请您携家人参加徐生明和桃子的婚礼！老朋友徐生明。这小子到底没把我放在重要位置，至少不比赵秀重要！我笑笑。

准确地说，赵秀是徐生明严格意义上誓死相追的女朋友。读大学时，爱情对他而言就像鱼眼中的水，他说轰轰烈烈的爱情是诗人的必备。那时，他看了普希金的《叶甫盖尼·奥涅金》后，决定要找心中的达吉雅娜。他一看到女生，眼里燃烧着烈焰，自己马上就要焚烧了。他先是爱上了自己的同桌，那个扎麻花辫子的姑娘。半月后，就看不上那个姑娘了，女孩哭了，他又迷上邻班一个白裙子女生，称她是爱情花的化身，为此还写了一首藏头情诗发在校报上。女孩先是不搭理他，最后女孩说："你喜欢我什么，我改行吗？"看样子，写诗并不能带来爱情。那段时间他的生活到处是黑暗，也就在这时他遇到了赵秀。

赵秀这个姑娘至少一米六八，身材不错，是学生会的文艺部长，她的出现彻底改变了徐生明。他认为赵秀是他心中的太阳，不，胜似太阳，开始发疯似的追求她。徐生明要死要活追求赵秀让无数男生嫉妒，也让无数女生嫉妒，但这冲动的爱情让他彻底栽了。赵秀是校长的侄女，学校要开除他。后来，赵秀亲自求的情，停他一个月的课，本来基础就不好，这下成绩更一落千丈。不过，徐生明对这事好像并不生气，赵秀认他做干弟弟。毕业后，赵秀到县城的一家银行工作，经常联系着。

我是通过徐生明认识赵秀的，后来成了无话不谈的好朋友。

过程是这样的。我参加工作后，单位发的第一个福利就是一瓶西凤酒，光肚瓶的那种，谈不上多贵。那时候我还没结婚，孤零零一个人，我首先想到的就是好友徐生明，我找他喝酒。那时候，他在老家将军寺村没法混了，来到城里租了个房子，但依然没工作，日子也不好过。简单的一间房，屋里摆了一张床，上面摆了衣服和裤子，还有一些没吃喝完剩下的东西。我看到地上摆满着《海子的诗》《中国当代诗选》《朦胧诗寻》，还有一些写满密密麻麻字的纸，应是他写的诗。他的爱好没有放下，这挺好，比我强，我写诗的爱好早就消失了。

我们只买了两袋花生米，弄了几个凉菜，喝起小酒来，感觉还挺美。他已加入了诗词协会，成了县作协的副秘书长，没事一群文友就到处采风。县里小报经常看见他发的几首酸诗。他突然给我说起了一个女诗人藤绿，对，这个是笔名。徐生明还没有往下说，我也正好奇，这时外面门响了。徐生明开了门，是一个女人，长得蛮漂亮的。

那女人说："看样子我来得不是时候！"

徐生明愣了，想说话却没有说。

有点尴尬。我打圆场说："都是朋友，一起吃吧！"

徐生明依然没说话。

"我来就是告诉你，我要结婚了！别再打扰我了！"女人瞟了我们一眼就走了。

徐生明喝得大醉！他胡咧咧说："算了，也该结束了。都过去了，红的白的都过去，眼睛灼烧过，盛不下了！"他喝了一杯，说起了这些年两人的点点滴滴，不住埋怨生活和爱情，"天空下没有华丽的誓言，有的只是长满荆棘的吻！"我听着不免同情他。

就在那一天，他决定断了对赵秀的念想。

那晚我喝酒走得很晚，下楼的时候，那女的蹲在墙脚一直在哭。我不知道是否应该把这个消息告诉徐生明，正犹豫间那女人起身走了。我喊住她，才知道她叫赵秀，就是她让徐生明着迷了多年。这件事后，徐生明像报复谁一样，竟然来了个闪婚，和一个叫藤绿的女孩子结了婚，也是个诗人，说话像绵羊叫一般。两人生活在一起后，不像想象中那样美好，诗歌总不能当饭吃，这是一个很现实的问题，不到一个月就离婚了。短暂的婚姻也让他明白一个道理，女人给他的感觉就是卫生巾，无法长时间紧紧夹住。

后来就没了徐生明的消息，他好像消失了。我结婚时邀他来，他没亲自来，竟让赵秀送来的贺礼。因为上次见了一面，我留她喝酒，她不愿意留下来，说还有事。我不好意思再说什么，妻子的眼睛已经偷偷往这个女人身上瞄了。赵秀微笑了一下，走了，走了几步，还不住地回头。

有一次我陪妻子在大街上散步，老远看见了赵秀，正当我犹豫是否跟她打招呼时，她大方地跟我说话："嫂子真漂亮啊！"妻子拉着她的手笑了："一起吃个饭吧！"赵秀拒绝不了，只好依了。那天我才了解到因为这个徐生明，赵秀也离了婚。我安慰她说："下次我见到他，一定要好好说道他，这家伙太不让人省心了。"赵秀没说话，一口喝下了那杯啤酒，本来她从不喝酒的。

四

熟悉了，妻子和赵秀已经成了无话不说的好朋友，妻子劝赵秀不要参加婚礼，赵秀说："我去，为什么不去？嫂子，你放心，我不会大吵大闹的。"停了一下又说，"我可是有素质的。"

婚礼上，徐生明比以前精神多了，穿个燕尾服，比前些年还要年轻。这个叫桃子的女孩子个儿不高，但很耐看，小鼻子小眼睛小脸，化妆得像个妖精。听说还是一个演员！我这才知道这家伙消失了这么长时间竟搞电影去了。

有一个自称是李导的人添油加醋地讲起徐生明与新娘桃子的事。他说："一次拍戏，老徐碰上一女演员在哭（后来我才知道只不过是一个群众演员，是个大学生）。老徐会写诗，诗人嘛！"然后自己哈哈大笑起来。从这个李导的谈话中，我慢慢了解到徐生明与女孩的关系，徐生明骗女孩说剧组拍电影缺演员，演出费不高。女孩信了，跟着徐生明走了。徐生明本来还没接触过电影，开始钻研剧本，感觉也没那么难，后来就和几个三四线的导演混熟了，这女孩拍了几个电影，还得了几个小奖，就跟着徐生明了。徐生明写诗没赚到钱，竟然在剧本上找到门路。不过，文艺圈里的事又有谁说得清呢！

婚礼上除了亲朋好友，还有政府单位退下来的老领导，他们平时很难请到的，这家伙竟然把这么多有头有脸的人都请过来，不得不说还真有两下子。徐生明穿梭其中，点头，握手，碰杯，寒暄，俨然一个成功人士。

大家不太熟，聊天时自然少不了徐生明。饭局中有人说："上次见他，说现在在做培训，能讲学了。你们猜，讲一个小时多少钱？"没等别人回答，他伸出一个巴掌，又自言自语道，“不是五百，是五千！其实，这个时代喜欢文学的人并不比我们那个时代少，当他们拿起手机时，还是需要文学点缀生活的。”

也有人说：“徐生明文章写得漂亮极了，能吹会擂。一个卖烧饼的，他能写得像个英雄一样。街上扫地的大娘经他一挖掘报道，比一个领导更让人尊敬。发表的地方除了报纸，还在各种微信圈子、公众号平台遍地飞，关注度极高，比电视台影响大多了。”

如今徐生明来头不小，挂了几个副主席头衔。别人“主席”“主席”地喊他，他一一回应，很自然，丝毫没一点难为情。

在厕所方便时，我听见徐生明与人聊天说：“靠山吃山，靠水吃水，咱们啥都没有，别的我整不了，只有靠文化。文化这东西，不能吃，不能喝，但能转变为生产力。”旁边那人附和道：“那是，那是，徐主席。”

那天徐生明没有时间陪我，他忙着招呼那些所谓领导。有不少作协、书协、美协、摄协等成员，这个圈他很熟。只不过这么多人没一个谈文学，都在谈项目，谈金钱，谈与哪个领导关系好。

敬酒时徐生明和桃子相依在一起，我不能喝酒，正推之间，赵秀一把夺过酒杯说：“我来。”一饮而尽，然后不住地咳嗽。媳妇赶紧扶她出去了。里面仍然很热闹，媳妇和赵秀的外出并没有引起任何人注意。

三个月后，我接到了徐生明的电话。说真的，这家伙很少给我打电话。在婚礼上我就发现我们已不是一路人，不是一个圈上的，道不同不相为谋！他在电话里说：“现在有个投资项目，可以包赚不赔，你要相信我！”他解释道，他要投资拍电影，这部影片一定震惊中外，定于五月一日开拍，现在筹集资金！

“我不懂这个。”说真的，我对这事不感兴趣。再说了，我哪里有钱?

“这是个机会，请的是一线明星，已凑够了一个亿，还缺少三百万元。到时候算股份，导演同意了，他是我好哥们。”

“可我真没钱啊!”

“有钱一起赚。以后别怪兄弟忘了你，你再考虑下。”徐生明挂了电话。

这事过去好久，无意间跟妻子提起拍电影的事。妻子说:“你真傻。你同学，应该靠谱。”她怪我错失了发财的机会，我说:“我这人就这命。”媳妇说:“跟着你也就受罪的命了。”我想说什么，看着寒酸的家，张张嘴不说话了。

徐生明又打来电话，依然让我投资，我感觉机会来了。徐生明说:“电影已开拍，导演专门到北京商量利润的事，估计能赚五千多万。现在还可投，我的亲戚都投了，不过现在起点高了，至少要一百万。”有了上次妻子的数落，我长了记性，忙说:“好，我投。”回到家，各亲戚借了一遍，十万元，两万元，都借，总算凑够了六十万元，这里包括准备买房的钱。媳妇听说是一百万有点犹豫:“算了吧，会不会有风险?”我说:“没事，朋友嘛，怎么会呢?”妻子说:“算了吧。”她不同意，但我不乐意了，不就还差四十万吗?我背着媳妇又借了小额贷款，两分的利。当我将一百万元转给徐生明，徐生明说:“你就等着数钱吧，你还可以演一个小角色，等我的消息。”我一听，心里高兴起来，做起了美梦。

时间过得很快。有一天，赵秀打电话说:“你知道吗?”

“知道什么啊?”

“徐生明被骗了……他跳楼了。”

“啊?那他怎么样了?”

“还好，他命大，被救了下来。你去看他吗?”

“去，怎么不去?”

我请了假，驱车到了北京。徐生明在重症监护室里，气息奄奄。这时我才了解到事情的来龙去脉。徐生明拉了不少赞助，其实都是亲戚朋友们的钱，可是把钱交给李导没多久，无法联系李导了。起初他没想太多。李导不见了，他和妻子桃子商量怎么办，桃子也不见了。平时业务都是桃子和李导联系，两人都消失了。徐生明到北京公司找，公司里根本就没有一个姓李的导演，他知道上当受骗了。那个李导和桃子跑了，他们是一伙的。

我痛恨自己，心里埋怨自己！一百万，我的一百万，我的血汗钱啊！

“你投钱没？”赵秀问我。我目光呆滞，一言不发，想死的心都有，她长叹一口气，再也不说话了。

徐生明命真大，他被抢救了回来。后来，那个李导被警察抓住了，不过钱大都转移了，追回来不到两百万。不过，徐生明给我一张卡，说：“里面有一百万，密码是你生日！”我知道他日子难过，需要用钱的地方多，正考虑接不接，媳妇却一把夺了去。徐生明反复说：“不好意思，对不住你们。”

媳妇撇撇嘴不说话，死死攥着卡，怕徐生明夺走了。

徐生明走了，很孤独。从那之后，他又一次消失了，可能是为了躲债吧！

五

闲暇之时，我也开始舞文弄墨，写几个豆腐块，偶尔在市里小报上也有几篇文章刊出。不是为了名，也不为了钱，只是为了一个爱好，结交一些人。这年头有个爱好多好，生活中可以永远年轻。文学圈子永远不断，一直有新人加入，看上去很热闹的样子，文学并没有所说的边缘化，依然有人不断装点着面子。

多年后的一天，我听了一场文学讲座，这是市作协组织的。我外出透气，远远地看见一个大胡子正与一青年聊天："你要有一个梦想，唤醒灵魂的东西。你与众不同，在历史中找寻你的足迹。"那个大胡子看起来很眼熟。我想了半天，应该是徐生明。

青年听着点点头，眼睛里满是虔诚。旁边还有一个女孩拿个本子，一边听一边记。

大胡子要走了，女孩说："胡子老师，给我签个名吧。"

徐生明接过笔，顺便认真握了女孩子的手，抬着眼盯着女孩，女孩害羞地低下头。他潇洒地写着："爱诗爱生活，爱生活爱诗。"落款是两个字，那两个字我看得清清楚楚——"胡子"。女孩受宠若惊。

我走上前去："给我也签个名吧？"

他抬头，一愣："你取笑我吧，怎么是你？"他递给我一支烟。我没接，我说："不会抽。"

"这么多年你没长进啊？吸烟都没学会。"

本来想问问这些年是怎么过来的，但不知道从何说起，没说话。两人沉默一会儿。他老了，头发白了，皱纹满脸都是，花白胡子疯长着。

我想和他谈谈文艺圈里的事，也想说我现在也写诗了，可总感觉说不出口，有点别扭。我抬起头问他："你还写诗吗？"

"诗……这个嘛，你说呢？"他抹了抹头发，稀稀疏疏的。

后面又一个女孩走过来，抱着一本书，激动地说："胡子老师，签个名吧！"

那是本诗集，简洁的封面上赫然写着"寻秀"。

"你……你还……"我却结巴起来。

我知道你不信

太阳落山的时候，我肚子有点痛了，这是我的老毛病，我知道我肚子一受凉就会痛。我赶紧去厕所，连厕所的门都没有关，坐在马桶上足足有二十秒，却只是放了个屁。这个响屁把我满肚子污浊之气排了出来，我顿时感到身上轻松了许多，瞬时舒服多了。我盯着墙角的蛛丝网，一只蜘蛛在网上爬来爬去，一只飞虫撞在上面，拼命地挣扎。这时我回忆起刚才猴三说的话。

“你能看见一个跳舞的人吗？就在天空中，你看，你快看。”

我听见猴三对我说话，吐了一口烟，却像在烟雾中。我顺着他眼睛的方向往前看，没有找到他说的跳舞者，我再看，前面依然是夕阳下的余晖和被燃烧的云，哪有什么人在跳舞。我反驳他道：“你真是白日梦做习惯了，哪有什么人跳舞啊？”

猴三仍然向天空望去，他接着说：“你没有看见吗？再看看，胳膊、腿等各个部分都在，快看，她又开始跳舞了。”猴三一边欣赏着，一边面带微笑，很陶醉的样子。这不像装出来的，除非他有病。

和猴三打交道有三年了，一问他家是哪里的，他说是将军寺村的，我是弯柳村的，竟然是老乡，两家离得不远。老乡见老乡，两眼泪汪汪。猴三往我的小卖部送货，这人特别实在，说话也直，我很喜欢和这样的人打交道，心里踏实。但是说实话，就在遇到猴三之后，我一直怀疑自己的视力有问题，每次他说他能够看到云彩上有人跳舞，我就要感叹一阵子。我揉了揉眼睛，盯着他的鼻子看，他鼻孔真的很宽，我敢说能盛下半个城市。他呼吸的节奏很快，大口大口地喘着粗气，一吸然后用力一呼。

“你在开玩笑吧？哪里有什么人跳舞？”我问他。我顺着他仰望的地方看上去，什么也没有，确切地说，那里只有一团白云飘浮在空中。

猴三哈哈地笑了，声音很响亮，他早就料到我这样回答，像是故意笑我一样。我看见他用力吸了两口烟，把烟蒂扔在地上，又用脚踩了踩，然后转过身子对我说：“这是真的！你没看到吗？就在那片燃烧的云后面。”他一只手指向远方，另一只手又开始掏烟，对我说，“不给你瞎聊了，我该回去了，要送下一家了，如果晚的话老板要吵我了。”他骑上电三轮走了几步，车子又停下来，他走下来，用绳子把塑料布系牢，下面的黄金瓜散发着香气。

猴三今年有二十四五岁，天天一个人乐呵呵的，是一个彻头彻尾的理想主义者，对于别人的话轻易地相信，可以说骗这种人最好骗。有一次去大桥送货，猴三一回来就对我自豪地说：“我看见一个断了腿的老大爷，趴在一个小车上前行，一边走一边放着悲伤的歌，可怜人呢！我给了他一百块！”我一听批了他一顿说：“你是不是等我夸你呢？说实话，我不骂你就是了。你小子被骗死也不亏！那人不是真可怜，他是骗人的，现在要饭都成了一种职业了。地球人都知道是骗人的，看样子你不是地球人，赶紧滚回火星吧。”

猴三满不在乎，先是说我心狠，“鄙视”我对什么都怀疑，接着又对我说：“要我说啊，杀你十次都不止，还一个堂堂的大学生呢！心肠怎么这么硬呢？还不如我一个没有上过高中的呢。”我们先是辩驳一阵子，后来类似的事情多了，我也懒得给他辩驳了，爱咋咋地吧。

这次来给我送黄金瓜的时候，猴三一直拿着手机聊天，我喊他好长时间，他丝毫没有理我的意思，眼睛直勾勾地盯着手机，我说：“你的眼睛都粘手机上了，又给哪个美女聊天呢？”猴三的头抬也没抬说：“给你说你也不会相信，算了，算了，我不给你说了。”他的手仍然在手机上忙个不停。待把货物点好，猴三突然给我说：“你帮我拍张照片，帅点的，快点，我有用。”

在一起这几年，我很少见他拍照。记得以前给猴三拍照，他总是捂住脸不让照，说自己不上相，这次突然让我拍照，肯定有他自己的目的。我笑了，对他说：“你是不是勾搭哪个小妹妹呢？就你那个熊样，怎么照都不好看，底版不好，别怪摄影师。”说归说还是要照相，我对他指挥着，“你站在这里别动，就这里，头往右点。”然后我摁了手机。一看到照片，他难掩自己的喜悦之情，高兴地说：“没想到你小子拍照还有两下子，拍得不错，有你这个小店当背景，还像回事。谢谢了，我这就发过去。”

就是在那天夜里，我睡得正香，电话突然响了起来，我以为出了啥事。猴三在电话里说话很快很急：“借点钱，老伙计！”本来我正睡得好好的，一接电话就没好气地说：“你小子有病吧，现在都几点了？有啥事明天说不行吗？借钱没有。”

“先别说这么多，快给我发二百红包，明天还给你现金，我微信里没钱了。”我嘴里说不给他转，还是给他转了二百块钱红包。挂电话时，我没忘记提醒他：“明天别忘了还我，二百啊！”不是不相信他，提醒提醒怕他忘了。

第二天早晨送货的时候，还没等我给他要钱，他就主动把二百块钱还给我。我接过钱，装进裤兜，递给他一根烟，问他：“什么事这么着急啊？大半夜的，吓死我了。”他依然是笑，不说话。我不依不饶：“你太不够哥们了，钱都借给你了，你还给我保密。”待我问得急了，他就对我说：“怎么跟你说呢？你不一定相信，再说了，你从来就没相信过。我认识了一个女孩，二十多岁，前段时间在微信上认识的。母亲改嫁时带着她，养父对她不好，日子苦着哩。现在养父逼她嫁给一个四十岁的男人，求我帮她。她说愿意逃离那个没有温暖的家庭，但她没钱。你说，我不该救救她吗？她想找个安全的地方，找个可靠的人一起过日子，我想我可以……”

不是给你吹牛，我一听就知道这是假的。我打断猴三的话说：“你怎么这么容易骗呢？现在这社会哪有这样的人？简直比小说还有趣。人家就是有困难，她也不会找你，千里迢迢的，跟你聊上两句，就把一生托付给你了？鬼才相信呢，你肯定上当了。”反正我是一百个不相信。

猴三嘴一咧说：“要我说，你不相信就对了，你信过什么呢？我也不打算让你信。我告诉你，你不知道她哭得多可怜，家里逼她到这个程度，逃出来也是没有办法的办法，我不会见死不救的。”

我们又争吵了好长时间，我还是不信这件事，而猴三则打心眼里相信。猴三说着，把微信中语音聊天记录让我听，果然传过来一个女孩哭泣的声音，说养父如何如何不好，非得逼她跟一个老男人结婚，她想离开家，找个可靠的人过日子。老实说，听到这样的声音，我心里也有点酸酸的感觉，很让我心动，但我心里清楚这不可能为真，这是骗子一贯的手法，感情戏。我对他说："这是假的，你千万别信……"猴三不知道被灌进了什么迷魂药，听不进劝，他说："知道了。我走了，还要送下一家呢，这一车子黄金瓜再不送的话就要坏了。"很显然，他没把我的话当回事。

到了晚上我正收拾着店铺，准备关门，电话响起来了，我没有急着去接电话，反正有事对方还会打过来的。过了一会儿，电话又响起来，我拿起手机一看是猴三，心里琢磨着，这家伙又有什么事呢？电话刚一接通，猴三着急地说："你怎么才接电话？快，帮我在网上订张火车票。对了，你先别关门，一会儿我找你，跟你商量个事。"

我说："你这是准备去哪里啊？没听说你要外出啊！"

"不是，那个女孩要来找我，我得去救她。"

"你还相信这事？"

"为什么不信呢？你帮我网上订票就是了，不要可怜那点钱，我不会装赖，肯定会还你的。"

"你给我听好了，猴三，咱哥俩这关系，不是钱的事，我真怕你上当，我这是为你好，你想清楚，这年头……"

"别说废话了，你先给我买张车票吧，我马上就到。"

挂了电话，我心里一阵担心，这家伙要被骗多少回才醒呢。我突然想到，如果是骗子的话，不可能把身份证号告诉他，因为现在买票都实名制了，需要身份证号。我给他打通了电话，装作很为难的样子："没有身份证号，这可怎么办？买不了啊。"

哪知猴三丝毫没有犹豫："好，我现在就给她要身份证号和姓名，你等下，我马上发给你。"

我想着对方不可能给身份证号，毕竟这是私人的东西，骗子不可能把身份证号告诉他。不过，这远远出乎我的意料。当身份证号发过来的时候，猴三也到了我的小店，我把身份证号往百度里一输，电脑里显示的是南方某地的一个小山村，地图上还真有这个地方，看样子有这个人。我登录铁路网，注册好一个账号后，把身份证号和姓名输上去，然后又输入了起始站，一点“提交”，电脑上却只显示了一串字，无法进行下一步。

“您的身份信息未经核验……”

看到这条提示，我一点也不生气，心里却暗暗高兴起来，这不正好嘛，买不了票，猴三也不至于上当受骗。于是我对他说：“你看身份证有问题，假的吧，这下你信了吧？”

“那可怎么办？我再跟她联系一下。”猴三说着就拨通了电话，他还是不信。

夜已经很深了，大街上行人很少，几个未坏的路灯一会儿亮一会儿灭，大街上昏暗一片，整个城市在沉睡。猴三显得很着急，他不时地对我说：“她不能坐火车了，可是已经离开她家了，离省会有几百里地，你说一个女孩子人生地不熟的，这可怎么办？”

我不管这些，要知道为了给她订票，我还没吃饭呢，肚子饿得咕咕直叫。我坐下来，把买好的卤肉、豆腐皮、海带丝就着馒头吃起来，我一口气喝了一瓶啤酒，对他说：“要我说，你应该清醒一下了，这肯定是个骗局。不听老人言，吃亏在眼前。现在停止的话，只是被骗二百块钱，花钱买个教训。”

可猴三不吃饭，连看都不看我，好像我就是空气一样，他的手指头噼里啪啦地在手机上忙活着。我看他没说话，故意对他说：“你给她打电话问问怎么回事不就行了，这样发微信什么时候能搞清楚呢？”

猴三说：“她电话没费了，要不是我昨天给她充了五十块钱，早就停机了。我再试试，看她接不接。”

我说：“你呀，怎么给她充话费？她再穷，也不会让你给她充话费啊？肯定是骗子，先小试你一下，大刀子在后面，小心！”

我还要说什么，这时电话通了，猴三“嘘”了一声，我不再吭气。说不上杂乱也说不上宁静，那边传过来一阵声音：“我也不知道身份证怎么回事呀！我该怎么办呢？我爸妈会把我绑回去的。”然后就是女孩子哭泣的声音。

“火车不行那就坐汽车吧。”猴三说，女孩子很听话，她“哦”了一声，电话就挂断了。

过了一会儿，女孩子打过来了电话：“也能坐汽车，要三百五十元，可我还是不能买票啊！身份证不能用，这可怎么办？这都晚上了。”

“你把电话给售票员，我问问他怎么回事。”猴三询问一番，问为什么会出现这种状况。对方是个男的，很有耐心，他解释说：“这个女孩子的身份证不能用，需要到办公室照个相，再开个证明就可以了。这种情况很多，都是这样的！”

猴三一听坚决不同意，这不是暴露自己的行踪吗？以后万一出了事追查起来怎么办？猴三说：“把电话给女孩子吧。”猴三不住地安慰女孩说，“你再等等，我给你想办法。”

“我饿了，也累了……我到底该怎么办啊？”仍是女孩子楚楚动人的哭腔。

“你去火车站，把电话给火车站售票员！”猴三一本正经地说，“别跟其他人说话，火车站骗子多。”

仍是一阵解释。猴三问：“身份证不可能有问题啊，你说，不能买票怎么办？”对方很显然是卖火车票的，他说：“你别问了，其他人还要买票呢！赶紧排队去吧。你的不能买。”

现在我盯着电脑网页，电脑上面显示得很清楚，从那个火车站到这里来的火车票不多了，只有二十张硬座，我让猴三看，他愣住了，他也没想到火车票这么快就卖完了。女孩子又开始要钱了，焦急地说："票马上就要卖完了，你赶紧给我三百块，晚了就买不到了。"猴三望着我，我明白他什么意思，于是就狠狠心，又转了三百块给猴三，猴三通过微信给那女孩子转了过去。

电话又挂了一会儿，我开始边吃边喝了，可猴三仍然不吃饭，他着急得走来走去。我说："你别在我面前晃来晃去了，晃眼。"猴三说："你看，这怎么办？大半夜的，一个女孩子多不安全。"我说："不是你的，你永远也得不到，勉强也没有用，别再想这事了。"这时微信响了一下，猴三打开惊叫了一声："你看看，买到车票了，天助我也！不过是明晚的。"我接过手机一看，还真是，上面身份证号、姓名、车次一清二楚，只不过车票却是明天晚上的。

有个问题我一直想不明白，那个女孩子怎么买到车票的呢？身份证不是有问题吗？这个问题困扰着我，直到现在我还不清楚，不过最后买到了一张火车票。

猴三打电话问那个女孩："你怎么没有坐汽车啊？"女孩仍是一副哭腔说："汽车贵，我想省点钱，你挣点钱都不容易，我现在害怕。"猴三说："真知道节省钱，我给你转点钱，你先住宾馆，今天先歇会儿吧。"挂了电话，猴三嘿嘿一笑，露出了大鼻孔，对我说："这样的好女孩上哪里找去，你还不相信，到时候来了你就相信了，你就羡慕嫉妒恨吧。"他摁了一个吻和玫瑰的表情发过去，女孩子回了一个害羞的表情。

看得出猴三很幸福。

一切终于安排妥当了，猴三也放松了，我们就开始喝起酒来。猴三一喝酒，嘴里的话就多了，他掩饰不住内心的高兴："我最想找个踏实的女孩过日子，这样的话，一辈子放心。再说，我娘今年六十多了，早就盼望娶个媳妇。你不知道，我们将军寺村的彩礼有多贵，五万六。娘年龄那么大了，上哪里弄钱去啊？我只希望让娘少受点罪，找个好儿媳妇孝顺她。你说，我送货送上一趟，才六十块钱，多长时间能挣这么多彩礼钱？就算挣到了，娘也就走了。我希望不花钱能找个好媳妇，娘心里也就踏实了。”他开始微笑起来，“你说娘见到这个媳妇会是什么样的心情呢？我想娘一定会高兴疯的。哈哈哈。”

有梦想的人是幸福的。我望着猴三，发现他等的不是一个女人，而是一个过日子的媳妇，他太想找个女人过平凡的日子了，让娘高兴。这时我反而有点羡慕他了，我的女朋友早就离开我了，自毕业后就追问我房子买好没有，我说还要一段时间。上个月女朋友突然对我说：“你继续买你的房子吧。”我知道我和女孩之间隔着一道鸿沟，不再像上大学时那么单纯了，可是我仍然在等，等她回心转意，其实我早知道这一切都不可能了。

那天夜里，猴三喝了八瓶啤酒，他显然喝多了，说话前后不搭调，走起路来也一摇一晃的。到了后半夜他想走，我没让他走，他直接睡在了我的小店里。第二天我醒来时，猴三已经走了，我知道他送货早上五点就要出发，不能影响超市八点前将货配齐。上午十点多，猴三给我来了电话，他说：“我又给她转了五十块钱，给她点零钱，千里迢迢的，不买点吃的，怎么能行呢？上车前买点水果方便面，路上有吃的，心里也就不紧张了。”我什么也不说，就算我说了，他也不把我的话当一回事，现在他满脑子里只有那个女孩子了。

到了晚上睡觉的时候，猴三又给我发了一条微信：“她坐上火车了，后天上午就能到了。”我发了一个坏笑的表情，什么也没说，关了机，谁知道明天是什么情况呢？

又是新的一天。

猴三天亮来送货的时候没忘记炫耀："没有骗你吧，现在她都走到湖南了，再过三个省就要到咱这儿了。你说，我要怎么给她接风呢？在哪里找房子住呢？住宾馆的话我可消费不起啊！"他悠闲地吸着烟，吐了一口烟气，又递给我一根烟。我接过烟，看也不看，夹在了耳朵上，没吸。我对他说："怎么说你呢？先别做美梦了，到时候别哭爹喊娘就行。"他撇撇嘴，货一卸完，就哼着小曲走了。

下午，我正在店里忙着给顾客拿东西，猴三来了，一副愁眉苦脸的样子，电三轮没骑，这次竟然是打的过来的。他前脚刚一进门，就急匆匆地说："唉，出事了，出事了。"这句话吓了正买东西的顾客一跳。

我稳住他："你慢慢说，别一惊一乍的，到底怎么了？车子被城管查了吗？"我心想，猴三是不是明白自己被骗了。

"不是，"猴三说，"那女孩子犯病了，在火车上，你说这可咋办？"

"你说啥？她在火车上犯病了？"我一听也有点着急了，"怎么这么巧？"

"谁说不是呢？"猴三又低下头回微信，我扫了一眼，上面清晰地写着：你说你一辈子对我好，一出点事就不管我了！后面跟着一个滴血刀子的表情。

"先问问她怎么回事，吃点药，火车上有医生也有药。"

"我给她说过了，她说她肚子疼。"猴三头上直冒汗，比自己有病还着急，"你说怎么办？她一个女孩子家，离开爹娘来找我，身边也没个人照顾，出了事咋办？"

女孩子肚子疼是正常的事，以前女朋友生理期痛经就疼得死去活来的。我对他说："你让她查查，哪有什么严重的病？"猴三立刻把电话打过去，女孩子很快回电话说："列车长说了，我这是急病，需要下车治疗，说晚了还可能闹人命呢，你说咋办啊？”

“再等等，到了我这边再治。”

“我坚持不住啊，疼得厉害，列车长说，如果在火车上出了事不负责任，他建议我在下一站下车治疗。”

猴三什么也没说，其实这时候他也不知道说什么了，慌慌张张的，他显得很紧张，他担心万一女孩出了事，最后警察会追查到他怎么办。我说：“你不追究她骗你就是了，她还敢追究你？真是邪乎了。”猴三慢慢地感觉事情不对劲，不过他也想不出什么办法来。

微信又动了一下，女孩子回复道：救护车把我接走了，我刚到医院，正在检查。

“你先检查，一会儿再说。”猴三回了微信，一个人抱住头，扭过头对我说：“你说，这怎么办呢？”我说：“肯定要让你给她转钱了，说动手术需要花很多钱，要骗你的钱。”猴三苦笑了一下：“不会吧？”

很快检查结果出来了，说是阑尾炎。女孩子电话打过来：“这怎么办？医生说再不手术就可能出人命啊！我害怕。现在就我一个人在这儿。”

我在一旁说：“你让她把诊断书发过来。”

诊断书瞬间就发过来了，上面写着女孩的名字，与火车票上的名字一模一样。上面清晰地写着：“建议立刻做手术！”上面还印有某县人民医院的字样，我感觉很好奇，如果诊断书是假的话不能这么快就发过来啊？真是奇了怪了，难道是真的？女孩子又用微信发了一下自己的位置，我一看，正好是女孩所说的那个小县。

我不相信那病是真的，但也没理由让猴三相信这是假的。

猴三说：“这可怎么办才好？该不会是真的吧？”我也六

神无主，拿不定主意："这可怎么办才好呢？那你与医生通话试试。"

电话打通了，是一个中年男子的声音："女孩是急性阑尾炎，急需交钱做手术，晚的话可能有生命危险的。急性阑尾炎要立即手术。你是病人家属吗？赶紧，要把握时机啊！"

猴三问："要多少钱？"

"先交三千吧。"

"你们先做手术，钱的事，我来想办法！"

"不行，住院费要交一下。"

"你们医生怎么能这样呢？总不能见死不救吧？"

"你说了不算，我说了也不算，这是医院的规定。"

对方没有挂电话，传过来女孩子的哭泣声："你说我怎么办？没有一个人管我了。你让我找你，我来了，可你又不管我了……我恨你！我恨你！"然后是女孩嘤嘤的哭泣声。

猴三先是没有说话，沉默了一会儿说："你别这样说，我也没有这么多钱，工资还没有发。我想想办法，等一会儿吧，我给你凑钱去。"

挂了电话，猴三急得团团转。"我没钱啊！三千块钱，我上哪儿弄去？"他自言自语。我对猴三说："你这样吧，就说正在凑。还不知道是真是假的呢？"猴三一听："你说这话有良心没？人家都病成那样了，你还说这是骗人的？"猴三正在气头上，我也没跟他一般见识，懒得跟他辩驳。

女孩又发过来一张图片，猴三打开微信，一个女孩蜷缩在椅子上，很痛苦的样子，旁边有几个病人在医院的走廊里走着，还有几个病人坐在长椅上。

这事让我也不好判断。我说："你怎么办？三千块钱，可不是小数目，可不要上当了。"猴三说："一定要凑钱，万一是真的呢？你看，有诊断书，有病人，有医生，还有位置，都没有问题。”然后他转向我说，“借我点钱。”

“我没有……真没有。”我对他说，两手一摊，一副无可奈何的表情。

“那好，我就不相信我借不回来。”猴三咬了咬嘴唇，“我也看透你了，从此咱俩一刀两断。”

猴三一转身，走了，我在身后喊他，他头也没回。

一个月后的一天，我正在店里卖东西，一个女孩子背着一个背包走过来，二十多岁，满头大汗，走不多远就到处张望，抬头看门牌。她站在我的店门前看了好长时间，我走出去问她：“你有事吗？”女孩子问我：“这是你的店吗？”听口音不像本地人。

我“嗯”了一声：“有事？”

“我问问你……你认识猴三吗？就是这个人。”那个女孩说着，拿着手机让我看手机屏保，那个照片是我照的，我记得很清楚，就在我店的门前。

听了女孩子的话，我低下头，深深地叹了一口气，然后抽出来一支烟，放在了嘴里，一字一句地说：“当然认识了！那张照片还是我帮他拍的呢！你是谁呢？”

女孩子笑了，牙齿白白的，她说：“这么说吧，我是他的好朋友。一个月前，他借给我了一笔钱，我是来找他的，我得好好谢谢他。他一直鼓励着我，我才勇敢地走出来……”

听着听着，我的泪水就流了下来。我不知道怎么告诉女孩这件事，说什么都没有用了。一切都晚了。

猴三在给女孩子汇医药费的路上，走得太急不小心被车撞了，一辆车直接碾过他的身子，他一句话没说离开了人世。我抬起头，看了女孩身后的那片天空，我突然发现天空中真有跳舞的精灵，正随着云彩的变化而变化。现在我信了，猴三说得没错，真的，胳膊、腿等各个部分都在，天空中那个跳舞的精灵舞动起来了……

心上秋

王刚想想就害怕，才毕业没几年，一转眼竟然都快要三十了。《论语》里说三十而立，这话他是知道的，王刚也一直用这句话鼓励自己，可是现在自己哪有“立”的样子？他感觉自己已经被生活深深击倒在地上，站都站不起来了，哪里能立住啊？前几年父亲在世时经常对他说，男人要先有家，再有业。父亲的意思王刚很明白，你没有家，哪有心思做事？你是立不起来的！夜深人静的时候，他躺在床上，一个人蜷缩一团，想起这些话，认真面对现实中的自己，突然感觉自己好无用，这是那个曾经有着远大梦想的自己吗？这是曾经天不怕地不怕一直拼搏的自己吗？日子竟然这样一天天白白地过去了，可心里想得到的东西，像金钱啦，爱情啦，地位啦，他一样也没有。倒是些不想要的东西，像日渐沧桑的脸，不再年轻的容颜，不再上进的心，一个个接踵而来。一个人无事的时候，他就这样想着想着，好像进入了一个黑洞之中。

其实，从别人的话语里他也能感受到自己年龄变大的事实。这还不到三十，王刚明显感觉自己年龄大了，好像与身边的人分属于两个不同的世界，自己的思想没有人理解，身边的知己太少了。“我给你介绍个对象吧，你还没结婚？”同事经常一见面就这样说。对于结婚的事，他感觉周围的人好像比他自己都要急，仿佛到了这个年龄不结婚，像犯了什么大罪一样，周围的人个个摆出一副救世主的样子。你看，你年龄也不小了，别再挑了，差不多就行了。这些话他听了不下几十遍，不，是几百遍，甚至上千遍应该也有了。不知什么原因，尤其是这两年，只要别人一提给他介绍对象或结婚的事，他就感觉到一阵一阵的头痛，眼前也变得白茫茫一片，耳边开始嗡嗡地叫。说真的，他从没有想到生命中要出现第二个人，更没有想到生命中会有一个孩子天天哭闹着叫爸爸，他没有想到过结婚，感觉那太可怕了。到了年龄就要结婚吗？就要当爸爸吗？就要和身边的人都一样吗？他想找个地缝钻进去，当然不是害羞——这事犯不着害羞。这事主要是别人不理解，这不是他自己的错，他只是想找个安静的环境一个人静一会儿，哪怕傻傻地待一会儿也行。

王刚在一所高中当语文老师，准确地说，还当着班主任。他对自己的环境不喜欢，可也没有什么办法改变。他日复一日地早上五点起床，五点半到学校上早自习，五点四十和学生一起上早操，然后上早自习。在学校简单吃点早饭，查看学生进班的情况，督促学生打扫完卫生，上午就开始了，有课就上课，没课就备课，写教案，改作业。中午放学后抓紧时间回家吃饭，下午同样写教案，备课，上课，一有时间就要批改作业。到了晚饭时间，就凑合点在学校里吃，有时候时间紧干脆就不吃了，上完晚自习到家就快十点了。当他每天身心疲惫回家时，说不上来对这种生活的感觉，是应该高兴，还是应该悲伤？这种生活不是他想要的。模式化，固定化，没有一点乐趣，也没有一点激情，其实在他的骨子里，他更向往自由，向往精神世界。他慢慢地发现书是个好东西，他喜欢书中的世界，有知识的闪光，有一个神秘的地方，什么都可以想，什么都可以不想。没事的时候，他就读会儿书，就像别人没事的时候喜欢抽烟和喝酒一样，一个人在书中傻想点现实中没有而内心非常渴望的东西，他认为那是一种莫大的幸福。

最近几个月，每逢王刚听到办公室的老师们谈论家庭，谈论谁家的孩子长、谁家的孩子短、谁家婆子的是是非非，他马上把头扭到一边去，他不想参与这些无聊的讨论，那有什么意思呢？办公室里有一个女老师，她把婆媳那点儿破事都说了几十遍了，仍乐此不疲地继续讨论着。嚼了那么多次的东西，依然感觉很新鲜，王刚感觉这太没意思了。当然，最初他也有说不完的话，甚至拼命安慰别人，让别人宽心。他想着有一天自己也会有媳妇，也会有孩子，自己会不会成为那个样子呢？他感觉自己好迷茫。一段时间后，谁再给他介绍对象，他干脆不见了。也不是说自己有多高尚，他是想一个人安静会儿，或者想多读点书，他感觉这个理由别人是不会理解的。管它呢？理解了又如何呢？后来王刚也习惯了，不知为什么，他感觉就算别人理解了也有点多余。

其实，王刚在家里也开始避谈结婚，尤其是母亲一见到他连珠炮似的询问他。有一次母亲不知道谈论什么，又与王刚说起他的婚姻，王刚不知道怎么那么烦，冷不丁地冒出了一句："结婚不够受罪的，你看咱三楼的那个李婶，都四十了，还不是离婚了？一个人过得多可怜。"这话显然伤了母亲的心，母亲先是沉默，然后大把大把的泪就流了下来，母亲坐在他的身边，开始埋怨自己命苦。母亲说："你看在咱老家将军寺，跟你一般年龄的，人家的孩子都会打酱油了；咱将军寺村西头的小张，孩子都上小学了。”以前母亲一提这事，王刚也是反驳，可是这样的次数多了，他发现也没什么用，慢慢地他找到了一个解决的好办法，那就是不搭理母亲。王刚已经发现这一条规律，他辩解得越厉害，母亲的话就越多，越拼命地讲自己曾经多么不容易，讲供他上大学多么多么辛苦……说到痛处，母亲就哭起来，毫不掩饰自己流下的满脸泪水。

说句实在话，王刚长得也不难看，反而像一个电影明星——王宝强，尤其是那憨厚的一笑。可是到底是像啊，那并不是真的，这只是一种安慰和调侃罢了。是啊，王宝强人家多有钱，多有名啊，他们可不是一个级别上的！说起对象的事，记得前几年刚大学毕业参加工作时，王刚不断地出入各种场合，喜欢找女孩聊天，甚至是大街上随便的一个陌生女孩子，不论是什么职业，不论高矮胖瘦，用他的观点说就是“普遍撒网，重点逮鱼”，他期望找到一个称心如意的女孩子，然后恋爱结婚。在大街上，在 KTV 里，在公交车上，他像猎狗一样寻找目标，可是接触得多了，他发现很多女孩子不合他心意：人家穿个丝袜打扮得时尚的，他认为那样的女孩子太开放，太暴露，不庄重；人家穿得多包得严严实实的，他又说人家太保守，没生气，无情趣……反正，他没一个看上眼的，没有一个让他眼睛为之一亮的女孩子，这更让他回忆过去遗失的美好。

上大学那阵子，他还谈过一场轰轰烈烈的恋爱的，准确地说，那个女大学生还是让他刻骨铭心的。女大学生属于清纯的那种，他记得第一次握她温柔的小手时，女大学生说了一句：“你的手好凉啊。”他没有接着说什么，也没有做什么，甚至连个拥抱都没有。他很反感大学生太开放，有的恋爱没一个月都出去同居了，他却一直进行着不温不火的“恋爱”。他思想太保守，不敢轻易表达内心真实的想法，女大学生说他不浪漫，不体贴，不安全，所以又找了一个帅气阳光的男孩子。当女大学生提出分手时安慰他说："你有什么事，可以给我说，我会帮助你。"他听后竟然激动得像一个小孩子一样哭了，因为从来没有一个人对他说出那样的话，更何况是自己心仪的对象？毕业时，得知那个曾经心爱的女孩子被同居男朋友抛弃后，他竟然自己一个人哭了，不知什么原因，是为自己，还是为女大学生？他说不清楚。可有一次，王刚看到女孩向他走过来时，他竟然选择默默地走开了，就像天上飘落的叶子，连个声音都没有留下。

王刚一般中午都要在家吃午饭，他想天天在家吃饭，可是早上或晚上哪有时间回家吃饭啊，他羡慕别人能在家吃顿早餐或晚餐。有一次正吃午饭的母亲端着碗对王刚说："你大娘家的孩子才二十岁，就要结婚了，你这个当哥的说啥也要回老家去帮帮忙，人家提前一个月就给说了。"王刚本不想掺和这样的事，一是自己回家无颜面对家乡父老，谁让自己如今一事无成，连个对象都没有呢？二是他不想找领导请假，谁让自己脸皮薄怕看领导的脸色呢？谁让自己轻易不求人呢？可是还没有等王刚拒绝，母亲又说话了："人家请咱，那是看得起咱，你一定要回去，以后你结婚不也得找人帮忙吗？"弟弟王四本来也不想回去，他不回的原因，大抵也是自己没有结婚，回到老家怕别人问这问那。可是对于母亲的话，他们兄弟俩还是要听的，否则就显得太不懂事了。两人都没有说话，母亲知道，他们弟兄两人没有说话，那就代表同意了。

老家里，大娘和大爷把房子早早就盖好了，还是个两层的楼房，听说花了三十万块，家里也早就备好了酒席。现在办结婚好多事情都不用自己忙活了，农村里有专门做这包桌生意的，这个生意挣得还真不少，比在城里天天上班强多了。这些人组织人买菜，做菜，端盘子，刷盘子，打扫卫生，只要你给钱，啥事都帮你办得妥妥帖帖的。这样王刚一回家也没有什么忙要帮，但对家乡却有了更深的一种理解。

多少年以后，王刚仍然解释自己几十年才搞明白的道理：无论你飞得再远再高，在外面活得多精彩，老家总是你的根，是掌控你飞翔的地方。所以对老家将军寺，王刚心里有着说不出来的亲切，自己就是那里的一部分。尽管王刚这些年一直在外地求学工作，可他内心喜欢将军寺的人，喜欢将军寺的水，喜欢将军寺的土，喜欢将军寺的一切，内心里有着一种剪不断的天然的联系。王刚参加工作后留在了县城，可现实的距离并没把他与家乡的人分开。他和母亲回到家，一说起将军寺，马上就找到共同的话题，一起回忆起曾经发生在将军寺的点点滴滴，开始说起家长里短，谈论孩子的结婚大事，为发生在家乡高兴的事情而笑，为发生在家乡悲伤的事而哭，这样本来曾经发生在家乡简单的事也变得不简单。王刚看着村子里那一个个新盖起的小楼房，心里羡慕得很，如果在城里有这样的一所小楼，这可是上百万，他当个老师一辈子也不可能挣得到。

结婚这天整个将军寺村很热闹，男女老少都拥过来，大家说说笑笑，连空气中都升腾着一种喜庆，吹响器的，放鞭炮的，散喜烟的，发喜糖的，一个个都带着笑容，忙得热火朝天。去城里多少年了，母亲和家乡的人依然很熟悉，无话不谈，见了村里人就说：“他三婶，你也给孩子操操心，俩孩子都老大不小了，没一个让我省心的，他爹也走得早，你看我，一宗子事也没办啊！你说，他三婶，我这是啥命？”母亲说着说着，竟然掉下泪来，村里人发出一阵阵叹气声，开始安慰母亲。村里人做梦也想不到，在城里幸福的母亲竟然也有伤心事，他们本以为在县城里过的都是幸福的日子呢！王刚没有想到母亲会说出这样的话，都这么大的一个人了，听到他们说自己的隐私，心里怪不好受的，可他装作没事的样子，一遍遍地扫视着村里人。不过说实话，对于村里年龄大点的他还勉强认识，可比自己小的，基本都不认识了。对于不认识的人，他就拼命找话说，无非是庄稼收成怎么样，在哪个地方打工，又或者一个月挣了多少钱，你家的孩子上了什么学校。他心不在焉地站在人群外围，无聊地看着这个热闹的世界，感觉就是个局外人。

举行过婚礼，王刚和母亲、弟弟吃过午饭，就急匆匆地回县城了。母亲看到别家的孩子结婚，自己心里一定是急了。刚从老家参加完婚礼回来，母亲就把王刚弟兄俩叫到身边，语重心长地说："你们两个家伙，当年我好不容易把你们生出来，又和你爹一把屎一把尿地把你们拉扯大……"说着说着，母亲又哭了，"你爹走得早，你俩没有一个中用的，没一个能理解我……"

王刚顶嘴说："我是用屎用尿养大的……"

母亲生气了，拿起了桌子上的一本书，"啪"地摔在了王刚的脸上。

王刚感到脸上一阵发热，生疼生疼的，可他没有说话，连动都没有动。母亲心里不好受，要不然她也不会哭，可是说实话，每次一提结婚的事，王刚的心里也不好受，有时候他埋怨母亲不理解他。

弟弟王四仍然玩他的手机，不知道这段时间秘密搞些什么名堂，他对母亲的话也是充耳不闻。王刚看看弟弟，想想自己，又看看母亲，可怜天下父母心啊！可是，该怎么说弟弟呢？说实在的，对于弟弟王四，最初王刚内心还是有点优越感的。虽然他们只差了两岁，但从小到大差距挺大的。王刚从小就成绩好，一路上了重点中学，又上了大学；弟弟王四则早早地辍学了，大学的门都没进。父亲在世时，就到处夸奖王刚："你看我家的老大，那没的说，成绩好，将来肯定有出息的。"可是大学毕业后，王刚拼命地找工作，最后只是通过考招教当了一个教师，这看上去很美好的一个职业，可是食之无味、弃之可惜，挣不了几个钱，还天天忙得要死。

王四呢，先是做生意，生意赔本后又到一家电子厂上班，后来又到了一家酒店当保安，不仅没有花家里的钱，还挣了不少钱。不知怎的，王刚感觉这几年特别对不起弟弟，充满着一种愧疚感，他作为老大，理应给弟弟些什么。如果当哥哥的有些大本事，弟弟的生活不就好些了吗？母亲不就少操心了吗？弟弟也许早就能找个好工作了。不过弟弟到底还是争气，竟然开了一个小超市，慢慢手头宽裕了，更重要的是他找了一个漂亮的女朋友。现在，母亲老拿他们做对比，特别是在婚姻方面。将军寺有个不成文的规矩，老大要先结婚，所以她希望大儿子赶紧结婚。可王刚呢，他现在连恋爱的对象都没有。父亲在世时，有一次就问他是不是生理出了问题，让他回答不是，不回答也不是。最后问得急了，王刚说："过几年我给你证明看。"可是，父亲都去世几年了，王刚也没有证明，关键是没有地方去证明啊！

后来，王刚才明白弟弟一直都在进行着恋爱的。那是一个星期六，都九点了他仍然睡懒觉，因为高中每两周才休息一次，他老感觉到缺少睡眠，好不容易有个休息时间，当然要享受一下。其实，他不怎么愿意到外面跑着瞎逛悠，倒喜欢待在家里一个人睡大觉，或者一个人静静地看会儿书。快十点了，王刚睁着眼赖在床上不想起来，母亲推门进来，高兴地说："一会儿你弟要回来吃午饭，还要带他女朋友来。"王刚一听，先是一愣，啥时候的事？这小子还真行。他心里比自己有了对象还高兴。虽然家里本来就不宽裕，但如果现在让他花上几百块钱为这事出去撮一顿，他也心甘情愿。他知道，母亲心里肯定更愿意。

母亲在王刚身边又开始啰嗦了："你弟弟都有对象了，你啥时候找到啊?”王刚听得越来越烦，说了一句:“天天老是这些话，你烦不烦啊?”

母亲说:“你个不知好歹的东西，也不知道咋生出来你这个东西，迟早你要后悔的。我说你会后悔，你知道吗?你个不争气的家伙，没听见吗?”

王刚听到母亲这样说，知道解释也是无用，就用被子蒙住了头，他感觉自己理亏。母亲气呼呼地出去了，这下王刚再也没有睡意了，一会儿弟弟和他女朋友要来，母亲总不能这样不高兴啊!他准备出去给母亲赔不是，可是一出去，发现母亲正在洗菜呢。王刚说:“妈，不去外面吃了?我这里刚发了工资。”他在间接地向母亲道歉，可母亲压根儿早就不生气了，笑着说:“不去饭店吃饭了，这不是钱不钱的事，在家里我自己做。”其实，小时候母亲就很会做饭，父亲在世时就喜欢吃母亲做的饭，她的厨艺可是练了一辈子，尤其拿手炒菜和做汤，甜的，咸的，酸的，辣的，都做得有模有样，看样子母亲是想在未来儿媳妇面前显摆一下。

半晌午，弟弟和他女朋友到了，大家客客气气地进了屋。弟弟的女朋友很懂事，卷起袖子走进厨房帮母亲做饭。母亲说:“不用，不用，你们玩吧。”弟弟的女朋友说:“反正也没啥事，闲着也是闲着，两个人一起做饭快。”弟弟的女朋友很懂事，说话也得体，这让王刚认真地多看了她一眼。其实，弟弟的女朋友也谈不上有多漂亮，但也不能说丑，长头发，大眼睛，圆脸儿，很耐看。他以前好像听母亲说过一次，弟弟的女朋友家庭本来还不错，她父亲在一家政府单位工作，母亲开办个幼儿园，结婚后不知什么原因又离了，还没有孩子。至于弟弟怎么认识这个女人的，弟弟不给哥哥说，王刚也没有好意思问，反正认识就认识了，还有必要问这问那吗?

母亲和弟弟的女朋友在厨房忙活，叮叮当当的声音有节奏地响着，听得出两人的合作很愉快。母亲与她有说不完的话，说到高兴时两个人就一起哈哈大笑，可以想象得出母亲心里美着呢。王刚和弟弟则在客厅一边看电视，一边嗑着瓜子，漫无边际地瞎聊一气，天天见面有些话早就说烂了。电视里放着一个二婚女人哭泣的画面，王刚不知道怎么就随口说了一句："这年头离婚的咋这么多啊？"说者无心，听者有意，弟弟的女朋友不知道什么时候站在王刚的身后，小嘴一噘，生气地说："二婚咋了？"母亲也出现了，慌忙地说："就是，二婚怎么了？这年头多正常啊！有什么大惊小怪的吗？倒是你自己思想不开窍。合得来就过，合不来就不过，还像封建社会吗？没一点自由。像我跟你爹，一辈子不合，还凑合了一辈子，苦着呢。闺女，你别听他瞎吵吵，别往心里搁。"

王刚不说话了，想说点啥也没人听了，祸从口出，解释已是多余。他推开自己的房间门默默地进去了，弟弟在后面紧紧追着："你慢点，哥，等等我。"王刚笑了说："我并没有生气。"他又问弟弟，"你们进展得怎么样？"弟弟一听，不说话了，只是嘿嘿地坏笑，眼睛里分明闪烁着一丝温暖的光。

一大家子吃饭，气氛还算融洽，家的味道很浓，并没有受刚才谈话的影响，这让王刚心里好受点。如果因为他的一句话把弟弟的婚姻大事搞砸了，母亲不把他吃了才怪。大家吃完饭，弟弟就带着他女朋友出去玩了，晚上依然没有回家，家里又剩下了王刚和母亲。母亲静静地站在王刚的身边，先是叹了一口气，然后说："唉！你年龄也不小了，三十了，我都一大把年纪了，操心还能操几年？你非要让我死不安心吗？"然后又问了他一句，"你张姨说的那个对象咋样啊？就是长头发的那个女孩子，在宾馆当服务员的，听说还是个领班呢。"

行还是不行？这还真不好说。王刚在内心里早就纠结着这个问题。这个女孩子叫付梅，对于他们两个人的关系，怎么说呢，虽然处了有快一年了，但总共还没有见到十面，一般都是在电话里聊。女孩子确实很可爱，虽然叫梅，可是多少缺点梅花的气质；个儿倒挺高的，她喜欢把长头发摆放在胸前，王刚就喜欢付梅这点。付梅是大屁股，按老家将军寺老人的观点，以后应该可以生个男孩子，母亲顶喜欢这样，王刚后来明白了，母亲是太想抱孙子了。记得第一次约会时，他们来到一家西餐厅，王刚选择的，他当然不能丢了男人的那点身份和面子。付梅很讲究，主动给他夹起了牛排，又叮嘱他小心，然后就看着王刚吃。

第二次约会时，他们看了一场电影，名字和内容记不住了，只知道电影院里面黑乎乎的，除了他们和另外一对情侣，没有其他看电影的人。那对情侣压根儿就没看电影，一直到结束都紧紧地抱在一起，他突然发现，夜色是能够壮人胆的。不知道你试过没有，当你坐在一个空空的放映厅里，你的眼神只集中在了女朋友的身上，你的手不由自主地做一些超乎你想象的事，这些事在你自己以后看来，是不可能做出来的。王刚伸出了手，拉住了付梅的手，她没有反抗，然后他抱住付梅，吻了她一下，付梅一动不动，眼睛没有闭上。这让他觉得不爽，有点怀疑，付梅是不是那么清纯，因为在他看来，女孩子接吻时应该闭上眼睛享受。后来，两人在电话里又联系了几次，第一次是他主动的，后来都是付梅主动联系的，他们谈了一些不冷不热的话题，他感觉付梅着急把自己嫁出去，想找个有正式工作靠得住的男人，可是他不想结婚，尤其不想与这样的女人结婚。至于喜欢什么样的女人，他自己也说不清楚，反正心里感觉得到付梅或失去付梅无所谓。

母亲仍然追问他，王刚开始不想回答母亲的话，可被母亲问得急了，他冒出了一句："不是按照你说的，我都一直联系着吗？"

“那现在你们关系怎么样了？我看你们挺合适的，什么时候结婚啊？也没有听你说过到底咋样了。”母亲又问了一连串的问题。

王刚说：“就知道结婚，就认识那么几天，能结婚吗？张姨又催你了吗？动不动就说有几家给她介绍对象，动不动就说过了这村没这店……像个催命鬼一样，你看合适，你去结婚得了。”

“你看你这孩子，咋这么说话呢？人家那是催吗？是关心你。她要不是你大姨，她要不是看在我的面子上，才懒得搭理你呢。长这么大了，一点儿事也不懂，我算是瞎眼了，咋生了你这个不孝顺儿子？”

“那你得问我爸爸去……”王刚不依不饶地说。

“你……你……非得把我气死不可。”娘气得说不出话来，竟然哭了。

王刚一看到母亲哭，也不知道该劝不该劝，显得有些慌张了。他眼睛一热，两行滚烫滚烫的泪水流了下来，他猛地摔门出去了。

外面还真有点冷，已经是深秋了，树叶都变枯了，树枝上都光秃秃，这个季节着实让人感到有点冷，现在他感觉有点犯愁了，心里也更加难受。母亲怎么不理解自己呢？也不管合适不合适，怎么老催着自己结婚呢？过了一会儿，他想来想去，母亲的心里应该不好受。现在两人的心里都不好受，这何苦呢？

王刚突然想给付梅打个电话，说不出来的一种思念，不知道什么原因，也许是无聊了，想找个人谈谈心，诉诉苦吧。他拨通了电话就问：“你在哪儿？梅，在干什么呢？”这是王刚少有的主动打电话，他倒有点紧张了。

“我在家，今天休息，你在哪儿呢？听你的声音心情不太好啊？”付梅怎么就听出王刚的心思呢？这让王刚心里有种说不出来的滋味。

“没有……我……”王刚支支吾吾地说。

“你怎么了？要不……要不来我家吧，家里就我一个人。”付梅仍然像以前那样关心他，尽管他已经记不清上次见面是什么时候了。

王刚听了，爽快地答应了，他也说不清是什么原因，总感觉有一种力量在吸引着他。经过路边的一家花店，他看到一对情侣抱着一大束红玫瑰走出来。他想，总不能空着手去吧，于是就走进了花店，也不知道买什么花。他不想买玫瑰，太俗了，看来看去，发现了一束白百合，而且一枝上有两朵花，娇艳艳的，花开两枝，看着吉祥。他没有问价钱就让老板包了起来。

王刚心里告诉自己不紧张，可敲门的手一直在颤抖。付梅开了门，她穿了个粉色的睡衣，衣服上面印有小白兔的图案，她头发依然摆在胸前，王刚把花递给她，说：“送给你。”付梅接住，头竟然低下了，脸通红通红的，看得出女朋友很高兴，还给他一个大大的拥抱。王刚没有躲开，他感到付梅的体香包围了他，流入他的鼻腔，流入他的心里，他感到全身温温软软的。

付梅把百合花放入花瓶里，趴在上面闻了闻，惊奇地说：“好香！咦！你看，快看，多漂亮啊，竟然是两朵百合花……”

“代表我和你……”王刚不知道怎么想出了这句，他想说点其他的，可是不知道怎么说起。

“你怎么了？不太高兴啊，跟我说说呗。”付梅拉着他坐在沙发上，然后又坐在他的身边。王刚满身的疲倦慢慢消失了。

“没什么……”

“是吗？”付梅停了一下，“你最近忙什么呢？也不联系我了……”付梅把花放好，从桌上拿起一个香蕉，剥了皮，准备递给他。

王刚不知道怎么回答，吞吞吐吐地说：“最近学校期中考试，忙着呢。”

王刚伸出手想接香蕉，可付梅手一闪，要往自己的嘴里送，王刚的手接了个空儿。正当他生气的时候，付梅又把香蕉放在了王刚的嘴边，王刚用尽全力一口咬住了，然后抓住了她的手。付梅没躲，王刚盯住她的眼睛，他第一次发现付梅的眼睛里竟然还有潭清水，此刻正盈盈地往外流，瞬间把他淹没了。他忍不住亲了付梅一下，然后抱住了她。窗外，月亮在黑夜里翻腾。

日子依然平静，两个月后的一天，王刚正在备课，突然接到母亲的电话，母亲说：“你手里还有多少钱？赶紧取出来拿回家。”王刚的心“扑通”一下，忙问：“妈，家里怎么了？出事了？”

电话里竟然传过来了母亲的笑声，王刚记得母亲很少这样笑，尤其是与他说话的时候。母亲笑着说：“净瞎说，哪有啥事？是你弟弟要结婚了，已经怀上了。你猜是男孩，还是女孩？”没等王刚回答，母亲又接着说，“是个大胖小子。”

弟弟王四结婚，到底还是走在自己的前面了。

弟弟的婚礼是在老家将军寺办的，七大姑八大姨都来了，一个村子的人也都来捧场了，非常热闹。有钱真是好办事！王刚仿照城里的习俗还请了司仪，用了十二辆车，请来了唱戏的，摄像的，非常隆重，这规格在将军寺可是数一数二的。在结婚仪式前，王刚跟司仪特意交代了很多次，不要弄得太煽情，可司仪依然一套一套的，新娘子的脸上流下了泪，还有母亲的脸上也流下了泪水。一滴泪竟然也从王刚的眼里流了出来，晶莹晶莹的，他不知道为什么流泪，赶紧扭过头去抹眼泪，生怕别人看到。

在弟弟婚礼上，王刚也有一个很大的收获。一个远房的叔叔在县图书馆工作，给他介绍了一个对象，女孩子叫秋，大学毕业，也在县图书馆上班，还是个诗人呢，长得白净白净的，很有才华。这个叫秋的女诗人，王刚是听说过的，县城就那屁大的地方，名人大家谁不知道呢？叔叔说："女诗人了解你的，你们两个肯定有戏。"然后他意味深长地笑了。至于怎么了解的，叔叔却没有深说。王刚想起来一件事，为了看这个女诗人一眼，他还特意去县图书馆借书，还问她有没有叶芝的诗集，就见了那么一次，王刚的心就澎湃了一周。那个秋天，王刚记住了那个叫秋的女孩，后来再也没有淡出他的生命，可是他知道他们之间的距离，他只能想想而已。

此时，叔叔的话突然点亮了他的生命，他感到自己眼前光明一片，整个秋天也豁然开朗了，充满着迷人的色彩，他决定要进行一场轰轰烈烈的恋爱。叔叔说了手机号码，让他给秋联系，王刚掏出手机准备记号码，这时候王刚的手机响了。王刚低头一看，是付梅打来的，他不想接，手机响了一会儿停了，接着又开始响起来，王刚还是没有接。叔叔一直等着他记手机号码，王刚有点不好意思，正要挂断手机时，手机却不响了，这时候"嘀"的一声发过来了一条短信。

王刚看了短信，赫然写着："我怀孕了！！"那几个字像一座山一样，重重地压在了王刚的心头。他抬起头，阳光火辣辣地烤着他，他的泪水又出来了，噗噗地往下掉。这一定是太阳的原因，这个秋天的阳光太毒了，太刺眼了！

尤克里里

见到这个活泼可爱的女孩之前，我还真不知道什么是尤克里里，在我的经验里，还以为这个东西是一个类似西西里一样神秘的地方呢！

怎么说呢，大学毕业那年，我不知道自己哪根神经搭错了，特别讨厌找工作。原因不好说，要说怕累吧，也不能算累；要说怕苦吧，也不能算苦；要说怕不自由吧——也许吧，反正我特别喜欢流浪，喜欢一个人进行一场说走就走的旅行，喜欢一个人在心动的地方大声地乱喊乱叫。那时候，为了生计，班上的同学都削尖脑袋找门路，考研的考研，考公务员的考公务员，当老师的当老师，经商的经商。我则无所事事，既不打游戏，不谈恋爱，也不学习找工作，天天一副满不在乎的样子，到处瞎晃荡。但在我的心里，我还是有所追求的，那就是所谓的自由，享受所谓的自在——他们当然不理解我的想法，真的，没有一个人理解，他们都看不惯我这个颓废的浪荡公子——从他们的眼神中可以看出我是一个需要被解救的堕落分子。尤其是阿明，他经常对我说："你真是疯了，你要现实点。唉！你又不是小孩子了，怎么说你才好呢？你简直是疯了。"他永远是这样的一句话。

——其实疯了也好，疯了有什么不好呢？我已经不年轻了，青春的尾巴都快看不到了。想出去走走，追求一个自由，享受一个轻灵的人生，这有错吗？我认为没错，但他们认为有错，而且还采用种种方法让我相信这是错的。其实，有时候我差一点就相信他们对我的劝告了。

那年八月底，我去了阿明的老家。本来我不想去，可他说，他的家乡是一个古县，有很多景点，那时候我不喜欢大山大海，开始迷恋起田野湖水了。我心想一个古县没有山，怎么会有那么多水呢？听说比西湖都要大上十几倍，去看看也不错，反正又没什么事。阿明的话我不太相信，对于一个诗人讲的话，我总是保持着一种慎重，总要眼见为实嘛！我计划在阿明那里停留三天，阿明给我提供了一个地方——他的家。流浪在外，内心里渴望的自由，除了高高的星空，还有自己独特行走的方式，以及企及的目标。而我终于可以随意走动了，可以在渴望的地方睡或者不睡，走或者不走，想或者不想，伸手或者不伸手……对，按照自己的方式。

我用的依旧是一个诺基亚手机，联系到了阿明，我听到他身边有女孩的声音，有喝酒的声音。我问他："你什么时候回来？"他通过电波说："快了。"

这个"快了"确实很骗人！在送走这个转了一圈的太阳之前，阿明依旧没有回来，我对他还是有所理解的，他像以前一样，没有一次准时赴约！这也是他一贯的方式！不过，他倒给我说了他家的地址，很够哥们义气，还好，他的家很好找。他说："把一楼的窗户推开，靠近西面有一本书，里面夹着一把钥匙。”这家伙真够胆大的，钥匙不带在身边，随便一处都是他的保险柜。

我找到了钥匙，打开了门，享受着这份难得的清静，直到晚上阿明突然回来。他开了一辆车，车里有两个醉了酒的女人。阿明把车停在他门口说：“我还有点事，明天回来，你先照看她，明天坐去市里的车。七点的，我在车站接她！”阿明捏着嗓子说话，一副普通话的声调，难听死了，这不是他的风格，他跟我说话从不这样，这一定是给这两个醉酒的女人说的。两个女人都醉得不成样子，她们能听得见吗？

阿明把一个瓜子脸的女人推向我，我刚扶好她，就听阿明说：“你要好好照顾她。”车子走了几米，又停下来，车窗摇下来，阿明的头伸出来大声地说：“你过来，”他手里摇着一个吉他一样的东西，“接住！小心点啊！”

这个女人仍然在睡，好像这辈子没有睡过觉一样。她像一堆泥一样瘫在我怀里，我腾出一只手去接那个东西，可我的运气没那么好，那个乐器“哐当”一声摔在我的面前，不过还好没摔坏。我还想问阿明一些什么事——我当然还有很多话要问，例如女孩叫什么名字，为什么不带走她，女孩怎么喝醉了，还有就是怎么安置女孩……可阿明的车子已经走远了，又消失在黑暗中了。

现在我所担心的就是我怀里抱着的这个女孩，这个陌生的女孩，我现在该怎么办？我心里一阵紧张。我经常都是一个人出入，可从来没有伺候过别人，更别说是女孩子，这可给我出了难题。阿明这小子，不知道搞的是什么名堂，竟交给我一个陌生的女孩，这是哪门子事？可不管怎么说，我要把这个女人安排好。毕竟受人之托嘛！

我对着瓜子脸女孩喊了几声，如果她醒了，一切都好办了。可她还在睡着，准确地说，她还在醉着，我只好把她搀到屋子里，放在沙发上，把她的头靠在靠背上，也许这样她会好受些。她的身子真重，所有的重量都压向我，她身上那股酒味夹杂着香水味，难闻死了，太熏人，我有点受不了，一种要窒息的感觉。

女孩子突然一阵咳嗽，身子晃动起来，喉咙里拖起一阵长音“月”，然后呕吐起来，我知道她胃里闹得慌，难受得要吐了。我赶紧找来一个脸盆，扶住她下垂的身子，她瞬间温暖了我，可我感觉她的手怪怪地扒着我，嘴里呜呜地说些什么，我没有听太清楚。不管她了，我给她盖了一个被单，打开她的背包看乐器。这个乐器还真别致，像吉他，我细看一下，竟然不是七根弦，而是四根弦，我的手忍不住碰了一下，“叮”了一声，很清脆，很好听，我的心荡漾起来。女孩却突然醒了，我不知道是不是我弹了她乐器的原因。

正当我以为瓜子脸女孩要生气想问我些什么的时候，她竟然捂住肚子，莫名其妙地来了一句：“厕所在哪里？快点！快！”没想到我们以这样的对话开场了，这大大消除了我内心的紧张，也增强了我内心一些想象的空间，至少我这样认为。

一阵扑通扑通的声音，过了一会儿，女孩出来了，脸色明显好多了，大眼睛忽闪忽闪地望着我：“明明呢？”

“出去了。”

“出去了？……你怎么能随便动别人的东西呢？把尤克里里弄坏了怎么办？”

“什么尤克里里？”

“你手里拿的，小心点！快点给我！”

“不好意思！”唉！谁知道她突然醒了，我不知道说什么了。没经过她的允许，却动了她的东西，我有点尴尬。

女孩没有多余的话，看都没看我一眼，也没有问我是谁，好像我只是个无所谓的存在，像空气一样。我外出惯了，各色的人都见过，我敢肯定，这是一个特立独行、弥散着谜的一个人！

“那个谁，你不是要我原谅你吗？”女孩走了几步，又停下来，她手里紧紧握着尤克里里，“你要答应我一个条件。”

“你说什么条件？”我笑了。我突然感觉她真的很可爱。

“嗯，这个嘛……我还没想好。我一会儿睡哪儿？”女孩问我。

“你随便，要不靠阳台那个吧。”其实，我也不熟悉阿明的房间，这是我临时想的。

半夜了，我躺在她刚才躺的沙发上，在她的余温里，我忽然感觉很舒服，很温暖，可又很别扭。这算什么事呢？与一个陌生女孩共处一室，我连她姓甚名谁都不知道，仅仅就坚信一个朋友的嘱托，这算什么？这是不是太冒险了？我的心咚咚地跳了起来，心里想做些什么，又不知道要做什么。

不知道什么时候，女孩推门出来了，她依旧斜背着她的尤克里里，一时一刻都不离开。不过，不知道她在哪里找了个太阳帽，戴在了头上。这大晚上的，她给谁看呢？难道给我看？

“走，陪我出去转转！有没有兴趣？”女孩对我说。

“现在出去干啥？大晚上的。”我感觉好突然。

瓜子脸女孩把上衣的衣角系在腰间，头发上系了一个白色的手绢，这些东西从哪里找来的？我不得而知。她往前走了几步，转过半个身子，手在半空中挥舞着：“走，出去感受一下！”

“什么感受一下？这大晚上的，这有什么可感受的？”我心里真不太乐意。

女孩看出我难为情，继续说：“你不是让我原谅你吗？”她停了一下，然后又说，“现在给你个机会，陪美女走走也不愿意？”声音坚定，分明不可抗拒。

你可以想象出来，与一个陌生女子一起在半夜里行走于一个陌生的城市，这总是一种怪怪的感觉。女孩走着，也不与我说话，竟然一个人开始吹起了口哨。一个吹口哨的女孩子总是太浅薄，我一直这样认为。

沿着马路，女孩子斜背着尤克里里就往前走，好长时间都没有停留，甚至都不等我一下，好像是她一个人在走路。遇到路口了，也不考虑往哪个方向走，她只是永不停息地往前走，好像我并不存在似的。她的身影变长，变短，然后与我的影子重合，然后继续变长，变短。突然她停下来，我心想，你终于停下来了！可她说："你看，这运气！"我低头一看，别说，她踩着粪便了，脏兮兮的，可她连眉头都没皱一下，只是跺了一下脚，这时气味更难闻了。

"赶紧擦擦！"我掏出纸来。

她看都没看说："这世界什么都缺，就不缺阻碍你的东西，无所谓。"她又继续向前走。

"还要走？去哪儿？你又不熟悉这里的路。"其实也是的，大晚上的，在外面瞎逛游有什么好处呢？

"你呀——"女孩说话了，这话让我想了很多，我一时摸不着头脑了。

月色朦胧在半空中，深夜里有一阵阵风，吹在身上还是很凉的。女孩好像没感到一丝凉意，连个寒战都没打，她高昂着头，迈着脚步依旧往前走，不停地一直在走。看得出，她的目的地就是前方，或者前方的前方，很坚定的样子。

"美女，累不累？你不孤独吗？你身边还有一个活人，难道丝毫不顾及一下他的感受？"我开玩笑说。

"这夜色时刻相伴，星星也在天空追随，你看，还有树，路，气息，目光，心灵……你说，我孤独吗？"她竟然踮起脚尖走路，我看着很可笑，但又笑不出来。

女孩说的话很有味，我一下子感觉她特别有思想，深深被她吸引住了。走啊走，女孩就这样走着；跟啊跟，我在后面就这样跟着。路，原来也可以这样走，我感觉内心还是充实的，身边原来有那么多朋友的，有那么多人始终陪伴我的，怎么能说孤单呢？我敢肯定，如果这个时候有人走出来，一定会打破这种美的，至少我这样认为。

这条路一直在我脚下延伸，好像永远没有终点。女孩只是走，突然女孩把尤克里里解下，拿在手中，我想，她想停下来弹奏吧，可是她没有，她又把尤克里里背上肩头，还是走啊走。其实我想听她弹奏，既然她那么爱那尤克里里，所弹奏的音乐应该也很好听，也许比夜莺要好听多了。可是，我看她几次摘下尤克里里，都没有动手弹奏的意思。不过，那种美好的期待仍然伴随着我，我坚信过不了多久，她会停下来为我弹奏的。

我想我要说点什么，不说话就这样闷闷地走着也太无聊了。

“还走下去吗？你得小心点！”

“你就没有女朋友！”

“有，怎么没有？”我拼命地去解释。就是啊，女孩怎么知道我没有女朋友呢？“你太小看我的能力了吧，太小看我魅力了吧？真的，我有。”

女孩子笑了，好像早把我看透了一样，她回过头，淡淡地对我说了一句：“你呀！啊哈！”没想到，就是这样的一句话，她会一直反反复复地说。

前面就是一处湖，也许就是阿明说的湖吧。此时湖就是一个明镜，夜色覆盖着湖水，很亮。我想应该走到尽头了吧，可女孩仍然走得兴致勃勃，指着湖水中的一个小岛说：“走，看看去。”

“什么？现在？”

“对，现在呀！”

我越来越害怕了，有点犹豫。与一个陌生的女孩子去湖里，说什么也是一种冒险，这大半夜的，万一不小心落入水中，喊破嗓子也没有人去救啊！

“为什么还要去呢？走了这么远了，回去吧。”

“那里的空间还有很大，有神秘的东西，为什么要停下来？我们又不是非要在这里重逢，或者相遇，还是选择继续出发吧，接着出发，永远地出发，我们脚下会有一片不同的新空间呢！”她说话很快，像换了一个人似的，我瞬间感觉好有哲理。

“怎么说呢？来这里干什么？我也喜欢探险，喜欢寻找新鲜，可在夜里去湖中会不会太神经质？”

“去看看吧！湖心岛，难得一去！”女孩扭头向我笑了，带着撒娇的口气说，“你看，来都来了，咱们去看看吧！”

来都来了？这话说的。这还是个理由？不过我还真不好拒绝。

“你说得轻巧，这大半夜的，去那里发什么神经呢？没有什么意思，回去吧。再说也过不去呀，总不能让我背着你游过去吧！我水性可不好啊！”

“你呀！你——”女孩仿佛要说什么，可不知道怎么停住了，没有继续说下去。她继续向前走，指着远处的一条船说：“辛苦辛苦，你划船！”

湖水碎了，哗哗地向四处乱飞，飞起来又落入了湖水中，马上找不到了，但声音依然还在耳边哗哗地响。她坐在船头，独自向远处望去，有什么可以看的呢？除了点点的星光，就是阴冷的雾气。

“你看，天上的星，永远在那里等待。”女孩的一句话一下把我拉回到童年，我开始仰望星空，寻找岁月的遗迹。

这时候，女孩子又把尤克里里从肩上取下来，我说：“终于可以听到你高雅的音乐了！”

女孩说：“高雅的音乐？真正的音乐不是这样的，其实到处都是音乐，你要随时打开你的心，用手，用眼睛，用头发，去听这个广阔的世界。你听，水声，呼吸声，虫子的嗡鸣声，水草与荷花碰撞声，星光落入水面的声音……都有声音的，多美，我的眼睛，我的耳朵，我的手都感受到了。”她又在享受着这一切。

我想着白天里满是喧嚣，眼睛很忙，手里很忙，脚步很忙，心呢？更忙，谁又留意过还有一种值得倾听的声音呢？我尽情欣赏，她披着夜色，划船也变得比想象中有意思，越划越有节奏。有时候，她的回眸让我随湖水游来游去，但她的意思始终让我感觉很神秘，正像夜里的面纱，怎么样才能解开呢？

“那你背着尤克里里干什么呢？不弹奏吗？”虽然我认同她对音乐的认识，但对她时刻不离尤克里里有点不解。不弹奏，带它干什么呢？这不是装吗？

女孩没有惊讶，表情没有变化。她说：“其实你不知道，尤克里里是要弹奏，但它还有一个作用，那就是携带。它就是我身体的一部分，不能缺少，好比空气，水。真的，如果可以的话，我还想把我的床带上，当然还有我的书桌、小狗和破镜子……当我弹奏和欣赏来自世界的音乐时，内心所折叠的东西都慢慢流淌，膨胀。”

要登湖心岛时，她激动地说：“这里景色很不错呢！你看！没想到啊！”我什么也看不见，只是黑乎乎一片，这有什么好呢？我正犹豫着，不知道什么原因她却淡淡一说：“走，回去吧！”

我早就想回去了，可我没问原因，就带着不解往回划。天气真的很凉。

“总有什么东西在前方！总有让你心动的地方等着你！但我真不想停留，有些东西真正见了反而不好，留下一个遗憾多好！留下一个空白多好！停下来可以让我卸下许多包袱，腾出更多的空间，可我还是想要走啊走！走到尽头！”

我停止划船，丢下了手中的船桨：“你好——好伟大！”她听了，简直要前俯后仰了，真的，笑得太夸张，腰都弯了，然后静静地说：“你呀！啊哈！”

上岸后，我感觉回家的过程充满了乐趣，也增添了一阵莫名的期待。在我的脚步声中，我慢慢感到世界仿佛就是我的。你听，轻松的脚步呼啦呼啦地掠过心田，甚至踩出了一种平平仄仄之美。我突然间变得比任何时候都富有，真的，我好像拥有了一切，一切的一切，不只突然的自我。只是这一次的相遇，更加提醒我要向前向前。

一个出租车停住，司机探出了头，强打起精神笑着说：“去哪儿？坐吗？”我摇摇头，那司机“妈的”一声，猛踩油门，一溜烟消失了。

“我帮你拿吧。”我想体现一下绅士风度。

“你呀！啊哈！”她还是那句话！

昏暗的路灯“滋啦滋啦”灭了，亮了，又灭了，又亮了，灯光透过树叶，地上凋落了的碎花。

我不明白这句话到底是什么意思。我想问问她，怎么老说这句话，不能换一句吗？这时我们已回到了家。

女孩坐在沙发里，抽了一根烟，绿盒的那种，细长细长的，她夹着烟，我倒感觉她很优雅。她洗澡，然后睡觉，这次她没有关门，从她房间里一直有一股凉风往我身上吹，我能感觉到她甚至留着一条门缝。

我猫在沙发里，真是累坏了，想睡却睡不着，不由自主地向她房间望去，甚至想去她门口听听，总希望发生些什么事情，我心中的岩浆在燃烧。浓郁的夜色依旧把我包围，黑黑的，我翻来覆去，我很吃惊，她的影子怎么变得模糊，清晰，虚幻……她来到我的身边，我解开她的衣服……

门被“扑通”一声打开了，我惊醒了，阿明风尘仆仆地回来了，这下他身边没了女人，一个也没有，他显得很淡定。他没问我睡得怎么样，也没问我吃得怎么样，着急地说：“她——我说，她呢？”

“谁？”我睁开眼，迷迷糊糊地说。

“那个背着尤克里里的女孩！”

“在睡觉吧……”

阿明推开房间，房间里除了摊着的被子，什么也没有。“怎么没了？”这时我才知道阿明没有等到她。

“我怎么知道。”

“你别给我装糊涂。”

说着说着，我们两个吵起来了。后来，我乐了，为了一个连名字都不知道的人吵架，多少有点不值得。

他瞪大眼睛：“就那么地走了！”

“啥意思？”

“她是艺术家，流浪者……你知道，有些人喜欢用生命来爱艺术的。我是说，你们就没有……唉呀！怎么说呢？”阿明语无伦次起来。

一年后，我仍然四处流浪，心无定处。一次在省会火车站，我刚从火车上下来，我刻意晚走了一会儿，特别留意火车开动时旅客脸部的表情，他们争先恐后地向前走，没有一丝的停留。我看见车窗边有一个熟悉的背影，一个女孩子斜背着尤克里里，正凝视着窗外思考着什么。她此刻一定也看见了我，激动地将一只手挥舞起来，生怕我看不见她似的。

我内心一阵阵狂喜，心脏一下子跳到了嗓子口。我一下子想起来了那么美妙的一夜，我想大声喊她，让她留下来，却喊不出她的名字——我怎么也想不起来她的名字来了。直到现在，我才知道我根本就没有问起她的名字。我真笨，真的。

火车起动了，女孩子尖叫起来，慢慢离我远去。我跟着火车一起跑起来，我听见自己大声地喊叫："尤克里里……"

火车飞快地向前跑着，吱吱的声音掩盖了我的呼喊。

缺 氧

张明平时很少看电视，由于今天晚上下班早，他就打开了破电视机，坐在板凳上欣赏起了电视。电视屏幕小，里面正播放一个女孩健身的广告，女孩子的小肚子光光的，像一个闪着亮光的电灯泡。张明一边欣赏着电视节目，一边静静地想：女人的身体不仅可以当商品，而且还可以成为商品展示的平台，据说现在抓住了女人就抓住了市场的百分之八十。张明不是很认同，可是也没有什么充足的理由去反驳这种观点。

门猛地被推开了，一阵凉风吹了进来。老婆吴梅回来了，一下子挡住了他的视线，电视中那个光光的小肚子不见了，他的视线里进入了一个胖嘟嘟的身影，好像是一个成熟的南瓜。老婆吴梅气呼呼站在他面前说：“店里又不让我干了，老娘正好不想干，不就是迟到五分钟吗？”她一屁股坐在了破沙发上，准确地说是陷入了破沙发中。也就是从那一刻开始，她的屁股就在这里生了根，破沙发成了她的专属区。

自从两个月前被学校食堂解雇后，老婆吴梅就四处换工作，可是她干不多久就会换掉。老婆原本在一所小学的食堂找了份打扫卫生的工作，这是他通过那所学校的副校长才弄到的，那个副校长是他的同学，大学时候他们都喜欢写诗，都喜欢海子。虽然说在食堂里干活又脏又累，传出去名声不好，可是学校一天三顿管饭，这样算下来一个月可以省下不少钱。谁让老婆没知识没文化呢？否则把她安排在小学当个老师多好啊！可她什么也不会，只能干点苦力了。都怪那个诗人同学突然间辞职，说什么去南方下海去了，这下可好了，吴梅在学校彻底没了依靠，第二天食堂主任就说人员太多，用不了那么多人，吴梅就这样回了家。张明又托关系让她去了一个远房的老表家干活，老表家开了粮油批发店，天天忙得很，生意可好了，工资也不少给，可她嫌是力气活，太累，没干一个月就跑回家了。张明没办法，又帮她找了个服装店，工资还不错，可才刚过半个月，她怎么又回来了呢？

“总会有办法的。”张明说些积极鼓励的话。不过说实话，他的内心也充满着莫名的担心，或者无奈。其实，他本来想说活人总不能让尿憋死，可是话到嘴边又咽了下去。他看着老婆，老婆拿起桌上的一根地黄瓜，用手搓了几下，咬了一口，停住了。“你买的？”老婆问他。

“在单位里摘的。”其实张明没说实话，但他喜欢自己内心飘飘然的感觉，在老婆面前依然如此，不知道这是什么心理在作怪。单位有一片空地，看门师傅撒下一把地黄瓜种子，平时浇点水，这个季节倒结了不少。上午，看门的师傅给局长摘了满满的一袋子，局长让张明也拿几个，张明本不想要，既然局长都这样说了，他就随手捡了几个拿回了家。

“你准备咋办啊？哪有不累的活呢？”张明望着老婆，老婆仍然在吃地黄瓜。停了一会儿，他的眼光又转向了电视。

他们想讨论些什么，可张明总找不到合适的话题，他想，就算现在有话说，可以免除现在尴尬的气氛，可明天呢？今后怎么办？幸好没多久吴梅就打起了呼噜，躺在破沙发上睡着了。张明也感觉有点困了，他想叫醒吴梅，走到了跟前，可手一伸就停住了。

他一个人回到了房间，关上房门，静静地躺在床上。突然，他感觉床很大，很软，就像草原一样广阔，就像草儿一样柔软，他把蜷得像狗一样的身子散开，舒展起来，眼睛盯着天花板墙角处的蜘蛛网，心变得敞亮起来。自从认识了单位的女大学生之后，他不知道和老婆有多长时间没睡在一张床上了，一个月，两个月，还是更长呢？如果屋子里睡的是女大学生，而不是吴梅，那该有多好啊，自己又该是多么幸福呢。他想着女大学生绵柔的声音，可人的眼神，像成熟的草莓一般炸裂的小嘴唇，迷迷糊糊地睡着了。

第二天，吴梅没有出去，只是在家里看电视，张明也没说什么。第三天，吴梅出去找工作了，她到了立交桥下，一堆一堆的人，可是不管是她曾经干过的食堂和服装行业，还是别的什么行业，她突然发现什么都干不了，不是嫌活太重太累，就是嫌人家管得太死，要么就是给的钱太少。她回到家见到张明，夸张地挥舞着双手解释道："天底下穷人多了真不是啥好事，你没有见过有多少人在抢一个饭碗？有的还要求高中毕业……"她拿起吃剩的几根地黄瓜，吧唧吧唧地啃起来。

张明说："现在高中生满大街都是，你有时间也学习点知识，长长见识，要不然找个工作太难了。"

"我以后再也不出去找工作丢人了，你再给我找一个轻松点的。"她一屁股坐在了破沙发上，破沙发上有了一个深深的窝子，她开始看起了电视。电视里的影像晃动了一下，一条白色的横线从下向上闪动着，接着传来一阵刺耳的声音，满屏都是雪花。她赶紧拍了一下电视，见没有反应，又拍了一下，还是没有影像。

“有影没有？”她又出去转动了几圈天线，大声地喊着。电视晃动了几下，终于有了影像，声音也有了。

张明终于明白了一件事，老婆失去了赖以生存的工作，可她却找到了那个温柔的破沙发，找到了播放个没完没了的电视。他有点无奈，谁让自己家里穷，娶了根本不知道爱为何物的吴梅呢？不知从什么时候起，他感觉和吴梅睡一起是多余的了，抱着她甚至有点尴尬。他总是哀叹自己的命运可怜，今后怎么办呢？怎么办？如果这样生活一辈子，生活太悲惨了吧。

张明小时候家里穷，他爹无钱供他读书，但村支书是个伯乐，看这孩子争气，成绩好，肯上进，就供他读了高中，后来又读了个大专。事实证明，支书确实有眼光，因为他为自己的闺女找了个好归宿。大学毕业后，张明分配到县教育局，支书就和张明爹商量婚事，让张明娶吴梅。最初，张明死活都不愿意，他可是将军寺村走出来的第一个大学生，可是爹不同意了。爹生气地说：“爹一个人没本事供你上学，你花了人家的钱，就要听人家的安排，你的良心不是让狗吃了吧？要知恩图报。”这是什么思想呢？现在想想，张明仍然想不通，可胳膊哪能拧过大腿。无奈之下，张明娶了吴梅，婚后两人来到了城市，没钱买房子，就租了房子生活在一起。张明的事业还算不错，虽然才三年多一点，凭借他的才华，在教育局很快站稳了脚跟，找到了依靠，至少他自己这样觉得。新上任的局长对他很器重，尤其是看重他写的材料。他想，日子会慢慢地好起来的。

地黄瓜一根根地被吃完了，可吴梅还在破沙发上看电视。有一天张明晚上加完班回家，肚子饿了，想吃饭，可厨房里什么也没有。张明看见吴梅仍然在看电视，眼睛被电视深深地吸住了，他终于有点看不下去了，大声地说：“饭都没做？你在家干啥呢？”

“饭好做，水烧开，下点米不就行了？我可不是来伺候你的……”吴梅的屁股仍然没有离开破沙发，她的嘴巴说话很快，声音破锣般地响着。

“你没做饭还有理了？我在外像个孙子一样挣钱，你在家饭都不做，想干啥啊？”张明恼了，心里很烦躁。

吴梅不依了，空气马上紧张起来。她嘟囔着：“你这么大声干吗啊？老娘不聋，听得见。你别忘恩负义，嫌弃这嫌弃那……你在外面受了气，有本事在外面多挣点钱，别在家逞威风，老娘可不吃你那一套。”

张明不想跟她吵，感到肚子饿了。现在他心里充满了恨，可到底恨谁呢？恨什么呢？他不知道该不该恨自己，该不该恨自己的大男子主义，该不该恨自己没有骨气。他长叹了一口气。不知道为什么，他只是淡淡地说了一句：“工作……”

“我不去找工作，再也不去找了，我都快气死了。别忘了，你是咋上大学的！你一个大老爷们在外工作，难道就吃亏了吗？养老婆不应该吗？你还想养谁啊？”老婆吴梅提高了嗓门，声音明显地大了。张明听着，他的耳膜有点嗡嗡发响了，心里感觉像做错了什么事似的，内心一阵愧疚。他这辈子就怕欠别人东西，这下可好，他欠了村支书一辈子的感情债，看样子这辈子是还不清了。他感到饿意全无，一个人默默地回到房间，回到了那张松软的大床。

张明发现吴梅最终断了外出找工作的念头，他慢慢意识到情况有点不正常，可是他又无能为力，想改变什么，却感到心有余而力不足，生活中太多的事情都不顺他的意。当他一个人无事的时候，他的内心暗自庆幸自己有一份还算体面的工作，但他不知道今后会怎么样。教育局还算不错，平时事情不是太多，他的工作也比较轻松，就是写写材料，传达传达信息，有时候随领导外出去检查一下。在单位，他不喜欢与亲近金钱或权力的人聊天，他感觉那样太俗。其实，他也想得到金钱或权力，也喜欢被别人捧在天上的感觉，可他是农村来的，感觉比别人低一等，他不愿意去拍马屁巴结人——其实也不知道怎么去巴结人。

张明也有喜欢聊天的对象，那就是刚分配到单位的女大学生贾丽秋。她总是活泼开朗，热情奔放，神采飞扬，透着青春的活力。说话时，贾丽秋的嘴角向右腮轻微晃动，浅浅的酒窝显露出来，声音像一条潺潺流动的溪流，张明心中称之为美。张明聊天有深度，有思想，两人谈文学，谈人生，聊得非常投机，他记住了女大学生忧郁的大眼睛。张明最佩服贾丽秋的人格魅力，她在默默地改变着办公室。自从贾丽秋进入办公室工作以来，同事们也开始喜欢看书，不知道是不是真看，反正大家都拿着书在读，谈话的内容也不再是家长里短，婆婆的是是非非。有一次，竟然也开始谈论一些高雅的问题，例如林黛玉的哭其实也是一种自我的嘲笑。张明有种怪怪的感觉。

女大学生贾丽秋私下打听过张明的事情，也了解了他的婚姻，她虽然充满了困惑，但并没表露出什么，也没有问过张明什么，她把自己的情感都埋在心底了。不过，当得知张明还写诗时，她内心充满了阳光，两人经常聊生活，聊诗人，聊徐志摩、顾城和海子……贾丽秋最喜欢张明的一段谈话就是："徐志摩就是追求精神而死的，他不喜欢'父母之命，媒妁之言'下的张幼仪，他要追求爱情的自由与独立。与不喜欢的人生活在一起，那才真是可怕呢！行尸走肉般生活，肉体活着，精神已死，那是一个悲剧，而死恰恰成就了诗人，他完成了超越。"张明说话的时候，心想，这观点也不一定正确，可贾丽秋怎么没有反驳意见呢？这可不像平时的贾丽秋。他看了一眼贾丽秋，她正托着腮望着他呢，他的内心瞬间充满了一种救赎，至于救赎以前的自我，还是现在的自我，他自己也说不明白。尽管他装作云淡风轻的样子，可他的心早随贾丽秋的眼神飘来飘去，不知到哪儿去了。

贾丽秋静静地听着，扑闪扑闪的大眼睛望着张明，张明心里有一层柔波在晃动。贾丽秋非常认同张明的话，她说身边就有那样的真实事件——她大伯与大娘的爱情。说着，她就讲起了大伯和大娘生活的点点滴滴。她说："大伯虽在农村长大，但他有知识有文化，可大娘没上过几天学，不过人长得很耐看。由于两家是世交，关系不错，最后在父母的撮合下两人成了家。大娘除了给大伯生孩子做饭，别的什么也不会。大伯后来当了领导，大娘则学会了花钱，尽管他们生活在一个屋子里，但没在同一张餐桌上吃过一次饭。"她叹了一口气，看着张明，不说话了。

张明听着听着，发现贾丽秋好像在说自己，他的脸也开始有点发烫。他抬起头，看见了贾丽秋忽闪忽闪的大眼睛，她脸上怎么飘起了苹果红？那双大眼睛怎么一直在戳他的心呢？从此，他再也不敢与女大学生聊爱情了，对于他，对于一个缺乏爱情的人来说，他还有什么资格谈论爱情呢？

那天晚上，张明回到家，老婆吴梅仍仰面躺在破沙发上，电视的声音还在响着。她光着脚，脚丫子搭在破沙发上，一动也不动，散发着一股臭味。她可能睡着了，也可能没有睡着，只不过是她看见他回来故意不想打招呼而已，不过那些都无所谓了。张明还没有吃饭，走进厨房看看有没有吃的东西。水龙头的水一滴一滴地滴在洗菜盆里，盆里的碗还没有刷，上面漂起厚厚的一层油。蒜杵臼泡在水中，老婆喜欢吃蒜，死蒜味真难闻，他有点想吐。锅里还有点凉面条汤，是他中午做饭时剩下的，看样子没做饭。他拧紧水龙头，走了出来。

张明一个人静下来的时候，他想起自己的老婆，就感到后怕，以后生活真是这样子吗？如果一辈子没有共同语言，生活还有意义吗？他一想到“意义”两个字，就陷入了另一种深思中。“唉，人生，人生啊；命运，命运啊……”他在内心中大喊道。他一遍遍地扫视着这个出租屋，屋子里都是些破旧的家具，还好有沙发、电视、柜子，尽管都旧了点，可租金便宜啊。何时能买个属于自己的房子呢？哪怕是两居室的也好啊。猛然间，他发现客厅里鱼缸有了变化，里面的鱼看样子快要死了，直到这时，他冲着吴梅大喊起来：“鱼，鱼咋死了？”

“咦！鱼……咋死了？”吴梅一下子坐起来，然后又站了起来，她好像根本就没睡觉。电视机还在呜拉呜拉地响着。

吴梅没有穿鞋，她光着脚走到电视前，把电视声音减小，嘴里不停地嘟囔着说：“我昨天才换的水啊，换的是清水，我都记着换水哩。”她说着说着，发现电视的声音仍然大，转过身子，直接把电视关了。她清楚地记得娘说过的话，要看好张明这个人，看好他的书，看好他的鱼，别的什么也不要想，他不会赶走你。张明这个大活人嘛，她当然要看好，书和鱼，是他的爱好，她不喜欢，但也不厌恶，她越来越感觉到娘说得有道理。可是，好端端的鱼咋突然死了呢？

鱼缸里，一条鱼翻起了白肚皮，可它还有那么一点力气，挣扎着摆正身子，水波晃动着，可是鱼肚依然朝上，无力地鼓动着腮，也许一会儿鱼就要死了。平时，张明也没有特别的嗜好，除了看书，就是养鱼，他喜欢鱼的快乐，喜欢鱼与水的世界，有时候他盯着鱼，差不多要一个小时。他盯着那些游泳的鱼，也想变成一条鱼，在水里寻找一处寂静自由的世界，可是鱼的世界是河，是海，这鱼在这么小的空间内，也不会自由吧，是不是也缺少点什么呢？他一直想要买个大鱼缸，给鱼换个大空间，可是哪有钱呢？这个鱼缸也是省钱买的。

也许鱼在小鱼缸里憋得太久了，待闷了，缺氧了，就要死了。他看着鱼儿那双圆圆的眼睛竟然还睁着，他想找到凶手，可他清楚地知道自己才是罪魁祸首，怨不得别人。

吴梅向鱼缸走去，张明一下子夹在她与鱼缸中间。吴梅侧了一下身子，绕过去张明，走到了鱼缸前，她开始对着鱼儿“嘘嘘”了两声，鱼儿仍然还是肚子朝上，她直接把手放进去，抓住鱼，鱼儿扭了两下，慢慢地不动了，鱼儿到底还是死了。

吴梅把鱼扔到鱼缸里，低着头，看见水泥地上有一个早晨吃饭掉下的菜根，她一脚一脚地往前踢，踢到墙角边，可菜根待在那里没动。她又猛然踢了一下，菜根一下子飞出去，竟然贴在墙上了，然后又顺着墙滑下来。她低下头，像做错了什么，不说话了。张明脸色很不好看，本来要发脾气，也有很多话要说，可他闭上了嘴，一句话也没有说。

屋子里死一般宁静。

也许吴梅意识到鱼的死和她有关系，而且是很大的关系，莫非张明怀疑是她干的，要不然张明怎么不多说一句话？张明直勾勾地盯住她，他的眼白要把她吃掉一样。吴梅竟开始嘤嘤地哭了，胸脯一颤一颤，然后声音大起来，眼泪也哗哗地往下流，看得出她很伤心痛苦，也许委屈。

“得买个大鱼缸，不能让剩下的这几条鱼也死掉。”不知过了多久，张明说话了。他一说话，吴梅的哭声明显小了许多。

“是啊，要买个鱼缸，可是我工作都丢了，哪有钱啊？”吴梅没有直接反对，可也表达出了自己的顾虑，她开始慢慢地擦眼泪了。

“你要先找个工作，明天你还要去城东的立交桥碰运气。”张明又让吴梅去找工作。

吴梅没有说话，没说同意，也没说不同意。她的肩膀一耸一耸的，头低着，手不住地在脸上擦着。张明知道吴梅在哭，心里乱糟糟的，一动也不动地盯住鱼缸。说实话，他应该劝一下或安慰下，哪怕说声“别哭了”也行，可不知为什么他没有说——懒得说，这让吴梅的眼泪至少多流了十分钟。

过了一会儿，吴梅突然停止了哭声，也许哭累了，也许眼泪把痛苦带走了，反正她不再哭泣，但脸铁青着，很难看。吴梅没说话，猛地抬起头，张明看她的眼睛湿湿的。吴梅轻轻地说：“我得赶紧做饭了，你还没吃饭吧？”张明确实饿了，可是却一点食欲也没有了，肚子里满满的。他一个人走回房间，直到第二天早晨上班时才出来。

过了几天，没想到吴梅竟然带来了一个好消息。她看见张明进门，马上从破沙发上将屁股挪出来，兴奋地走到张明面前，站定了，也不说话。她掩盖不住喜悦：“你猜，我找到什么啦？你猜——”

如果贾丽秋与他这样说话，张明肯定会报之一笑，然后轻声细语回话，可这是吴梅。他不希望与妻子多说话，他们之间有种莫名的陌生感，尽管结婚几年了，心里始终疙疙瘩瘩。张明抬头望了她一眼，然后低下头淡淡地说了一声：“啥？”

吴梅高兴地对张明说：“城东有一个二手市场，里面啥东西都有……”

张明原以为她找到了工作，一听到这儿，心里凉了半截，没好气地说了一句：“有工作没？”

吴梅感到很尴尬，开始生气了：“你别指桑骂槐，别惹老娘，老娘心烦着呢……那里有家处理鱼缸，我看了，鱼缸特别大，也不是很贵，想买就买，爱去不去。”她扭过头又开始看电视，屁股又坐在破沙发里。

不过说实话，张明心里也明白，工作哪有那么好找的？没有找到工作，还是可以慢慢再去找，现在找到大鱼缸确实是件好事。不过一听到是二手市场，他心里有点不高兴了。他在机关单位上班，如果在二手市场见了熟人怎么办？别人会怎么样看待他呢？就算没见熟人，哪一天有朋友来问鱼缸的事，他该怎么回答呢？

他想起了发生在身边的一件事。十三四岁时，他在乡里上中学，爹曾经买过一个小玩具，一个电动手枪，有点破旧，玩具枪上的灯也不亮，但他开心，毕竟是电动手枪，那年头玩的人不多。他拿出来炫耀玩，却被别人嘲笑了一番，原来是那个小伙伴的玩具枪，玩够之后才扔掉了，没想到被收破烂的大爷捡走了，爹看着便宜又从收破烂的大爷手中买回来。张明像被人脱光了衣服，感觉很丢人，内心之中不知有多恨爹。还不如不买，没钱就别买，买个二手的玩具，自己今后怎么在同学面前抬头啊？他一点也没有记起爹对他的好。

这时，门却突然间响了，轻轻地，有人在敲门。张明在城里没什么熟人，他想，会是谁呢？他打开门一看，原来是爹。张明赶紧把爹让进屋子，让爹坐下。吴梅也笑着问："爹，还没吃吧，我这就做饭去。"

"孩子，我吃过了，别忙活了。"爹说，"我来县城卖菜，给你们也带了些。"爹说着把竹篮里的番茄、黄瓜和豆角拿出来，红红的番茄，嫩绿的黄瓜，长长的豆角，摆满了桌子。张明自小就喜欢吃番茄，可参加工作后吃得却不多。不一会儿，爹一口水还没喝，就说要走。爹说："家里的豆角该摘了，我还要早点回到将军寺，明天还要到集上去卖。"任凭张明怎么挽留，爹就是不愿意多坐一会儿。临走的时候，爹从兜里掏出一把钱，有十元，也有一元和二元的钱。张明说："爹，您没有挣钱的路，我们哪能要您的钱？我们钱够花的。"爹把钱交给了吴梅，吴梅嘴里说不要，可还是伸手接住，装进了裤兜里。

爹基本上一个月来一次，后来张明想明白了，自己很少主动回老家将军寺看爹，爹如果再不来，他咋知道儿子在城里过得好不好？爹每次来送番茄，就看孩子一眼，他希望孩子在城里过得幸福啊。爹走后，张明感觉有点对不住爹，将军寺离县城有三十多里地呢！爹到家天会不会黑呢？他又想起了娘，娘去世得早，爹一个人在家不容易，一辈子辛辛苦苦地操碎了心，可在城里一天福也没有享过。他懂爹，有些事爹也难受，替他委屈，可又有什么办法呢？

张明想着自己上学那么多年，大本事什么也没学会，就学会爱面子了。他望着鱼缸，里面还有两条鱼儿呢，如果在狭小的空间内，会不会死呢？他仿佛看见一条条小鱼翻着鱼肚，一条条小鱼扭动身子张嘴要呼吸的情景。鱼儿要有水，要有空气，要有自由，没有了这些条件，它们活不长的。

“我要给它们一个更大的天地，更多的自由。”他自言自语。他心一横，决定去二手市场买，见了熟人也没有什么丢人的。面子到底不能当饭吃！他仿佛一下子超越了自己，他想，第二天正好是星期六，不如去二手市场转转，先买一个大鱼缸再说。二手市场会很有趣的，说不定还会有其他的收获，总比待在家里要好得多。

天很快黑透了，有点沉闷。他有了困意，可就是睡不着觉，他看到吴梅还在破沙发上躺着，她的光脚搭在破沙发上，一动也不动。他看了好久，不愿意多看一眼，可他越不想看，越看到这样的场景，以后还会这样吗？可是，吴梅与贾丽秋比起来，显得是那样苍白，那样渺小。他知道自己不该这样评价吴梅，毕竟是自己的结发之妻啊！他突然想到，他们夫妻之间交流最多的语言竟是沉默，回到家里没有一点温暖，竟然成了一种痛苦，非常不轻松。他越来越认不清自己了！以前虽不与吴梅交流，可至少也能坐在书桌前静静地看会儿书，写写诗，舞文弄墨，可他书里的书签已经好久没动了。现在，他即将而立之年，一想到爹的期待，他内心充满了怜悯、歉疚，平淡的日子不好吗？平常的生活不好吗？他身上承担的还有一种责任——对，对妻子的责任，吴梅毕竟是他的妻子。玫瑰花很艳丽，但并不一定要摘，花会刺手，时间长了还会凋谢。他不想让爹闹心，更不想让爹伤心。人真是奇怪得很，你若是老想着一个东西，心里怎么也舒坦不起来，天天缺少愉快的心情，一旦把这种东西放下了，念头没有了，心却轻松了，难道这就是“无欲则刚”吗？

张明一个人静静地来到了阳台，试着将视线转移到窗外的夜空。屋外突然起风了，黑黑的云压下来，仿佛一伸手就能抓到。天气预报好久没这么准了，预报说夜里会下雨。“咔嚓”一声，夜空中打起了响雷，闪电如一条条长蛇一般划过苍穹，黑夜里炸裂出一朵朵花瓣，然后零落不见了。不一会儿，豆粒般大的雨点啪嗒啪嗒地落下来。

张明伸出手想去接这些自由的精灵，雨水从天空中飘飘而下，很快流过他的指缝，流向了地上，他两手空空，只是感到手有点湿，身体也变得凉快起来。张明不禁大声地喊了起来：“下雨了，凉快，下大雨了，真凉快。”他内心浮现了贾丽秋的影子，想起了前几天在单位和贾丽秋的谈话，很短，却很有深意。

“有个叫海子的诗人死了十年了。”那天，贾丽秋在报纸上看到了纪念海子去世十周年的消息，告诉了他。张明想说什么，可他还没说话，贾丽秋又说了一句话，他记得很清楚。

“诗人没有爱情，就会因缺氧而死的。”贾丽秋说完，转身走了，留给张明一个长长的背影。

浪花一朵朵

贾丽秋在县城的一家公司上班，公司说不上大，不过是六七十个人，可事情一点也不少。公司规定每月只能调休四天，超过天数要扣钱，一般而言多是周六周日调休，当然还得提前向领导请假。可这周不行了，星期日公司有个重要接待不能休息，她只有周六休息了。星期五她就硬着头皮向领导请假，还特别强调工作已经完成，只请周六一下午的假。她要回老家看儿子，每周一次，不管时间是长还是短。没想到领导竟然同意了，这多少让她有点意外。

这几年不论闹钟响不响，一到六点半贾丽秋就准时醒来。早饭嘛，当然大米稀饭，这是她节省时间摸索出来的，如果时间充足点就打稀饭；时间不充足，就烧大米茶。她在锅里面放些大米，拧开电磁炉，放两三个馒头，锅咕嘟咕嘟煮起来。与此同时，她自己开始洗脸，刷牙，梳头，抹脸，一点时间也不敢耽搁。差不多刚梳好头抹好脸，大米汤就烧滚了，她又开始和稀饭，喊丈夫吴亮起床。接着，她打开煤气灶，倒上点油，炒两个鸡蛋。她一边忙活着，一边不停地嘟囔："这一年到头，啥时候是个头？"

贾丽秋只不过是发发牢骚，嘟囔归嘟囔，可她要抓紧时间，她早就习惯什么时间做什么事，与结婚前磨磨叽叽做事的风格明显不一样。如果稍有耽误的话，就不能及时赶上公司七点五十指纹签到，迟到的话要被公司扣除五十元。婚后这几年，她早被工作黏住了，自己也不知道什么时候变了，竟然喜欢上了工作，这在以前是不可想象的——其实，她心里也明白，不喜欢又有什么办法呢？

吴亮先把昨天买好的礼品放进车后备厢里，匆匆地咬了几口馒头，喝了几口大米汤，一看表快七点二十了，他赶紧换上西服，穿得好看些回家也有面子。这西服是昨晚上媳妇专门从柜子底下扒出来的，扒了好长时间，他只结婚时穿过一次，当时穿着还有点大，这之后就放在柜底了。扣了几次，扣子还没有扣上。时光真可怕，这才几年，腰变粗了，肚子也变大了。

贾丽秋今天不用骑电动车，吴亮借了一辆二手车可以送她，下班后两人一起直接回老家。坐在二手车里，她看着大街上骑车上班的人满脸疲惫的表情，她突然很满足，或者说有些幸福。公司在县城的大西北角，而他们租的房子却在县城的大东南角，在这条对角线上，贾丽秋每天要跨越整个县城。想着天天骑着电动车穿越县城，无论刮风下雨，一次都没迟到过，她还真挺佩服自己的。其实她也想找个近的地方住，为此两人还生过气，可租金要贵近一千多元，这是吴亮大半个月的工资了。她舍不得花这个钱，认为这是一种浪费。

吴亮在一所高中担任语文教师，但学校要求星期天补课，说实话他最讨厌星期天补课，他当然想放松休息一下，宁愿这几十块钱不挣。他只得把周日上午的课调到周六，下午本来就休息，学生出去买买东西。平时他上课时激情四射，与学生互动性极强，可今天却没有心情讲课，他让学生闷闷地做练习题上自习，背着手无聊地在教室转来转去。现在他最挂念的，是赶紧回到老家看儿子。

儿子两岁了，随爷爷奶奶回老家一个多月了。吴亮和贾丽秋平时都忙着上班，哪有时间照看孩子。本来娘来县城里带孩子，可最近吴亮奶奶的腿摔断了，娘要回老家照顾奶奶，只好把孩子带回老家了。其实，怎么说呢，在出租房里住条件也不怎么好，房子太潮湿，孩子都起了湿疹，脸上的疤痕一直消不下去。孩子在老家时间长了，贾丽秋就特别想孩子，一有时间就往老家赶。

中午一放学，吴亮就开车去接媳妇贾丽秋，他不好意思将车直接停在公司门口，毕竟是二手车，他就在门口远远地停下了。贾丽秋从公司出来了，看着不知何时已经变得臃肿的她，吴亮心里又一阵阵酸楚。贾丽秋是老乡张明介绍的，刚认识的时候贾丽秋身材苗条，漂亮着呢，听说好几个男孩子都追求她。张明和吴亮都是将军寺村人，而且都在县城工作，他们是老乡，走动得也较多，张明一直在暗中牵线搭桥帮吴亮。最初他不明白怎么回事，后来知道了其中的一些原因，竟然是张明和贾丽秋之间的关系有点暧昧，不过张明已经结婚，他不可能离婚娶贾丽秋。

对于这件事，怎么说呢，刚开始吴亮还是有点介意的，心里总感觉别扭，疙疙瘩瘩的，不过后来他想明白了，也不在乎了，谁没有个过去呢？吴亮和贾丽秋在张明的安排下见了面，和贾丽秋聊得很投机。吴亮喜欢写诗，他给贾丽秋悄悄写过几首情诗，让她很感动。贾丽秋说，与吴亮在一起踏实，有时候又不缺少浪漫，吴亮最终获取了贾丽秋的芳心。张明认贾丽秋当了个妹妹，算是内心的一种补偿。尽管如此，贾丽秋天天在教育局与张明见面时特别尴尬，心里不舒服，她一狠心，就辞职进入了一家私营企业，半年后贾丽秋和吴亮结了婚。结婚后她慢慢地习惯了生活，处处表现出自己要强的一面，没日没夜地拼命工作，在生活的磨砺下，一点也看不出她曾经的诗人气质了。吴亮的写作爱好也渐渐地失去，每天一到点就推起电动车上班教学，下了班骑着电动车赶紧回家做饭，日复一日，年复一年。

吴亮开着二手车快到将军寺村的时候，他有点不敢进村子了，怕见到村里认识他的人，又怕见不到村里认识他的人，很矛盾。其实这几年，将军寺村里大部分人外出打工了，多是老年人在家照顾着孩子，可他心里还是有点胆怯。以前上学的时候，吴亮成绩很好，村里人都把他当作学习的榜样，可大学毕业后却只在县城当了个老师，最重要的是他挣不了几个钱，比起在外打工的少得可怜。将军寺村里的人以挣钱多少、当官大小来衡量一个人有多大本事，才不管你是不是大学生呢！那只不过是一个符号罢了。他挣钱不多，也没有当官，就是一个本本分分的老师。吴亮是个要面子的人，他感觉不好意思见村里的人。

儿子正在院子里追着老公鸡跑着玩，吴亮大声地喊着他："宝贝，宝贝。"儿子看着他们，什么也不说，站住了，想走，却没动，依然站在那里，贾丽秋一把抱起了儿子，眼里闪出了泪花。吴亮心里突然有点可怜儿子了，这么小的年纪就让他承受了那么多的离别和孤独，失去了多少与父母相处的美好时光！他不由得一阵心疼。

吴亮把买的烧饼和水煎包带过来，奶奶年龄大了，戴着假牙，他没有忘记奶奶就喜欢白开水泡烧饼，还有水煎包。正说着话，邻居秋爷来了，秋爷在村里辈分长，但年龄与爹差不多。他抱来一个大绿皮西瓜对吴亮说："来，尝尝自家地里种的瓜。"贾丽秋把一双鞋子给奶奶，奶奶一试脚，刚合适，奶奶脸上露出笑容。吴亮看见赶紧掏出烟，对秋爷说："来，爷，抽根烟。"秋爷接过来，看了一眼，感觉烟还不赖，就放进嘴里，对奶奶说："啥叫享福？这才叫享福，孙子孙媳妇都记着。"奶奶笑了。吴亮给秋爷点上烟，那烟二十块一盒，是回来之前专门花钱买的，如果在老家你见人不散烟，别人背后骂你大样，狗屁不懂，不搭理你。

贾丽秋抱着儿子进屋了，那只老公鸡也想跟着儿子一起进来，婆婆两只手一扬，做了个吓鸡的动作："去，去。"老公鸡叫了一声，跑得远远的。

爹、秋爷和吴亮在屋里都坐下。爹说："你秋爷这几年发了，没少进钱，两个儿子一个闺女都在南方打工，一个人能挣六七千,一个月能进小两万呢。"

吴亮清楚地记得，秋爷的大儿子与自己的年龄一样，好像自己在正月，他的儿子在八月，不过他的孩子已经六七岁，上小学一年级了。吴亮大学毕业时都二十四岁了，工作了几年才结婚，所以现在孩子才两岁。秋爷的儿子初中辍学后就去南方打工，要是论挣钱，大学生吴亮跟秋爷的儿子差远了，他能顶两个半吴亮，别看他只是个初中生。

"在城里不比在家里，你刚工作，用钱时说一声。"秋爷吸着烟对吴亮说。虽然是客气话，可吴亮听着心里暖暖的。

儿子和媳妇都回来了，娘心里高兴，她杀了那只老公鸡，害得孙子哭了好长时间。孙子哭着要老公鸡，在家的这段时间他最喜欢追着老公鸡玩。

吃过午饭没过一会儿，吴亮与贾丽秋就要回县城，他们商量着，孩子还得放在家里，回到县城没人照护。贾丽秋抱着孩子哄着睡，等孩子睡着之后，他俩才悄悄地走出家门。娘早已将摘好的一把菜叶子装进一个化肥袋子，放入车的后备厢中。吴亮说："娘，这东西用不着，城里卖的有，多得是，也不贵，带着还麻烦。”可娘还是坚持放入了车后备厢中。

吴亮赶紧开着车走了，刚走到半路，娘打电话说：“孩子醒了，哭了找妈妈。”贾丽秋听了，眼泪不争气，流了下来，她用手揉了揉眼睛。路上，贾丽秋不停地絮叨：“说啥咱也要买房子，把孩子接回来，你看这都受的是啥罪。”

“最近有几个楼盘都要开盘，有时间去看一下。”吴亮说。

贾丽秋生气了：“钱呢？你就不会多挣俩钱……看见你就烦。”

吴亮没接话，如果他一接话肯定要吵起来。每当这个时候，他都要憋住，感觉自己特别对不起媳妇，谁让钱袋子鼓不起来呢？他终于明白“人穷志短”这几个字的意思了！

开车就是快，不到一个小时就回到了县城。到出租房小区门口时，看门的大爷说：“院子里不让停车，你说，把下水道上的板压碎了咋办？”

“下水道压坏了还得了，这说明该修了。”吴亮心里很生气。走到哪里都要受气，天下真没穷人过的日子。

“你说得倒轻巧，谁都知道下水道坏了要修，可是谁交钱啊？你不知道吗？三年前有人开车压坏了一块，一直没人修，最后还是我自个儿掏腰包修的，以后车子都不让开进小区里了。”

吴亮连动都没动，心里在生闷气。看门的大爷看他没挪车的意思，又继续淡淡地说了一句：“把车停在马路边，那地方宽敞。”

吴亮又把车从小区里倒出来，差点儿撞到墙上，好不容易把车停在马路边，提起那袋子黄瓜、番茄往出租房里走。他心想，妈的，这也太欺负人了吧！人在屋檐下，不得不低头。他很生气，却又气不起来，气谁呢？气来气去还是气自己。

媳妇贾丽秋老家里来人了。那天中午回家时，大老远他就听见家里传过来哈哈大笑的声音，他一进门发现屋里烟雾缭绕，仔细一看，原来是贾丽秋的老家人。平时吴亮不抽烟，他赶紧翻出放在柜子中的烟，翻了好长时间才找到，他挨个让了一遍，客气地问："怎么过来的啊？"

"开车来的。在家没事了，来县城玩玩，就想起了妹妹在这里住，就看看你们，不打扰吧？"那是贾丽秋同村的一个远门大哥。

"这是哪里的话，高兴还来不及呢，来了就在城里玩两天。"

"我带来了家里的红薯片，你们尝尝，自家种的。"那个远门大哥说着，指了指放在客厅角的一个化肥袋子。

"你看，来就来了，还带啥东西？家里啥也不缺，人来了我们高兴。"他倒了几杯茶水，接着说，"来，喝点水。"

每次贾丽秋老家来人，吴亮都要热情招待。这与自己老家人还不一样，因为这牵涉到媳妇的面子。你想啊，娘家人大老远来到你家看你，那是给你面子，你要是怠慢招待不周，等你过年到娘家走亲戚，娘家人的唾沫星子能淹死你，还到处说这个女婿怎么怎么抠门。所以，媳妇老家的人一来，他都要管吃管住，格外热情，像伺候天王老子一样。

如今，县城成了旅游景点，吴亮两口子还要给这些娘家人管旅游。可是说实话，吴亮家里的情况不比有钱人家，老家人偶尔来一次还行，花个二三百的可以吃得消，搁在谁身上也不是事，两人的工资一个月就那么点，一花一千多，就有点吃不消了，有时老家人隔三岔五地来县城……吴亮也是要面子的人，死要面子活受罪，打肿脸充胖子，谁让他是个男人呢？他不能让人瞧不起，不能怠慢，每次媳妇的老家人一来，他都坚持去大饭店吃饭。

晚上，老家人没回去，五个人住在家里肯定不行，家里也没地方住。吴亮把他们安排进宾馆，非常热情大方，让人丝毫看不出来难为情，又花了三百多块。晚饭吴亮又买了两瓶白酒，也不是贵的，贵的不敢买，又花了三百多，加上吃饭四百多，一下子千把块钱出去了。但是，吴亮看到娘家人浮现的笑容，也不说啥了。

次日上午，吴亮又向单位请了假，花了一百元买了张船票，陪他们在湖里划船赏荷花，中午在饭店又大吃一顿。点菜时，先让娘家人点，娘家人摇头不点，说："过去饭食就行了。"吴亮知道那都是客气话，他心里很矛盾，如果点的都是素菜，娘家人看不起；如果点的都是肉菜，贵，心里难受。他叫来服务员故意大声问："有啥特色菜？"然后自己拿着菜单，挑了一些贵点的菜，鸡鸭鹅一样不少，加上牛肉、羊排、鲈鱼和大闸蟹等，也不管大家爱吃不爱吃，说话时声音大大的。媳妇用眼睛偷偷扫了吴亮几眼，吴亮视而不见。娘家人说："别点了，多了也浪费。"

菜慢慢上来了，满满的一大桌子，确实有点多了，吃也吃不完。酒过三巡，每个人脸上喝得红扑扑的，看得出都很开心。娘家人跷起大拇指说："妹夫，你在城里混得不错，是个有能耐的人，妹妹嫁给你算是嫁对了。"这一听就是恭维的话。吴亮举杯，笑着说："到城里来一定要给我打个电话，不打电话那是看不起我。咱好的没有，管饱是一定的。"几个人的酒杯又咣当一声碰在一起。吃完饭，娘家人看着几盘子菜没动，说："这么多东西没吃，浪费了，打包带回去吧！"贾丽秋本想站起来打包，吴亮说："不用了，带回家也没人吃！"贾丽秋的笑容瞬间没了，狠狠地瞪了吴亮一眼。

娘家人开着车要走了，吴亮还装出一副恋恋不舍要挽留的样子："别走了，再玩两天！"娘家人笑着说："家里还有活儿要干呢！"

客走主安。晚上睡觉时，他突然间松了一口气，感觉肩上轻了不少，床宽了也温暖了。贾丽秋算了算这两天吃喝住玩的费用，一下子花了两千多块。家里又过了好长一段紧巴巴的日子，吴亮心里难受，可也没说出来，说有什么用呢？都怪自己没本事挣大钱。

母子连心。贾丽秋想儿子了，正好婆婆打电话说："孩子想妈妈了，星期三来县城。"吴亮本来计划回老家去接，可由于贾丽秋娘家人来的那天已经请了一天假，就没好意思请，请假多了领导会烦的！吴亮没回去接娘，只好让娘带着孩子坐城乡公交车来。吴亮到了六点才回到家，累得像瘫了一样，但看见娘抱着儿子回来了，心里很开心，躺在床上与儿子玩。

吴亮对贾丽秋说："今天去街上吃饭吧，好久没有跟娘一起吃饭了。"这话不知怎么被娘听见了，娘坚决说："在家吃就行，我给你们做饭，打个稀饭，咱才不花那个冤枉钱哩！"吴亮突然感觉自己好穷，娘舍不得出去吃饭，她的意思很简单，那是给儿子省钱，可怜孩子呢！娘为儿子操心，又为孙子操心，还考虑为孩子节省，想来想去，吴亮心里不好受，憋得慌。他长叹一声："唉！"一个大老爷们，总感觉抬不直腰杆子。

娘和贾丽秋在厨房忙活着做饭，叮叮当当的声音响起来，两人说着笑着，吴亮没事做，就逗儿子玩。这时，门突然"砰砰砰"地响了起来。吴亮打开门，原来是房东张大娘又来收房租了。离交房租的时间不是还有一个月吗？怎么说到就到啊！时间过得真快！吴亮清楚地记得，上次交房租的时间是国庆节的那一月，十月底，好像还在眼前。

张大娘说："打扰你们了，还得问问你们，房子还租吗？"

"租！不租提前就跟你说了！"吴亮赶紧给张大娘让座，递上了一杯水。

张大娘说："要住的话，我就给你说说价格。去年你也知道，价格不高，是四千五，不过现在都涨价了，三楼西户现在都涨了六百。说实在话，咱们处了三四年了，也都熟悉了，像亲戚一样，我咋能收那么高呢？”

其实，媳妇贾丽秋早就打听过，三楼房租才四千，涨了五百不过四千五。

“我不像他们涨六百，给你优惠一百，咱涨五百，现在收五千，取个整数。”张大娘倒大方，但语气中没有丝毫商量的意思，很坚决。

贾丽秋不依了，她有点生气地说：“以前人家要四千，你要四千五……”

“你们这样说，说真的，我就不高兴了。你们是不知道啊，我一个侄子也想住这儿，还先交五千块，看在咱们相处这么长时间的面子上，我没同意。你看看，咱这还有个小院，楼上哪一家有呢？五千块钱上哪儿能找这么好的地方啊？算算，你不亏！”张大娘有点不太高兴了。

“你看看这屋里潮得还能让人睡不？你看看这些旧家具哪一个能用？你看看这热水器上面都脱了一层皮，你看看俺孩子身上的皮肤，上面都起了湿疹了，医生说就是屋子太潮湿引起的……”贾丽秋仿佛有说不完的委屈，她说着说着，又把孩子抱了出来，让张大娘看孩子身上的湿疹。孩子“哇”的一声哭了，这不是配合。

争吵也不是办法，房子是人家的，张大娘的心情吴亮能理解，她只是想多收点钱，这当然不是吵两句就能便宜的。吴亮想到这儿，就赶紧说：“大娘，这样吧，便宜点，四千八。”

“那哪儿行？一下子便宜那么多，回家老头子也不依呀！”张大娘摇了摇头，但看了看孩子的身上，有点心软了。

“四千八吧，大娘，咱不能跟别人一样啊？这么长时间的老邻居了！”媳妇贾丽秋面带笑容说。她当然知道房子是人家的，不说点好听的软话，能行吗？

“唉，好吧，四千八就四千八吧。”张大娘终于答应了。

吴亮拿出一张纸，立了字据，上面写清楚了租期、钱数，还让张大娘按了手印，媳妇贾丽秋从里屋拿出来五千元，抽出了两张，递给了张大娘。

张大娘刚走，贾丽秋说话了：“这得买房子，这过的是啥日子啊？天天像低人一等似的，尽在这儿受别人的窝囊气……咱们星期天就看房子去！”

吴亮小声地说：“买，买……”

贾丽秋又说：“买，就知道买，钱呢？你也不好好挣钱……你别当老师了，挣几个钱啊，还操那么多心，跟我去企业做业务吧，每个月比你现在多挣两千多呢！”吴亮不是第一次听这话，他坚决地摇了摇头，也不知道在学校图的是什么，就是有点不想离开。难道是工作时间长了，有感情了？

贾丽秋说着，竟然流下了泪，还看了一眼婆婆，婆婆没说话，她能说什么呢？吴亮想想媳妇说得也对，说到底还不是他的原因，谁让他一穷二白家里没钱呢？贾丽秋抱着孩子转身进屋了，吴亮心里也不好受，他想说些什么，贾丽秋已经“咚”的一声关上了门。

吃饭的时候，吴亮叫了好长时间的门，贾丽秋才抱着孩子出来吃饭，其实她早不哭了——哭得快，停得也快，这是后来吴亮总结出来的规律。夫妻嘛！他们两个人谁也离不开谁了，有些事吵架是解决不了问题的。再说，今天娘和儿子都回来了，本来好长时间大家没见了，应该好好唠唠。不过大家吃饭时都不怎么说话，幸好有孩子，大家都逗孩子，孩子咯咯地笑了，吃饭才有了点生气。

晚上睡觉的时候，贾丽秋却小声地说：“有个楼盘要开盘了，听说价格优惠，交五千抵一万，交一万抵两万。”

“是吗？这么大的优惠，可以考虑下。”吴亮盯着贾丽秋问。

“唉！公司里好多人都有两套房子了，而咱一套还没有，这辈子嫁给你，真是亏大了。”贾丽秋说，像是很认真的样子。

吴亮当然也想拥有一套自己的房子，可是挣的钱哪够啊！他找了一个理由，而且看似很充分，他对媳妇说：“谁买房子是用自己的钱买的？谁的工资不就那么点？谁能买得起房子？不都是沾他老子的光，要么拆迁补偿的房子，要么在原有的地皮上盖的。如果在我老家，我也能盖个两层小别墅。”

声音有点大了，孩子翻了下身子，像是被什么吓着了，吴亮赶紧把声音变小。停了一会儿，吴亮叹了一口气：“要是在老家里住，那该有多好啊！老家的房子住也住不完！”

贾丽秋拍着孩子说：“别怕，别怕。”孩子睡着了，一会儿她也睡着了，吴亮慢慢进入梦乡。他明天还要五点半起床，要上语文早自习呢！

十一月初八是媳妇贾丽秋的生日，这是一个特殊的日子。记得处对象时，他们都是约好时间好好浪漫一下，送几朵鲜花，写几首小诗，然后去西餐厅一起吃饭。为了这一天，吴亮要提前准备好几天，想着法儿让对方高兴高兴。但是，这才结婚没几年，早上吃饭的时候，吴亮总想着忘记了什么事，贾丽秋一直盯着他，吴亮有点不自在。她说：“你是不是忘了什么事？”吴亮一下子想起来了：“生日快乐，孩子他妈，辛苦了！”贾丽秋说：“亏你还记得我生日！”吴亮说：“咱们今天吃顿大餐给你庆祝下。”贾丽秋不依，很认真地说：“少来了，吃个我最爱的土豆粉就行了。”吴亮眼睛有点酸，赶紧背过身去。

到了晚上，他们俩来到一家土豆粉店，抱着孩子排队等了半个小时，里面的人太多了。有位了，他们就在别人的注视中凑合着吃，别人也想坐下来吃。媳妇一边抱着孩子哄孩子，一边还劝吴亮多吃点。媳妇脸红扑扑的，出了汗，应该是热的，也许是急的。贾丽秋没嫌弃吴亮什么，他有点痛恨自己了，看着心爱的女人脸上的汗，心里一阵难受。说来说去，自己没本事。

吃完饭，他们没有直接回家，静静地走到了县城的湖堤边，吴亮抱着孩子，孩子没闹，很安静。靠着湖边，已有不少开发商建起了观景房，但价格不便宜，他俩算了一下，两个人一个月的工资还要不吃不喝，才能买一个平方米吧。每次经过这些楼房时，他们都要感叹好一阵子，何时能住上自己的房子呢？尽管湖离他家的出租房很近，不足五百米，可是，他总没闲暇时间来这里散步，不知不觉错过了太多的风景！这些年都在瞎忙活什么呢？

在他们旁边，有一对情侣坐在岸边的石凳上，两个小年轻也不怕冷。男孩子说："亲爱的，你想要啥？我都给你做到。"

女孩子撒娇地说："我想要一朵浪花。"

"我这就给你摘一朵浪花。"男孩子越过湖堤，浪花"扑扑"冲过来，男孩子忙用手捧出了一串水花，他激动地跑上岸来，跑到女孩的身边，双手紧紧靠在一起，放在女孩眼前，让女孩子看。

"让朵朵浪花别在你的长发间，陪你到天长，陪你到地久。"男孩子很有浪漫情怀。

女孩子笑了，男孩子也笑了。吴亮听见了，贾丽秋应该也听见了。

吴亮笑了，他看见贾丽秋竟然也笑了。他抱着孩子，想起了生活中的点点滴滴，向贾丽秋靠近了一点，贾丽秋没动；他又靠近一点，贾丽秋还是没动，他碰到了她的手，发现她的手竟然有点冰凉，贾丽秋想挣脱，可终究没有。他把手放在贾丽秋的脖子上，贾丽秋顺势依偎在他的身上，他们开始说话，谈论着这到来的秋天，谈论着房子，谈论着孩子，谈论着这几年发生的事……慢慢地，他们俩都不说话了，静静地站立着，看着对方日渐憔悴的脸，然后悄悄转过身，看着湖水冲击着堤岸，看着浪花四处飞溅，看着浪花一朵朵融入水中，浪花一朵朵地在湖里欢快地跳动着。

那天晚上，他做了一个很奇怪的梦，梦见自己飞了起来，向着自由的天空。朵朵浪花从很深很远的地方打过来，他气喘吁吁乘着浪花哗哗向前冲，头发都湿了，他不管这些，继续憋足劲儿向前冲，一会儿像飞到了半空，一会儿又像跌落在深谷。那片自由的天空，离他那么近，又那么远。

叔叔不见了

一

叔叔突然消失了，像云一样隐入了天空，找也找不到了。

叔叔消失的时候，夕阳比平时更血红了些，一片片晚霞洒满了天空。搁在以前，我从不注意落日和晚霞，这能有什么好看的呢？我找不到叔叔，顺着田野间的小路向前找，不住地往前走，依然没有叔叔的影子。我自觉不自觉地向西方的天空望去，夕阳在树梢上斜挂了许久，却没落下去的意思，晚霞火红火红的。以前不知听谁说过，这种情况下第二天通常会是晴天，但我怎么也弄不明白是啥原因。我心里不踏实，走路差点没摔倒，也许没看清脚下的路，也许沉浸在夕阳中的时间太久了，也许我心里一直想找叔叔太急了。

叔叔是什么时间不见了呢？我想来想去，没想出来个结果。我往前面望去，空空的，依然没有叔叔的影子，叔叔去哪里了呢？

明天叔叔就要结婚了。从下午开始，家里就忙活起来，叔叔就借个三轮车忙前忙后跑东跑西，把明天“寿头”的亲戚朋友都请过来。我坐在车里，爷爷让我去见见世面，增长些社会经验，我知道还有一个原因就是看好叔叔，别做出格的事。见到亲戚，叔叔都高兴地说，喝喜酒去，不去也得去。整整一下午，我感觉才歇了那么一小会儿，就出了这档子事。我四处看了看，用力喊了几声，叔叔，叔叔，却没人回应。我有一种不祥的预感，赶紧回家去找，前院后院仔细地找了一遍，连厕所也没放过，没见到叔叔。我又到叔叔的婚房，里面贴满了大红喜字，布满了彩带，拉花横挂在房间里。我看到一身叠得整整齐齐的新西服孤独干瘪地躺在床上，红色领带像条被轮胎碾轧过的死蛇一样，一动也不动，很无助。我想起叔叔站在阳光下仰望天空的模样，前几天专门到城里烫了头发，还专门买了副金边眼镜，泡了个温泉澡，花上上千元买了一套黑西装，帅气极了。可现在他去哪里了呢？

我认真想了想，这次出走是叔叔提前计划安排好的，也许他早就有这个心思了。我心里乱极了，爸爸早就交代，让我照看着叔叔，不能跟丢了。我一直记着这句话，但我还是没看好。丢了，这可咋办？办事不力，这少不了爸爸的一阵打骂！

发现了这个情况，还是要告诉爸爸。当时爸爸正在前院劈劈柴，他把斧头一扔，急忙跑进院子里，又到屋子里找了找，没有找见叔叔的身影，又喊了叔叔的小名，堆儿——这是叔叔的小名，快出来，也没人回答。他掏出手机赶紧打电话，电话是关机状态。在爸爸的印象中，叔叔是什么事都做得出来的，你永远不知道他下一刻要干什么。爸爸找了半天，前前后后院都找了个遍，甚至连厕所都没有放过，也没找见叔叔。长叹一声后，爸爸冷静了许多，他告诉我先不要把这个消息告诉其他人。我看见他朝外走去，走得很快，夹在耳朵上的一根烟掉在了地上，他没有捡，甚至连回头看一眼都没有，确切地说，他只顾向前走。

正像我一样一有事先去找爸爸，没想到爸爸也去找爸爸。当时，爷爷正在外面晒太阳，请的响器班子已经到了，一群人正在忙活着摆桌子、搬板凳，收拾家伙，村里人说笑着，商量着吹《百鸟朝凤》之类的曲子。爸爸说，爹，您过来，有点事。爷爷说，啥事？爸爸装作笑，没啥事，您过来，给您商量个事。爷爷不高兴了，用力吸了一口烟，神气地吐了一口烟，没看正忙活着吗？我得招呼着响器班子。爸爸用力挤了挤眼睛，爷爷意识到了什么，忙向前走了两步，爸爸小声地对他说，堆儿他……爷爷一听烟掉在了地上，他明白自己的儿子是啥德行。

爷爷忙说，走，去看看。看什么呢？看也没有，他不在家里，我已经找了好几遍了。爸爸说着，再次打电话，希望奇迹可以发生，依然是关机状态。

当时我感觉做得对极了，幸亏没有把叔叔不见的事弄大，我只是悄悄地告诉了爸爸，其他人还是一片喜气洋洋，根本都不知道发生了什么事。响器班子准备好了，开始吹吹打打咚咚地响起来。几个小孩子不知道从哪里找来了几个散鞭炮，“嘣”的一声响，有个小孩子吓哭了，嗷嗷直叫，大人怎么哄也哄不下。

我知道，爷爷当过村长，在村里大小也算是个有头有脸的人物。爸爸在镇上当着老师，方圆十来里的人也都认识。他们讲面子重排场，该请的也都请到了，更别说七大姑八大姨亲戚朋友了。将军寺村的规矩，结婚要前一天晚上请亲戚来“寿头”，大家住在主家的房子里，听响器吹得热闹热闹，第二天中午新娘子接回来然后随礼。如果把叔叔出走的消息扩散出去，这家伙不炸锅才怪。结婚新郎不见了，你想想，这样的事不叫人笑掉大牙，爷爷和爸爸不被羞死才怪，他们受不了乡里乡亲的冷言冷语。想想也是，都是这岁数的人了，这一张老脸往哪里搁啊！

转眼天就黑了。我从来没感觉到黑得让人难受，这天比锅底还要黑，世界一下子都没有了。这时，响器班子一声高、一声低悠扬地吹起来了，没有受到丝毫的影响，乡里乡亲们搬着板凳围坐在一起凑热闹，说说笑笑；小孩子们在身边跑来跑去，请来的管事的也在帮忙散烟发糖。

爸爸和爷爷没有心思理会这些热闹，好像与自己无关，这么大的排场好像是别家子的事，两个人在屋里只顾低着头商量事了。爷爷说，你说说，他能跑到哪里去呢？我咋知道？这也老大不小了，咋还是这么不懂事哩？爸爸说话不好听。爸爸一句，爷爷一句。本来商量着要怎么办，说着说着，他们埋怨起对方来。

要我说，还不是那一万块钱的事？你依他不就得了？爸爸说。

怎么能怪我呢？家里的粮食都卖了，哪个钱少了？不该省的礼路哪个少了？

堆儿肯定被钱吓怕了，他这孩子就是倔，老说不让家里人操心。女方额外要钱，他为啥不给呢？——其实不想给家里添麻烦。妈妈说。

我不是说过了吗？钱的事不让他操心，我会有办法的。爷爷还是那句话。

自从结婚提上日程以来，爷爷和爸爸天天筹划结婚的钱。大大小小花了也有二十多万，盖房子花了十多万，借了一屁股债。但对于女方最后要的一万块钱，叔叔坚决不给了，但这钱爷爷和爸爸坚持给。多少钱也都花了，媳妇快娶到家了，谁还在乎这点钱？想想也是，二十四拜都拜了，哪还在乎最后一哆嗦？但叔叔这个坎过不了，他说，这钱坚决不给，否则这婚我不结了。

你敢，我打断你的腿。爷爷气得直颤抖。

二

叔叔经常说，这些年都是世界遗弃了他，他一直是个无家可归的弃儿，感受不到这个世界温暖，他认为这个世界最多是可爱极了。现在可好，叔叔真是勇敢了一回，终于把世界遗弃了。快结婚了，新郎不见了，我做梦也想不到叔叔以这种方式伤害大家。

叔叔这个人，怎么说呢，就是喜欢制造点“惊喜”，做些让你意想不到的事。真的，只有你想不到的，没有他做不到的。我不止一次听大人们讲，叔叔小时候做事慢腾腾的，磨磨叽叽的。有一次火烧到屁股上了，他不立即灭火，却站起来抬头望望天空，眨眨眼睛，像和谁用眼睛说话，又像是思考什么，然后才拍打火。将军寺村里的人给他起了个外号叫“老磨”，也就是慢的意思。一个人性子慢，各方面都慢，尤其是学习成绩，怎么都上不去，从小学到中学都是末肚吧。打架没少打，事儿也没少惹，爷爷没少被班主任请到学校去，但他坚持上完了高中。

我不知道叔叔怎样把高中三年坚持完的，他的意志力该有多强呢？后来我多次思考着这个问题，一个人不想学习，每天还要早起晚睡，此外还要被班主任一遍遍批评。我现在上高一，身边有些人就是如此。班主任要求上课不能睡觉，不能看课外书，不能违反纪律，就像是个活监狱，此外还三天两头受批评教育，每当这些人被班主任训得耷拉着头，我就想到叔叔曾经受到的“待遇”。不过叔叔坚持到了高考，而且还糊里糊涂地考完了前三科，这已经让我足够敬佩他的意志力。但最后一科考试前，他不知哪根神经发了叉，竟想着要为自己庆祝一下，喝了两瓶啤酒。这下好了，竟在一家饭店里呼呼大睡起来，等醒来已经开考半个多小时了，他拍拍屁股，在考点大门口转了一圈就回家了。奶奶是晚上知道的消息，当时都气晕了。两年后我参加高考才知道，高考紧张得足以让人心跳出来，能在考前睡着简直是一个笑话。

叔叔上辈子肯定烧了高香，后来有一家大专院校下了录取通知书。大专，也是大学啊！爸爸坚持让他去上学，爷爷也同意，这能改变他的命运，爸爸还亲自送他到车站。叔叔上大学不假，可是他也没有怎么好好学，爸爸本来让他考个专升本，对于上学爸爸还是懂一些的。大学第二年，叔叔与一个老教授吵了一架，原因是教授讲的观点不对，叔叔当场就指了出来，后来叔叔那门课就没及格，补考也不及格。他就告到院长那里，老教授更恼了，两人就这样杠上了。他感觉上大学没意思，反正也毕不了业，他就退学了。

叔叔回到家，爷爷不搭理他，人家考不上大学，你是考上了大学毕不了业，这是啥本事？爸爸专门从镇上回来，非让叔叔再回到学校，向老教授赔礼道歉，必须拿到大专毕业证再回来，可叔叔已经铁了心坚持不上大学了。他说，都是穿两条腿的裤子，我给他道歉？凭啥？

不再是小孩子了，不能让叔叔闲着，这要闲出毛病来的！没办法，要找点事做！爸爸给他找了个私立小学，叔叔当了一名老师，还成为一名班主任。有一个学生欺负他同桌，叔叔非要为这个学生扶理，让人家道歉。那个男孩他爸是镇里的干部，人家怎么肯这样？最后，校长来找他，他也不给面子，还振振有词道，总不能以权欺负人吧！弄得校长也尴尬，他得罪了这些人，又失去了饭碗，在家里瞎待了两个月。一个小伙子天天没事干，爷爷看见他就发愁。突然有一天，不知发了哪根神经，叔叔说，我要去开超市。爷爷气得直跺脚说，你会算账吗?

我不会，不会学吗? 叔叔反驳道。

叔叔不知道超市的水有多深，哪有他想象的那样天真。现在想想，有些事光有想法不行，光靠努力也不行，更何况他也吃不了那么多苦。他把三间房子里外装修了一遍，坚持不到两个月，各种货进了不少，可就是卖不出去，借来投资的几万块打了水漂，把爷爷都气病进了医院。后来他又张罗着卖化肥，化肥送出去了，可账要不回来，这又折腾了不少钱。这还不算，更发愁的事还在后面。叔叔二十五六了，已经到了结婚的年龄，可没一个人介绍对象，因为他没有工作，做事也不定性，到处瞎闲晃荡，家里人都急得要命。叔叔却不着急，像个没事人一样，天天像是大仙啥心也不知道操。叔叔的名言是，我就喜欢自由，一个人多好。你挣再多的钱不也是自由吗? 我现在就很自由，何必天天苦苦忙碌呢?

叔叔没事干，基本上都是睡到自然醒。如果孩子不争气，最操心的则是爹娘。爷爷有天对叔叔说，将军寺村里不养闲人，也没有闲人。你不挣钱，谁养活你? 这一提醒，他突然意识到自己成了家里的累赘，这个他生活了二十多年的家没有温暖。想想也是，叔叔这些年没听过几句好听的话，做事也都是蚯蚓找它二大娘——弯弯曲曲的。叔叔不知发了什么神经，也许是什么刺激了他，竟然下定了决心要去南方打工了，怎么拦也拦不住，谁的话也不听。爷爷先是舍不得他去，感觉他立不住摊儿，而奶奶只是哭，女人家有啥办法，自己娘胎里带来的，能怪谁? 那段时间，奶奶只是哭，坐在叔叔床边，抹眼睛。叔叔说，你烦不烦。奶奶想着自己吃了那么多苦，孩子怎么这么不争气，越想越气，一口气没上来去世了，为这个孩子，一天福没享。

我想，叔叔一定是带着悔和恨去的南方，谁也不拦他了。叔叔先是去了一家电子厂，工资不高，每个月两千来块钱，他慢慢地也当了一个组长。叔叔闲不着，晚上下班后又进些小货物，摆个小摊做小生意，挣几个小钱——他慢慢明白自己要干啥了。在电子厂里，叔叔为经理无辜多扣一个女工十八元钱而大打出手，后来上面领导不调查就直接批评了叔叔，叔叔主动辞职，连工资都没要。干了半年，他换了四五个工厂，时间没有超过两个月的，不是嫌工资低管得太死，就是嫌活太重太累。直到前年过年回来，家里说啥也不让他去了。姨奶家的孩子在北京做烧烤，说带着叔叔一起去。叔叔勉强接受，不过三个月后还是回来了。他说，整天烤羊肉串烟熏火燎的，有啥意思？还是一个人自在。

结婚是大事。没有事业，媳妇也没找到，摊上这样一个孩子，谁不发愁？可是现在农村女孩子金贵，叔叔一直是这样吊儿郎当的一个人，成了别人眼中的浪子，没一点正形，没有一个人做媒张罗婚事。爷爷到处托人说媒，在将军寺村像三十岁结婚这么晚的还真不多。一直以来，家里都把这事提上日程，可是叔叔的婚事再一次让人伤了心。

三

这一夜大家都很累，半夜里还没有睡。来的亲戚大部分是女的，妈妈张罗着安排睡的地方，谁睡哪个房间，或几个人睡在一个房间。男劳力来的不多，他们前一天晚上大部分在家待着，直到第二天中午吃饭时再来。

响器不吹了，人群散了，四周安静下来，将军寺村在夜色中低沉，这个夜晚真让人低沉。爷爷吸烟，一明一闪的；爸爸吸烟，一明一闪的。两人都不再说话了，也许该说的都说完了，他们像比赛吸烟一样。妈妈找到爸爸，说，这——堆儿——又跑了？爷爷和爸爸仍然不说话。爸爸又一次拨打电话，希望奇迹发生，我希望电话能通，我希望电话里叔叔说，我的手机没电了。可是，依然是关机，电话里一个女客服的声音，对不起，您所拨打的电话已关机！

这怎么办？妈妈急得满屋子走来走去。这亲戚都请来了，明天结婚咋办？真丢死人呀！不得传得整个将军寺村沸沸扬扬的。妈妈首先想到的也是家庭的面子，这与爷爷爸爸一样！

爷爷依然在吸烟，用力地吸，吸完一根，把烟屁股扔在地上，用脚使劲地踩，这烟好像与他有仇一样。我能感觉到大家心里都乱糟糟的，烦。

其实就在前几天，也是在这间屋子里，当时就我和叔叔，叔叔对我说，他不想找二婚的……我说，不都一样吗？现在谁还在乎这个？幸福就行。叔叔想说什么，没有继续说下去，但他的眼睛写满了迷茫。我是我，一个高中没毕业的孩子怎么能理解他的心？叔叔一直就不愿意爷爷和爸爸给他张罗的这件婚事。

妈妈一直埋怨，到现在了还在婆婆妈妈地埋怨，这些年妈妈除了埋怨就是埋怨，啥时候也没有消停过。你们非要答应这门婚事，二婚就二婚，还有个拖油瓶儿，彩礼也不少！这快结婚了还要一万。你图啥啊？你想，我都来这个家快二十年了，这孩子哪听过一次话？这么大的事，他会听你们的？

我知道点新娘子的事，她个子不低，出去打工谈了场恋爱，后来生了孩子，发现男人家里有老婆孩子，就带着孩子偷偷跑回家来了。农村人嘛，家庭条件说不上好，也不算差，算不错了。叔叔这个婚事大家期待了很长时间，主要叔叔不听话，能找个媳妇让叔叔早点成家是所有人的心愿。

就你事多，能找个二婚就不错了，你又不是不知道现在的情况，村里哪有年龄差不多的？现在闺女少。再说，哪家的闺女愿意嫁过来？咱家的情况你又不是不了解。爸爸说。

爷爷不说话。在地上蹲得时间久了，爷爷依然没有站起来，他嘴里叼着烟，一根接着一根，好像要把烟吸完一样。以前他从不这样，总认为一根烟要花几毛钱，可以买个馒头。爸爸也不停，除了叹息就是吸烟，两个人比赛一样，烟雾缭绕。我不愿意看到一家人这样颓废的样子。

这时候我突然间冒出来一个问题，叔叔到底在哪儿呢？两年前，要不是爷爷的制止，叔叔差点儿结婚了。原因是那女的不干净——这是我听别人这样说的，也不是本地人。叔叔说要娶她，否则死都不会再娶，爷爷拿起烟叶杆就打上去，杆子都打断了，叔叔没动。爷爷气得说不出话来，嘴巴直哆嗦。

其实，具体怎么不干净，我不太清楚。村里都传着那女的骚着哩，专勾男人的魂儿。我见过她两次面，还在一起吃过饭，都是叔叔带着我。有一次，我听见叔叔说，多么神奇！这里有我的血液！他呆呆地笑着，抚摸着小美的肚子。小美也是笑，打了叔叔的手，看你那傻样。

小美对我也不错，她听说我爱读书，还给我买了一本《茶花女》，说读书好，要好好读，会有出息的。她穿着很干净，头发长长的，扎个小辫子，用白手绢系个蝴蝶结，经常摆在胸前，很好看，衣服不时尚但很干净。叔叔是喜欢她的，那可是真的。他们走在一起，依偎在一起，叔叔用手紧紧地拉着她的手，怕她跑了一样。听叔叔喊她小美，我也感觉这名字挺配她。就在我下定决心喊她美婶时，叔叔再也不带我去见她了。

叔叔与小美交往了不到半年离开小美的。说起原因完全怪爷爷，更确切地说是因为爸爸，全是爸爸在后面出的馊主意。那时候，小美已经怀了叔叔的孩子，叔叔带小美见家长的消息告诉爷爷，爷爷死活不同意这门婚事。爷爷最后下了通牒，你当年气死了你娘，还想气死我不成？叔叔说，我们真想在一起，就是想要个家。不要房子，也不要彩礼，我们只要一个家。叔叔非要坚持，爸爸出了个主意，让爷爷住进了医院，说是得了脑溢血。叔叔想看爷爷，爸爸不让他进医院，说必须与那女人断了关系。你把这样的一个人娶回家，也不知道是谁的种呢，咱家的脸往哪里搁？

爷爷和爸爸不同意这件事自然有他们的道理，他们是过来人，各方面考虑得周全。有一次他们在谈话时我听到，小美在城里当过二奶，还比叔叔大一岁，属相还相克。每当别人说这些话，我就把头扭到一边，用脚使劲地踢树，嘴里还说，踢死你。他们就问，你干啥哩？我说，没干啥，踢死你！你个小兔崽子！那人打我一巴掌，我没感觉到痛，我嘴里说，小美婶不是这样的。

爷爷手里的烟烧着手了，他咧着嘴，咦！嘴里也一直絮叨着什么，我没有听清楚。爸爸却笑起来了，这有什么事？很正常嘛！这小子有个性。爸爸反复重复这几句话，有个性，仿你，真是你亲儿子。爷爷哆嗦着，张了张嘴，又合上了，他显然想说什么，却忍住了没有说话。我不止一次听说，年轻时爷爷也是有个性的一个主儿，为了娶奶奶，直接抢亲的，那可是方圆几十里威风的事！

爷爷佝偻着身子，眼睛死死地望向夜空，像在思考什么。爸爸站了起来，仿佛是一面旗帜，火红火红的。

可是，叔叔到底去哪里了呢？难道他不知道逃婚意味着什么吗？

四

我好像听到了叔叔说话的声音，声音不大，隐约像从空中传过来，细听时又听不见了。妈妈把手插在头发里，伤心早就化成了眼泪，鼻子两侧像冲积的沟壑，谁劝也没有用，她一点也听不进去，就是在一直抹眼泪。自从叔叔消失后，妈妈就坐在一个角落里只是哭，不说话，低着头，从没有过地伤心。妈妈本来年龄就大了，现在心都碎了，叔叔的婚事跟儿子的婚事一样。奶奶早就不在了，大多数情况下是妈妈在操心。这时爸爸也没乱方寸，他除了招呼客人就是不时地交代姐姐，要紧盯着妈妈，妈妈有心脏病，血压也高……但此时妈妈不住咳嗽，弯着腰，一不小心就要把肺咳出来一样，我紧张极了赶紧喊爸爸，可爸爸在外面忙着，就是不搭理我，我提高嗓门，发现声音在嗓子里憋着喊不出来……叔叔不知何时出来了，向我微笑，好像在说，不用担心！

我一激灵，发现是在做梦，这一觉醒来，头微微有点疼，爷爷和爸爸依然在吸烟，此时没有一个人关注着我，哪管我是睡还是醒，好像我是多余的。我蜷缩在墙角边的床上，屋子里满是烟气，我咳嗽了一下，大家才往我这边看一眼。我有了尿意想解手，向外走去，望去依然是夜晚，黑夜把大地吞噬了，我抬着头，远处是无尽的黑，连惨淡的月光都没有。他们没一个人注意我走出来，连看一眼都不看。

一出门，凉气就包围了我，我清醒了许多。我抬头望望夜空，深邃无边，夜空中好像有个熟悉的人。我眨了眨眼睛，那人也眨了眨眼睛；我思考什么，那人也思考着什么。我出了院门，没有告诉任何人。走在这条熟悉而又陌生的路上，我好像长大了，脚不由自主地向前走。以前我最怕走夜路了，哪怕有大人陪伴。可是，我的脑中只有叔叔，要早点找到叔叔，想为家里分担点啥。现在一点不害怕，原来我是能走夜路的，并没像我想象中的那样胆小。

两个月前，叔叔曾和我去了一趟镇上，叔叔打听到了小美的消息，听说她在一家超市。可找了半天，依然没找到，超市里的人说小美早就不在那儿了。叔叔很着急，急的时候就蹲在地上不说话，有时候就吸烟，有时不住地揪自己的头发，发了疯一样，这显然是一种绝望感，很明显叔叔为小美的事自责不已。叔叔手中握着一张照片，照片上叔叔抚摸着小美凸起的肚子，他洋溢着笑容。叔叔的泪水滴在了照片上。

天黑，伸手全是黑乎乎一片，我在田野穿过，不知过了多长时间，总感觉有什么力量引导我漫无目的向前走。将军寺河的水肆意向前流，水声像电波一样，刺激着我的脑子，就这样我一个人拥有着无尽的黑夜。一个黑影从我脚下跑过，我吓了一跳，原来是一只猫。就在我低头的那一瞬间，我看见将军寺河拐角处有一个人影蠕动。

难道是鬼？小时候，我经常听奶奶讲鬼故事，她说鬼会把人的魂儿摄走。难道遇到了鬼？半夜里，到处黑乎乎的，我心里一阵紧张。就在我惊恐害怕的时候，竟然发现有点像叔叔。叔叔，我连忙大声喊起来，是你吗？叔叔怎么来到这里了呢？

我走上前去，这里不知何时挖出了一个洞，不大不小，像一个墓窑一样，长长的，刚刚好能装进去一个人。叔叔竖着身子，像死人一样躺在里面，不过他倒有点舒服和享受，手里紧紧抱着一个酒瓶子，满身的酒味儿。见我来，他长叹了一口气，擦干眼泪，应该是不想让我看到他的眼泪。

叔叔躺在洞里，穿着一身夹克，那是小美以前送给他的，叔叔一直喜欢穿在身上那种轻松的感觉。叔叔经常说，要像空气一样自由飘动，这种感觉只有与小美在一起时才有。叔叔身上满是酒味，还有污秽物的味，难闻极了。我内心一阵翻腾。

我盯着叔叔，叔叔一动不动，黑夜中就像一只钻入地洞孤独的狼。我一直喊叔叔，叔叔才勉强答应了一声，莫名其妙地自言自语。他说，你给我说说，要是每一个人都有一个洞多好，躺在里面就拥有整个世界，什么也不用去想，什么也不用去管。一走出洞，为什么找不到自我呢？你说说看，为什么呢？酒瓶子倒了，酒在他身上流。

我没有回答叔叔这个问题，有点莫名其妙，我了解叔叔的性格，劝也没用，再说我也劝不了他，现在就是想办法让他回家。我又喊了声，叔叔。像有什么东西卡在我喉咙一样，我只好低了声音说，叔叔，回家吧，爷爷爸爸他们都找你呢！我赶紧拿酒瓶子，或者说是在夺。

叔叔翻了一下身子，躲着我，嘴巴在动，对我说，不要担心我。停了一会儿，他又对我说，如果挖出一个大洞，不能生活两个人吗？或者三个人？在这里难道不幸福吗？他用手又开始挖土，这时我才发现，叔叔的指甲早没了，手指上流着血。他像老鼠打洞一样，全然不顾手指的疼，用力扒土。我拉他，他把我推向一边，又扑过去，歇斯底里般地继续挖洞，像在做一个伟大的工程。我发现，叔叔有点疯了。

此时，我想把找到叔叔的消息告诉爸爸，我赶紧加快脚步往家跑，黑夜里我突然发现我不知何时竟然飞了起来。

楼上楼下

一

这段时间，老张遇到麻烦了，一个人天天闷闷不乐的。

怎么说呢，这事嘛，搁在谁身上，谁心情也好不到哪里去。老张被一种噪声包围着，不是一天两天了。他知道，那是三楼开始装修房子了，这下可好，他住二楼，天天头上像顶个敲得嘭嘭响的大桶，烦死人了。要说装修就装修吧，可是这装修却不按正常时间来装修，每天早上六点多，老张还在梦中睡觉，上面就开始传来电锯声，刺啦刺啦地响起来；到了晚上七八点，老两口正准备吃晚饭时，又是一阵阵电钻嗡嗡叫的声音，他没了胃口。他像大夏天穿个大棉袄站在太阳底下，全身不自在。

老张从将军寺村搬到保险公司家属院才半个月，刚开始来的那几天，他对小区环境还是相当满意的，比老家将军寺村好多了。这里静悄悄的，离市区也近，小区里绿化面积大，空气也新鲜，紧挨着打工的地方。租的房子基本是新房，是用砖头和楼板盖的，才装修四五年，家具也是八成新，水电气齐全，屋子里收拾得干干净净的。更重要的是，房租也不算贵，算下来两年才一万八，老张心里合计着，在这个地段两年要花两万多呢，值了。如今大闺女出嫁了，儿子也上了大学，老家就他们老两口，看别人都进城打工，他们决定找个活儿挣点小钱，反正闲着也是闲着。老伴在超市找了个活儿，打扫超市里的卫生，不太累。老张批发个蔬菜，骑着三轮车满大街到处卖，累也累不着，闲也闲不住。他和老伴很高兴，两口子一个月加在一起可以挣上四五千呢，虽然不多，可比在家种地强多了，他相信他们的选择。虽然为儿子买的房子还要一段时间建好，他们有时间等。

这噪声折腾得他老两口睡不着觉，尤其是老张，只要噪声一响，像条件反射一样，就想抓狂。白天他骑着三轮车去卖菜，到晚上其实想早点上床睡觉，可是那电锯声一响，他全身变得焦躁不安。他双手蒙着被子，以为躲在被子里就可以享受一份清静，可声音像故意找他一样，把他折磨得翻来覆去睡不着，他感觉全身就要爆炸了。刚开始，他想想毕竟人家装修嘛，反正也没多长时间，忍忍不就过去了。一周后，他实在受不了，老张就走上楼去，他想提醒提醒人家，不能老这样子，要讲公德嘛！

一天晚上，老张和老伴正要吃饭，上面又响起来。老伴看老张生闷气，就说："你一个人在家再生气，就算气死，不对别人说，他也不知道啊！"老张筷子一放，饭也没吃，就走上楼去，敲了好长时间，门仍然没开，也许是里面的声音太大了，也许是听见故意没开。最后他又猛地加大了劲，砰砰砰，拼命地敲门，门总算开了。一个五十来岁的人戴着个蓝色口罩，抱着个大电锯正忙活着呢。屋子里狼藉一片，地上扔得到处是拆下来的东西。他这才明白，这是翻新房子哩，刚开始拆，看样子还要段时间结束。

老张说明来意，那蓝口罩老人掏出烟赔不是，连忙说："不好意思，给你们添麻烦了。"他把蓝口罩摘掉，"你看，白天我要给别人装修房子，只有抽早晨和晚上翻整自己的房子了……"老张与老人又聊了几句，他看着里面的墙壁都挺新的，随口说："看着像刚装修过，怎么又装修了呢？"

老人叹了一口气："唉！谁说不是呢？房子本来都装好了，是儿子自己设计的，花了十来万哩，媳妇嫌颜色不好看，要贴粉色的壁纸，还不能打壁柜，所以就只好改掉了。"聊了好久，老张才走，他发现蓝口罩老人也不容易，心里也开始同情蓝口罩老人。那天晚上，楼上只有一阵轻微的叮当声，老张和老伴讨论着都是为了孩子，都不容易，可怜天下父母心，两人说着说着就睡着了。这算是他们睡的比较囫囵的一个觉了。

不过第二天早晨，一阵熟悉刺耳的电钻声再次把老张唤醒，他揉了揉眯缝的双眼，呆呆地盯住房顶，愣在那里，好半天不说话。老伴说："唉！看样子，咱说的没啥用啊！不起作用，咱们就去找物业！"

上午，两人气呼呼地到了物业，两个年轻人正在向物业发脾气，看样子他们很生气，青筋都暴露出来了。一个年轻人拉开架势想打架，脸红脖子粗地说："你们物业干啥吃的？哪有大早上装修的？你们也不管管？要你们干啥？"

"还让不让人住了？收物业费收得挺勤，用着你们的时候怎么不管事了？我都反映多少次了？你说，你给我解决没？"另一个人也说。

物业的一个小姐耷拉着脑袋，想发脾气可还是忍住了，她耐心地说："解决，怎么不解决？你们先回去，一定会解决的。这就去看看咋回事！"

老张老两口知道，蓝口罩老人影响的不止他们一家，其他邻居也好不到哪里去。老张老伴对物业小姐说：“姑娘，赶紧管管吧，都要睡觉的啊！”老张本来还有好多话要说，现在倒平静了下来，毕竟有人反映过了，他朝老伴做了个手势，老伴明白了让她回去，就什么也不说了，与老张一起走了。

到晚上睡觉时，声音依旧如此，他知道噪声的问题没解决，老两口没辙了。这时，他们相互埋怨起对方来。

“都怪你，为什么要选择这个小区呢？”老伴说。

“你当时不是也没说啥吗？”

“听你的话，一辈子也没对过一次，我当时就不喜欢这地方，便宜没好货。”

“有钱怎么也不住在这里，还是自己的家好。”

黑夜里，老两口听着从天花板上传来一阵阵噪声，眼神有些恍惚，他们盼望着儿子买的房子能早点盖好，然后搬进去。他们不想在这里受这份苦和这份罪了。

二

三个月后，噪声终于停止了，老张猜想，楼上的房子八成装修好了，终于可以消停下来，屋里总算放下一张平静的床了。没有了噪声，本以为能睡个好觉，可到了半夜，老张就是睡不着了。以前习惯了那种噪声，现在没了，他倒不习惯了，他叹了一口气，双耳竖着听。老伴问：“咋了？老头子。”没想到老伴也没睡着。“说不上来，就是睡不着了。”他说。老伴说：“我也是。”两人谈论着一个老人自己把房子重新装修一遍，真不容易，如果换作自己，五十岁的身体那可吃不消。

那是一个中午，太阳火辣辣的，老张卖菜回来得早，他想睡个觉，远远看见三楼的老人，满脸的汗水，正指挥着几个年轻人往上抬床，新买的沙发放在电梯边。蓝口罩老人主动打起了招呼："回来了？"

老张想着不能失了礼节，就笑着迎上去说："回来了。你这是添新家具啊？"

"是啊！儿子下周就要结婚了，我得抓紧时间准备准备。"老人抓了抓稀稀拉拉的头发，抹了一把汗水，满脸的笑容，看得出来，那是一种幸福的微笑。

晚上，老张和老伴说起话来，想着三楼的老人真幸福。他们羡慕起三楼的老人，人家总算熬到头了，儿子一结婚，心也就操完了，可以抱孙子、安度晚年了。老伴说："咱家大奎也不小了，上了几年大学，今年就要毕业了，也不知道找了对象没有？"

"下次打电话，我再安排安排这小子，老大不小了，该找对象了。"老张说。

一楼的楼洞贴了对大大的红"喜"字，老张问谁结婚了，一打听知道是三楼添了对新人。可自从这对新人来后，楼顶上又开始"战斗"了，声音再也没消停过。这对小年轻精力真是旺盛，不是半夜里发出个怪叫，就是早晨发出"砰砰"的声响，然后就是女人杀猪般的呻吟声。这声音早不响晚不响，偏逢老张两口子快睡着的时候响。这种声音可不像电锯声、电钻声，听后顶多让人增加些烦恼，女人的声音多少还是让人浮想联翩的，听得老张心里痒痒的。那个女人的声音像大海的水浪一样，刚落下去又起来了，一浪接着一浪。老张心里替小年轻害臊，他感到整个楼都听得到他们做爱的声音，这本来是多私密的事，让人听见总不太好吧。可小媳妇喊得那么响，谁听不见？明显不想要面子。没几天，老张又变得无精打采，身心疲惫，眼皮子开始耷拉着，一副快要死的样子，头也一直嗡嗡叫，老感觉疼。

老张年纪大了，哪经得起这折腾，他想换个房子，这受了什么罪。一说搬家换房子，老伴不同意了，她住习惯了，这里离她工作的超市只有五百米远，换句话说，步行几分钟就到了，方便得很。再说，她和几个年纪大的人找到了共同语言，没事跳个广场舞，聊聊天，已经打成了一片，她不想失去这个朋友圈。老伴开始劝老张："装修的声音不比这大，你都坚持下来了，这点声音还忍不了？"老张想想老伴的话也有一点道理，装修的声音都过去了，他没说女人的声音老让他胡思乱想，要不老伴不打死他才怪哩！没办法，他只有心字头上一把刀——忍了，一个大老爷们也无所谓了。

怎么说呢，对于楼上的那个女人，老张最初还是很感谢她的。这个夏天的黄昏，老张记得很清楚，那天雨下得很大，他没有带伞，淋了一身的雨。本来老张身体好，他最了解自己，平时很少生病，可这次把他变得软绵绵的，全身发烫，一点精神也没有。电梯停电了，楼洞黑乎乎的，没办法，他只得拖着沉重的脚步一步一个台阶向上走，累得气喘吁吁。连他自己也没想到，就因为淋了一次雨，头开始晕晕乎乎起来，他掏出钥匙，却没力气打开门。他想喊叫，可是一点力气也没有，只是"哎哟"起来。老伴肯定还没有回来，否则的话肯定会来开门的。

楼里的黑夜同样让人害怕。嗒嗒的小皮鞋声从远处传过来，他知道有人上来了，老张"哎哟"的声音让来人停止了脚步，一股玫瑰香味飘过来。女人问："你怎么了？"老张仍然"哎哟"着，想回答却说不出来话。女人扶起老张，然后又说："你有点发烧。"她的手心贴在他的额头上，老张的内心出奇地舒服。女人说话时，声音轻轻的，像小鸟叫一样："我家里有退烧片，我现在就给你拿。"说完，女人噔噔地跑进楼上的家，一分钟的工夫，又回来了，手里拿着退烧片。老张最怕吃药，可这次竟然乐意吃药，他没有喝水直接就着小护士的温度吃了，吃过之后烧马上退了，不知道是关心的作用，还是药的作用。当天晚上，老张抱起老伴，无数次幻想着三楼年轻女人的样子，仿佛一下子回到了三十岁，老伴痛苦得嗷嗷直叫，胳膊紧紧地抱住老张的脖子，不住地喊着："死鬼，再用点力……"

直到这时，老张才知道女人是楼上的邻居，在一家医院里当护士。对于那次热心的帮助，老张对女人多少也是充满感激之情的，他想象过无数次的下一次见面，他应该以怎样的方式表示感谢。有一次，老张和护士在楼下的垃圾箱前见面了，老张支吾地表达出了感谢之意，说："上次多亏了你，谢谢了。"他感觉自己的脸发烫。可是，护士愣住了，像打量一个陌生人，护士只是说了一声："哦？这个……这个嘛……应该的。"后来老张想明白是怎么回事了，护士早已忘记这档子事了，老张心里有点说不出来的感觉。

在垃圾桶的相遇没有影响老张对护士的良好印象。可是，好印象总归是好印象，但这并不能解决老张内心的焦灼，更不能解决他晚上的失眠，他就要崩溃了，实在忍受不了，感觉天昏地暗的。

这一天老张老两口正在吃饭，老太婆接着儿子打来的电话，说暑假要带……她正听下文是什么，上面"咕咚咕咚"又响起来，声音太大了，女人杀猪一样叫，像出了人命。儿子在电话里问："妈妈，啥声音？"老伴吓了一跳，她怎么回答呢？赶紧把儿子的电话挂断了。

"这小年轻，真是要人命了！这折腾来折腾去的……"老张对老伴说，"你去说说去……"

"你一大老爷们，你咋不去？"老伴不同意，"你去，老娘懒得去。"她躺在沙发里，蜷缩着身子，眼睛仍然盯着电视看。

没办法，老张只得亲自出马了，他往上提了提大裤头，走了几步，开了门又折回来，像是自言自语：“这一个大老爷们，万一是女的开门，不太好吧。”老伴愣了一下，从沙发上马上站起来说：“你想得美！”尽管老伴不愿意走那几步，不过这样的事到底还是女人说比较合适，老伴趿拉着鞋子上去了。

敲了好长时间，一个男人才露出个头，他脸色红润，满脸是汗，穿着一件睡衣。老伴说明来意，男人喘着粗气，嘴巴颤抖着，润滑着双唇，不耐烦地说：“好，好，知道了。”老伴下楼的时候一边走还一边说：“真是影响休息，以后要小点声！老头子天天睡不着觉，你说要有个三长两短，这可咋办？”老张听得很清楚，男人是敷衍的声音：“大娘，知道了，不好意思啊！大娘，你慢点！我就不送你了！”老伴刚进门，老张听见一个女人的声音：“有病！真是有病！这是我家，我想干啥就干啥！”

老伴的拖鞋声越来越近，老张知道老太婆回来了，赶紧扭过头装作看电视，让老伴看穿了那点心思可不太好。

三

最近一段时间老张却很少听到楼上女人尖叫的声音了，一到晚上静悄悄的，静得可怕。老张现在听不到女人的呻吟声，他并没有想象中的高兴，相反总感觉少点什么，睡觉也不怎么自然了。有时候半夜醒来，老张一个人盯着天花板发呆，他想，三楼的女人干什么呢？她用哪种姿势睡觉呢？用哪种姿势悄悄做爱呢？

三楼的声音是消失了，可烦恼并不少。七月份，儿子大奎大学毕业了，工作暂时没着落，月底回家时带回来一个女朋友。女孩子个子高高的，一头黄黄的大波浪卷，长长的眼睫毛，忽闪忽闪的大眼睛，老张老两口看着得劲儿，心里说不出来有多高兴。可就一点让老两口看不惯，大奎和他女朋友亲热不关门，在床上旁若无人地打闹着玩，老两口有点接受不了。现在的年轻人，怎么能这样呢？太开放了。老张心想，他年轻时恋爱，拉拉对方的手就害羞得脸红，感觉不好意思，生怕别人看见。现在可好，唯恐别人不知道！真是赶不上时代的变化！

天快落黑时，儿子大奎和女朋友吃过饭说："妈，我们不在家了，要出去逛逛，晚上别给我们留门了。"大奎和女朋友刚要出大门去，楼上又响起了呻吟声，声音比平时大了不少！老张越是担心，声音反而越大，很显然女人正当高潮，叫得一声高一声低的，听得出很满足的样子。儿子和女朋友显然也听见了，儿子笑着说："爸，妈，我们出去了，晚上不回来了。"女朋友也笑而不语，只是小手挽住儿子的手，紧紧地。老张听得头直蒙，身上还冒汗。他看了看空调，正开着呢，可天怎么还那么热呢？

大奎一走，老伴就对老张说："你也不好好管你儿子，你看看他们俩！"

老张不高兴了："你生的儿子让我一个人管？你又不是没看见？我怎么管？"

"你得说道说道他，万一大奎让人家姑娘家怀孕了可怎么办？你不知道，我前段时间刚打听到，房子到年底能建好。就算房子建好了，还得装修，又得几个月吧。这万一儿子让人家怀上了，你说，让人家姑娘怎么挺起胸膛做人啊？"老伴担心起来。

老张想想老伴的话，不是没道理，如果真让人家怀上了，这还真不太好办。老张心里真有点担心了，希望儿子大奎千万别给自己捅娄子，凡事小心点。不过，事实证明老张的担心完全多余，儿子天天依然很快乐，和女朋友还是打打闹闹，人家根本也没怀上，他这才慢慢放下心来。

又是好久没有听到三楼的呻吟声了，老张想那女人该不会出什么事了吧，怎么突然间又没了声音。一天，在电梯里他听两个老人议论说："三楼的怀孕了，检查出来是个男孩子。她在哪里查的呢？现在医院不让告诉是男是女，我儿媳妇有几个月了，也想去查查。"另一个人说："人家在医院里有认识的人，你认识吗？"老张听了，这才打消了内心的怀疑，心想，怪不得女人不在床上折腾了，怪不得听不到她的声音了，原来她怀孕了！

可不是怎么的，第二天，他老远就看见那个女人挺着个肚子在小区里散步，旁边跟着她的丈夫。女人比以前胖了很多，穿着一个牛仔背带裤，一走一摇的，完全没有以前老张见她的那种风采。女人和丈夫两人有说有笑地走着，女人的肚子显怀，一看就有好几个月了。

老张想去打招呼，可又怕别人认不清他，他就没吭气，低着头往前走。这时候，一只调皮的小虫子竟然飞入了他的鼻孔，他使劲地揉鼻子，忍不住打了一个喷嚏，痒痒得难受，控制不住，又打了一个长长的喷嚏。女人显然听见了老张的声音，朝丈夫的耳边凑过去小声地说了什么，就听见女人和男人"呵呵"地笑了。

一晃又是几个月难得的清静。

一个晚上，大奎回来后一本正经地告诉老张老两口："爸爸，我要结婚了！"

老伴很高兴，坐在大奎身边说："那好啊！早就该结婚了！"

老张愣了一下，掏出一根烟点上说："孩子，工作还没着落，结什么婚？你了解女孩吗？你们太随便了……还有一件大事，房子到明年五一才能交房啊！没有房子，你们住大街啊？"大奎知道老张很少抽烟，一抽烟就表明遇到事了。

大奎不说话，头低了下来。

老张说："你问问女孩子行不行，要不我和你妈多给你们拿点钱，先租着房子住！"

大奎还是没说话，也许女孩子提前有话，没房子不结婚。

楼上突然又有声音忙碌起来，小碎步走得飞快，在地上发出"嚓嚓"的声音，有时候不时发出婴儿哭叫的声音。老张知道，楼上的女人生了孩子，家人天天忙碌得要死，这声音看样子又要持续一段时间了。

果不其然，当天夜里正当老张睡着的时候，一阵拖鞋趿拉的声音传过来，然后一个茶缸子摔在地板上，"咣当咣当"地摇晃着响起来，吓得老张一下子从梦中惊醒，好久也没睡着。过了好长一会儿，他即将睡着，又有一阵声音传过来，婴儿"嗷嗷"直叫，大哭了起来，哄了好长时间，哭声也没有减小。气得老张全身发毛，身子在床上开始不住地滚来滚去。第二天早晨，老张终于合上了眼皮子，可是楼上又传过来什么东西摔倒在地上的声音，"咣当咣当"地响起来，老张瞪着眼睛望着天花板，骂了一声："妈的！"

老伴说："唉！你骂也没人听见！看样子以后又要在水深火热中度过了！"

从大人们忙碌的脚步声中，可以发现小孩子睡觉没规律。白天老张大部分时间不在家，也就是说白天对他倒没有什么影响。可到了晚上睡觉时，老张慢慢有了一种恐惧症，这小孩像故意与老张作对，一到半夜里总要醒来，哭上一阵，然后就是大人唱歌的声音，有时候是大人哄孩子的声音，有时候是泡奶粉倒水的声音，这本来都隔了一层现浇的楼板，可声音怎么一点也没减小呢？还是一个样。更为可气的是，每到半夜，总有瓷盆"滋拉滋拉"滚动在地板上的声音，老张听得两眼冒金星了，可除了打哈欠还能怎么呢？

这样差不多又过了半年，儿子的婚期一天天地临近，老张不再为房子发愁了，传过来可靠消息，五一可以领钥匙了。那天老张得知这个消息后，特意从床底下翻出了白酒，他喝了半斤白酒，唱起了小曲，他计划着赶紧搬进新房，再也不想在这里住上一天了，真比地狱还要难熬。想想也是，真不知道这两年怎么熬过来的。

一个月后，老两口取出了自己的全部积蓄，又向亲戚们借了一些，凑了不少钱准备装修了。老张就问了几家装修公司，发现一家比一家黑，都高到天上去了，要价太虚，还不如自己找工人装修，他知道装修的过程，先装修什么，再装修什么，最后装修什么。在桥头，他联系好了水电工，看着他们应该从农村来的，老张心里有一种亲切感，直觉告诉他，水电工是实在人。老张也打听了，桥头的水电工要价是市里最低的。谈好了价钱后，改水电的工人就到位了。技术工挣钱快，两天的工夫，可以挣三千多，除了料钱还能净赚一千多。比自己卖菜强多了，老张心里还是羡慕他们的。

水电工是一对父子。父亲有五十岁了，脸黑黑的，很憨厚，父亲紧握电钻，然后不住地说起些什么，很显然在教儿子。儿子不到二十岁，手脚还算麻利，抱着电钻按照父亲的要求开钻。电钻钻进墙里，刺耳声音传过来，那对父子眼睛都不眨一下，可老张却听得耳朵难受，但他还是硬着头皮听下去。为了孩子嘛，干啥都是使不完的劲。这是老张自己的房子，他不操心谁为他操心？他没骑车去卖菜，老伴让他盯着，万一工人偷工减料呢。老张正想着怎么找毛病压低价格，一阵急匆匆的敲门声响起来，没敲两下，声音又大了不少，门像要被敲碎了一样："有人吗？"

会是谁呢？老张想着，打开了门。

一个年轻人，三十来岁，长得很精神，他说明来意，说是装修影响他休息了。老张一听，连忙掏出烟赔不是："不好意思，给你们添麻烦了。你看，儿子结婚了，要急着住，从早上就开始装修了……"

"我才不管这么多，少给我废话，别再耽误我睡觉就行。告诉你，我是一名记者，我不想发生不愉快。我把话今天就撂这儿了，别再发出噪声，否则别怪我不客气！"

老张那句"对不起"刚到嗓子眼，还没有说出来，那人已经转身，屁股一扭一扭地走下楼去了。他使劲地咽了一口唾沫，"咚"的一声咽进了肚子里。

望着楼下这个记者远去的背影，老张心里不舒服，难受起来。清晨的阳光像潮水一般涌了进来，刺得他的眼睛生疼生疼的。他揉了揉眼睛，改电工把电钻早放在了地上，抽起了一根烟，在等老张说话到底要不要继续干活。烟圈弥散开来，劣质的烟叶味传过来，老张开始不住地咳嗽起来。是烟呛的，还是怎么回事，他说不清楚。

李小花

中午下班回家的时候，我又忍不住多看了楼梯口一眼，希望我的电动车能出现。上周花了我整整一个月工资买的电动车莫名其妙地在楼下被偷走了，这是我目前丢的第三辆车子，六年前丢过一辆八成新的自行车，三年前丢过一辆二手电动车，为此我一夜没睡着。我知道电动车丢后小偷不可能给我送回来，但我总希望能发生点什么奇迹。人嘛，总希望发生点奇迹，怀抱着一个傻傻的期待，不然生活多没意思啊！可很遗憾这么多年过去了，我从来没有遇到什么奇迹，但这并没影响我对奇迹的信心和耐心。不过这次我遇到一棵倒了一地的石榴树，不知道被哪个缺德鬼连根拔起奄奄一息躺在水泥地上，根部的土撒满了一地，像是有人故意这样做的。

一个收破烂的推着三轮车过来了，他敞开怀露出古铜色的皮肤，一脸惊奇看见我就喊着："你是门鼻吧？"在县城很少有人知道我的小名，更别说叫这个名字了，就连前几年谈对象时我都没告诉女朋友这个名字。怎么说呢，门鼻从别人嘴里发出来，土了吧唧的，多少让我脸红不安。我喜欢大家直接喊我孙老师，或者喊我鹏哥，听起来自然多了。面前这个人是谁？我还真记不起来了。

“我是将军寺村的啊！”

一说起将军寺村，我就知道这是老家里的人。将军寺村多少还是让我记忆深刻的，就像标签一样烙在我的心头，走到哪里都忘不了。关于将军寺村名字的由来，有人说村子曾经出过将军，有人说这里来过将军，也有人说将军在这里救过老百姓，我没有求证名字的确切来历，不就是一名字嘛？叫猫啊狗呀都一样，只要这个地方的后人他们都会认同的。将军寺村将我与家乡的人牢牢绑在一起了，无论什么时候走到哪里我都是故乡的人，这个名字足以将我们的情感免检。不过说真的，我愣了半天硬是没想出来面前的这个人是谁。如果你认为我嫌贫爱富那真是冤枉我了，从上中学起我就开始在县城里学习，然后上大学参加工作留在县城，回家的次数少之又少，家乡的很多事只是模糊残碎的记忆了。

“我是你钉叔啊，咱们是门对门的邻居！”那人显然见我疑惑了就继续解释说。

这个名字提醒了我，我还真想起他是谁了。时间过得可真快，从我十三岁离家到县城上学才不到二十年的时间，钉叔已是满脸的皱纹，浓黑的头发变得稀稀拉拉了，腰被生活深深压弯了，干瘦的身体看上去倒像一个小老头了，不过他那对酒窝子还在，只是深深陷进脸两侧了。如果没有记错的话钉叔还不到五十岁。

见了家乡人说啥也要高兴！时间正是晌午，我露出喜色赶紧说：“钉叔！你还没吃饭吧？咱吃饭去。”我拉着他到小区门口的一个饭馆里。刚开始钉叔死活不同意去吃饭，我以为他嫌贵："不就一顿饭吗？吃不死人的！你侄子掏得起这个钱！"进饭店的时候，他看看饭店又看看自己，有点犹犹豫豫不敢迈脚，我明白了他是不好意思，便安慰他道："咱们是给他们送钱的，他们欢迎还来不及哩！"他先是跺跺脚，又用毛巾抽打了身上的衣服，这才踮起脚尖走进去。我示意他去卫生间洗洗，他很快明白我的意思。

"你知道吗？李小花出事了。"钉叔稳稳地坐下，看也不看服务员。

"啥呀？谁？"我正给服务员点菜，考虑是点烤鸭还是点卤鸡。我真没听清楚。

"李小花啊！"钉叔一字一句地说，"她出事了。"

李小花！这次我听清楚了这个名字，可我脑子里想不起这李小花是谁，我盯着一份菜单皱起眉头，像雷达一样搜索所有名字与"李""小""花"这些读音相近的人。我先是想起了前几年与我谈恋爱的李花花，我记得很清楚她在电影院抱着我的脖子还主动吻了我，冰凉冰凉的，可却让我心情久久汹涌澎湃，不过处了一段时间嫌我没权没钱没本事最后当小三了，听说日子过得不错。接着我还想了一个叫李小时的，她是在我上大学时认识的，圆屁股小眼睛短头发，她英语不好天天追我给补习英语，我是外语系的嘛，我牵着她的手一起过马路，过了马路她就挣脱我的手悄悄用卫生纸擦，毕业那年她进了一家外贸公司，后来再也没有与我联系。我又想起了高中时，班上有一个叫朱花花的长得特别胖，别人一说她胖就哭着找老师告状，可我从来没有说过她胖，并不是我有多好而是因为我也胖；单位有一个做保洁的叫牛晓花，五十多了，听说她明年就要退休了；有一次大街上两个卖咸鸭蛋的对骂起来，杜小（晓、笑）花（哗、华、化）你个骚 ×，你的蛋卖得真贱……可这个李小花让我苦闷了好长时间，还是没有想起她的影子，这三个字一遍遍地出现在我的脑海里重重压向我，心脏好像快要蹦出来了。我现在竟然怀疑自己变老了，记忆力难道开始退化了？这个李小花怎么没有一点印象呢？

闷闷地点好了菜，服务员扭着屁股走了，我抽出烟递给钉叔一根，给他点上，然后自己也点燃了一根长长地吐了一口烟气："你说的是李——小花——她出事了？"

"可不是咋的？"钉叔重重地吸了一口烟，"她想不开喝农药了！"我听了心里一颤忙问："咋喝农药了？"钉叔的烟灰变长，"啪"的一声不偏不斜掉在了桌子上摔得粉碎："还不是两口子之间的那点破事，幸好发现得早抢救及时，鬼门关转了一圈又回来了，命大啊！以后的苦日子又开始了！谁知道呢？"李小花又活过来了，可我还是连一点模糊的印象都没有。

凉菜热菜慢慢地端上了，一盘盘地摆满了桌子。钉叔不吸烟了，我对钉叔说："简单吃点吧。"钉叔哽咽一下说："没这个命享福啊！"他自言自语，我不知道他在说谁没这个命！他胡乱吃了几口，不紧不慢地说："当初这妮子就是有点犯傻，你说谁稀罕一件毛衣？谁还缺穿吗？花上几十元就能买个羊毛衫，价格便宜还好看。这妮子就赶集买毛线，整个集上的毛线都挑遍了，没她看得上的，不是嫌颜色土气就嫌毛料不好。后来她又搭车来到了城里，总算买到了满意颜色的毛线，柔软柔软的。这妮子本来不会织毛衣，可偏要去给婶子们学，婶子们问她给谁织哩，她就红着脸不说话害羞了。婶子们给她指点，她回到家先缠了两团子毛线，妹妹帮她缠线团她扭扭头，碰都不让妹妹碰。"

我"嗯"了一声，算是对钉叔的回应。我发现除了"哦""啊""嗯"这些词，满肚子的词儿都用不上。

这并没有影响钉叔的情绪，他继续对我说："接下来李小花这妮子就一针子一针子织起来，这妮子手头不笨，一个人慢慢摸索会了。白天地里的庄稼活儿忙，这妮子不耽误地里的庄稼活儿，只有抽晚上加班织毛衣了。半夜娘起来解手让她早点睡，她嘴里说就要睡了，仍然一遍遍地织了拆，拆了织，总不太满意自己的手艺，感觉自己笨手笨脚的。有时候妹妹过来看一眼，夸姐姐你的手真巧啊，你让我看看吧，这妮子就收起来看也不让看了，好像妹妹一看毛衣就消失似的。毛衣终于织好了，枣红色的，好看还喜庆，这妮子会挑。穿在身上应该也舒服！”真是一个用了情贴心的姑娘，这个李小花手真巧，现在哪个姑娘还会织毛衣？一阵感动，可我仍然想不起来这是谁。想起前几年谈恋爱时，女朋友从来没有这样给我织过毛衣，心里多少有点羡慕。我想，钉叔给我说李小花啥意思哩？

钉叔一边吃一边说，吃和说配合得很好，一点也不耽误：“后来李小花结婚了，有了两个孩子，都是男孩，大的叫门儿，小的叫鼻儿。在农村过日子嘛，说不上幸福也说不上不幸福，比上不足比下有余。男人能吃苦干活没的挑，前几年种香菇没少赔钱，这几年外出打工了，每次过年带回好几万。小花也能干，丈夫不在家，她一个人忙完家里忙地里，一样也不落下，干起活来像个牛犊子，有劲。小花会过日子，衣服还是过门时的衣服，她舍不得花钱，都攒着哩，她说以后给孩子盖房子娶媳妇哩。”我想不起来李小花的模样，但在心中却开始描绘起了她的模样：黝黑的皮肤，憨厚的样子，勤劳能干，打扫家中的院子，在烈日下撅起屁股拔草……

菜上完了。虽然说不上丰盛，但钉叔大口大口吃得很香，我忙着给钉叔倒了酒，两人“哐当”碰了一下杯，他一仰头“滋溜”一声喝下了。钉叔吃了这盘，又吃那盘，手、嘴巴忙活着，一刻也不停止，我只是默默地吸烟，肚子里空空的却一点也不饿。这个李小花到底怎么了呢？这么能干怎么喝农药呢？我开始关心起来她。在农村只有被逼上了绝路想不开才这样。“李小花怎么回事哩？喝农药了？”我问。

“谁都知道两口子过日子，就跟上嘴唇和下嘴唇一样，天天斗嘴吵架也正常，床头吵架床尾和嘛！要我说，男人脾气通常很好，鸡毛蒜皮的事吵架后他都是主动认错，事儿也就过去了，在外人看起来两口子恩爱着哩。有一年收拾房间，男人从箱底翻出了一件枣红色毛衣，是用毛线织的，两个孩子五六岁，绝不是给孩子们穿的。再说这年头谁还穿织的毛衣呢？这到底是谁的毛衣呢？男人都是小心眼，他起了疑心骂小花背着他存放定情物，说我拼死拼活在外挣钱，你在家里还背着老子有二心啊？他气呼呼地就把毛衣扔了。小花这妮子不辩解，两人后来为这事动了手，还差点没闹离婚。”我感觉李小花有点不厚道，虽然我想不起来她是谁，可既然嫁给了男人过日子，怎么还能对别人家男人产生想法呢？这不太好！就算别的男人再好也不做对不起自己男人的事。女人要有自己的底线。

钉叔本来用筷子夹住了一块鸭肉，还没有夹起来掉在了桌子上，他只得再次夹起来。他也许感觉用筷子夹起来太麻烦，他干脆用手撕下一块鸭腿，先是递给我，我摇摇头说：“我不吃，真不客气。”弄得好像他在请我一样，他不再客气就“吧唧吧唧”嚼起来。

女人应该不会无缘无故地放一件毛衣，这应该有原因。我想知道下文就问他：“后来呢？”

“这事过去几年，要说早就该掀过去了，后来不知道怎么回事，男人翻柜子又把毛衣找到了。男人气得直跺脚，你说有了第一次又有第二次，这不存心找事吗？二话没说，就把李小花这妮子揍一顿，这妮子脾气也倔，想想没有人理解她，趁人不注意喝了农药！幸好有人串门子发现及时，要不然早就上西天了！”

钉叔又吃了几口饭见我没动筷子，也不好意思地放下筷子。我见状忙劝他道：“钉叔，我早饭吃得晚，现在不饿，你吃你吃！这桌菜吃不完不都浪费了吗？”钉叔脸红扑扑的，手一直抖，低下了头说：“门鼻，说起来这事还是我给你做的媒呢！你还记得不？你上初三那阵子，你都十五了，我带李小花来，你们俩就在我家堂屋见的面。她是我外甥女，我想让她找个干净的男人，可是……你们两个没成，当时你上学年龄小，你爸也说你不准备在家里成家。”钉叔咧开嘴笑了，露出了满口的黄牙，又接着说：“怎么说呢，其实明眼人一看就看得出来，你们两个人不是一个碗吃饭的人，就我一个人睁眼瞎，还傻乎乎地撮合你们两个，不过我真不是图那条红鱼。年轻时我老钉贪酒不假，可我不会没那点出息！”

什么？李小花是我的对象？简直不可思议！钉叔说得有鼻子有眼儿，丝毫不像在骗我，再说他骗我也没有什么用啊！这个李小花真让我迷糊了！李小花，李小花，你是谁？你到底是谁？她的眼睛，鼻子，脸面头，头发……我怎么一点也想不起来了呢？我坐在那里不自然起来，可还是稳稳端坐在那里，表面上装作很平静。准确地说，我害怕钉叔看出来我内心的不安。

为了掩饰不安，我不住给钉叔倒酒，刚把酒倒上，他就一口喝完了，直喝得眼皮子打架，说话也不利索了：“果然不出大家所料，你后来考上了大学，吃上了商品粮留在了城里，风风光光的；李小花这妮子呢，就那样一辈子在将军寺村了，面朝黄土背朝天！你说说，这是不是都是命？这妮子就这命！”钉叔顿了一下，打了个饱嗝，抹了抹嘴，好像吃饱了，像对我说，也像对他自己说：“人的命，天注定！谁也改变不了。”

我依旧没有吃饭，也没有说话，我能说什么呢？现在这个李小花把我心里塞得严严实实的，马上就要把我折腾死了。我记得很清楚，上初中那阵子家里确实很穷，冬天我穿得薄经常感冒，每次回家我都咳嗽成了小病猫，身子也病恹恹的，娘早就说给我买一件红毛衣穿，也只是说说。我从来没有记得有人给我织一件毛衣啊！难道这被李小花偷偷听了去？我暗自笑了，这怎么可能呢？我烟也不吸了，死鱼一般坐在那里。

一阵沉默。

钉叔终于喝完了最后一杯酒，饭也要结束了，他望着我但眼神有点缥缈，我想这应该和喝酒有关。"其实要我说呢——当然也不一定对呀，门鼻，还是乡里乡亲的可靠！"钉叔说的好像是酒话，就这么没头没脑地说了一句，"你看我这记性，东西我也给你带来了。今年三月份来的时候那妮子就交给我了，那妮子说我经常来城里收东西，早晚会遇到你的，这不你说巧不巧，还真遇到你了。"

要走了，钉叔将一个塑料袋子从车座下面取出来，轻轻地递到我手里，像完成了一件大事："唉！半年了，这妮子的事终于办成了。下次见她有话说了。"钉叔摇摇晃晃地说："还有啊，门鼻，今天见你了，叔高兴，就是给你随便说说，叔真没别的意思，你啥也别往心里去……"钉叔深深叹一口气还想说什么，但他终究没有说，骑上车子"吱吱呀呀"地走了。

我一个人愣在了大街上，看钉叔慢慢向前走去，消失在人群中不见了。我始终没想起李小花是谁，但我的手里还是紧握着那件红毛衣，紧紧的，生怕一不小心毛衣丢了。

图书在版编目（CIP）数据

幸福的日子 / 孙全鹏著. -- 北京：作家出版社，2020. 8
（2023.1重印）
(21世纪文学之星丛书 · 2019年卷)
ISBN 978-7-5212-0936-5

Ⅰ. ①幸… Ⅱ. ①孙… Ⅲ. ①短篇小说 – 小说集 – 中国 – 当代 Ⅳ. ①I247.7

中国版本图书馆CIP数据核字（2020）第069024号

幸福的日子

作　　者： 孙全鹏
责任编辑： 史佳丽　李亚梓
特约编辑： 赵　蓉　王锦方
装帧设计： 守义盛创
出版发行： 作家出版社有限公司
社　　址： 北京农展馆南里10号　　**邮　　编：** 100125
电话传真： 86-10-65067186（发行中心及邮购部）
86-10-65004079（总编室）
E-mail:zuojia@zuojia.net.cn
http://www.zuojiachubanshe.com
印　　刷： 中煤（北京）印务有限公司
成品尺寸： 142×210
字　　数： 195千
印　　张： 8.125
版　　次： 2020年8月第1版
印　　次： 2023年1月第2次印刷
ISBN　978-7-5212-0936-5
定　　价： 42.00元

作家版图书，版权所有，侵权必究。
作家版图书，印装错误可随时退换。